LE SANG DE LA TRAHISON

Hervé Jourdain

Le sang
de la trahison

Roman

Fayard

L'éditeur remercie Jacques Mazel pour sa contribution.

Couverture : Atelier Didier Thimonier
Photo © femme policier : Jacques Boisnais/
Conciergerie : Photononstop

ISBN : 978-2-213-67728-6

À Sophie, ma Zoé,
si dynamique et si dévouée.

Chapitre 1

Engourdis par l'humidité, les deux hommes étaient frigorifiés. Bonnot, le plus gradé, tirait sur sa clope, tandis que Guillaume Desgranges patientait, les mains enfoncées dans les poches de sa veste, bercé par le ronronnement lointain des camions sur l'autoroute A1. L'un comme l'autre détestaient la banlieue, et particulièrement ce quartier miséreux de Saint-Denis. Le chef de groupe et son adjoint connaissaient le secteur par cœur à force de planquer devant cet immeuble où trois voyous avaient élu domicile. Ces policiers ne supportaient plus d'en voir le crépi délabré, la toiture gondolée, les murs affaissés dangereusement, et les rongeurs qui se faufilaient en couinant le long des caniveaux engorgés de détritus. Mais cette poubelle à ciel ouvert, ainsi que la morosité ambiante, redevenaient aujourd'hui largement supportables, car ils n'étaient pas venus seuls.

Une véritable armada de policiers les
accompagnait. Guillaume les connaissait
bien, il continuait à les croiser dans l'escalier du "36", après avoir fait ses armes chez
eux, vingt-cinq ans plus tôt. Même si, de
l'ancienne génération qui l'avait accueilli en
1988, il n'en restait plus un. Les jeunes, désormais, avaient tous troqué l'uniforme de cow-
boy pour celui de Ninja. Plus mobiles que
leurs aînés, surentraînés, rompus aux nouvelles formes de criminalité, ils progres-
saient en commando vers l'un des endroits
les plus malfamés de Saint-Denis.

Guillaume n'avait pas vingt-deux ans
lorsqu'il avait débarqué pour la première
fois au "36". À sa sortie de l'école de Police,
son goût du combat, avec un statut de boxeur
amateur au sein de la région Nord-Pas-de-
Calais, l'avait directement propulsé inspecteur à la BRI. L'époque était délicate, ça
"défouraillait" de tous les côtés. Les anciens
vivaient dans le souvenir de la fusillade de
la rue du Docteur-Blanche tandis que les
plus jeunes étaient confrontés à une nouvelle engeance de banlieue, sans foi ni loi.
L'Antigang avait eu la chance de ne pas
connaître de drames depuis son arrivée. Le
solide Desgranges avait quand même eu
son lot de blessures : deux doigts cassés en
janvier 1989, à l'occasion de l'interpellation

d'un Gitan sédentarisé de Montreuil-sous-
Bois, et surtout une cuisse transpercée par
un tir de Kalachnikov, lors d'un flag de bra-
quage d'une société de transport de fonds,
l'année suivante. Sa femme s'était alors mise
en colère, d'une colère contenue mais pro-
fonde ! À cette époque-là, elle tenait encore
à lui. Il avait finalement cédé devant tant
d'amour en troquant le jean et les baskets
contre le costume trois-pièces plus répandu
parmi les flics de la brigade criminelle.

La construction du Stade de France avait
permis de raser des quartiers entiers le long
du canal de Saint-Denis, à l'est de l'autoroute qui traverse la ville. De nombreuses
sociétés s'y étaient alors implantées, dont les
enseignes brillaient de mille feux. Mais à
l'ouest, la commune tardait à faire sa mutation. Les derniers occupants, des immigrés
squattant de petites bâtisses en friche,
étaient soutenus par certaines associations
de défense aux mobiles douteux. Et ils
refusaient de déménager malgré le bruit
incessant de l'autoroute, la fermeture des
commerces de proximité, et le *no man's
land* voisin entouré de palissades taguées de
graffiti, où les camés à l'héroïne de la banlieue nord venaient se retrancher, une fois
ravitaillés dans les entrepôts à l'abandon de
la Plaine-Saint-Denis. Les promesses de

relogement n'avaient aucune prise sur eux.
À croire qu'ils souhaitaient mourir dans ce
quartier miséreux aux portes de Paris, univers à peine plus enviable qu'une favela de
Rio de Janeiro ou un bidonville de Lagos.
Cette situation peinait Bonnot. Desgranges,
lui, s'en foutait royalement.

Qu'ils vivent dans leur merde !

Car ces deux policiers n'avaient pas grand-
chose en commun. Le premier avait le malheur de porter le même patronyme que le
célèbre bandit de la Belle époque ; ses collègues l'avaient d'ailleurs surnommé "Jules".
Quant au second, l'acariâtre Desgranges,
autrefois féru d'histoire, il avait gagné le
sobriquet de "Ravaillac" à l'issue d'une soirée trop arrosée au cours de laquelle, par
défi, il avait osé tirer un coup de feu sur la
statue équestre d'Henri IV située à la pointe
de l'île de la Cité, à une portée du célèbre
quai des Orfèvres. Bonnot comptait dans sa
famille une femme, trois enfants et un ber-
ger allemand. Il vivait en banlieue dans un
pavillon de plain-pied, et ne quittait jamais
le service avant vingt-deux heures. Son
adjoint élevait seul son fils dans un appartement donnant sur les Arènes de Lutèce, et
refusait tout dépassement d'horaire. Les
deux hommes ne s'aimaient pas et se par-
laient à peine. Drôle de binôme ! Bonnot

était donc condamné à composer avec un Desgranges fatigué. Si personne n'enviait ses problèmes personnels, tous étaient d'accord pour penser que Bonnot et l'ensemble de son groupe n'avaient à pâtir ni de ses états d'âme, ni de son inertie professionnelle au quotidien.

Pour l'heure, tous les deux, debout à l'entrée d'une impasse aux murs gris comme le ciel chargé, assistaient à la progression discrète des flics de l'Antigang en direction de l'immeuble sur lequel une partie du groupe Bonnot avait déjà planqué de nombreuses nuits, à bord d'un "soum" couvert de graffiti. Desgranges piétinait sur place tout en soufflant dans ses mains pour les réchauffer, tandis que Bonnot fumait clope sur clope pour calmer sa peur de l'échec. Avec les flics de la BRI, les ordres étaient clairs : *On intervient, on fige la situation, et on vous donne le feu vert pour que vous puissiez approcher !* Isolé comme rarement, Bonnot crevait d'envie de parler à son adjoint, mais le moment ne semblait guère propice : comment annoncer à un homme meurtri qu'il était indésirable, qu'il n'avait aucun avenir au sein d'un service actif ? Et Desgranges était armé…

Desgranges était aussi… miné ! Il ne trouvait plus d'intérêt à identifier et à chasser les "beaux mecs", comme on nommait les grands voyous au quai des Orfèvres. L'envie avait disparu. D'autres avant lui avaient connu cette lassitude et avaient radicalement changé de "métier". Certains s'exerçaient avec bonheur au management en commissariat. D'autres étaient partis prendre du galon au fond d'un placard doré à "compter les crayons" ou à jouer au "lapin de corridor", comme les traitaient ceux qui étaient encore animés par la fibre. Guillaume Desgranges, lui, n'avait jamais franchi le pas. Il n'avait même pas le courage de la lâcheté. Il ne lisait pas les télégrammes de mutation…

Leurs pensées furent vite interrompues par le bruit d'une porte qu'on défonce, suivi d'un mélange de cris d'effroi et d'ordres de commandement. Les pros de l'interpellation investissaient le "quatre pièces" censé protéger les braqueurs qui avaient "achevé", un an plus tôt, un convoyeur de la Brink's à Bobigny, après s'être emparés de six millions d'euros. Bonnot osa un pas en avant, impatient de se rapprocher et de croiser enfin le regard des individus retranchés qu'il surveillait depuis des mois. Desgranges, impassible, frottait sa barbe naissante, lorsqu'il entendit grincer une fenêtre du troisième étage, celui des braqueurs.

À une trentaine de mètres, ils distinguèrent Farid Zohair en train d'enjamber la protection en fer forgé, d'enfiler un casque de moto et de sauter au bas de l'immeuble. Ils savaient que ces types étaient de vrais dingues : tout sauf la prison, quitte à s'écraser comme une merde sous l'œil impassible des flics. Là-haut, les hurlements se poursuivaient. En bas, Farid Zohair, le cerveau de l'équipe, se vautra comme une crêpe. Ses jambes ployèrent sous la chute, son casque percuta les pavés luisants avec violence avant de s'éjecter. À peine relevé, il aperçut les deux flics à l'entrée de l'impasse. Regard de haine, yeux exorbités, il traînait la jambe. Entorse ? Fracture ? Desgranges, comme un toréro désireux d'achever sa proie, avança en plein milieu de l'allée sans écouter Bonnot lui demandant de se protéger derrière l'angle du bâtiment.

Il vit à peine le voyou s'emparer d'un mini Uzi glissé à la ceinture. Une jambe à la traîne, Zohair arma et se mit à arroser tout en progressant. Le premier coup de rafale finit sa course dans un bruit assourdissant contre le rideau métallique d'une brasserie dont le taulier avait définitivement mis la clé sous la porte. Le deuxième grain rebondit contre les pavés. Réfugié derrière un pan de mur, Bonnot, tremblant de peur, vit alors Desgranges s'emparer de son 9 mm, armer la culasse du Sig Sauer, chargeur à quinze cartouches. L'homme approchait. Une troisième rafale vrilla l'air. Puis un déclic, le bruit du métal qui percute le sol. Incident de tir ? Rechargement en cours ? Desgranges, l'arme au poing, se redressa pour voir l'Arabe tenter de ramasser, dans un geste désespéré, le chargeur qui s'était décroché. Le voyou releva la tête, fixa celle du flic qui lui faisait face, et se mit à sourire. Un sourire du genre « tu ne vas pas tirer sur un type désarmé, quand même !? ».

Grave, silencieux, Guillaume Desgranges ajusta lentement son arme à l'horizontale. Il y avait de la grâce dans ce geste, et la maîtrise du type rompu à la pratique du tir. Il ne visa pas. Pas besoin ! Depuis qu'il avait quitté la BRI, il n'allait plus guère dans les stands. Mais le tir, c'est comme le vélo. On n'oublie pas les grands principes. La première balle se ficha dans la cuisse gauche, la seconde dans la cuisse droite. Carton plein, à plus de dix mètres de distance. Zohair baissa la tête, avant de s'affaisser, persuadé qu'un dernier projectile allait se planter au beau milieu de son front.

Deux flics de la BRI observaient la scène de la fenêtre par laquelle Farid Zohair avait sauté. Ravaillac les rassura. Derrière lui, Bonnot s'approcha enfin, une paire de menottes à la main. Le capitaine ne lui laissa pas le temps d'intervenir. Il rangea son Sig dans son étui de ceinture avant d'effacer le sourire du voyou à grands coups de poing dans la gueule. Plusieurs dents éclatèrent sous les impacts, les lèvres de Zohair se transformèrent en bouillie. Et l'alliance en or que Desgranges portait encore à l'annulaire gauche, brisa l'arête nasale de la crevure. Bonnot tenta de retenir son collègue :

– Putain ! Calme-toi, bordel de merde !

Le travail était terminé. L'homme était neutralisé, tout comme ses deux complices dans les étages.

– Qu'est-ce qui t'a pris ?

Desgranges ne répondit pas à Bonnot. Son père, trente ans plus tôt, un verre de Pastis à la main, lui avait appris qu'il valait mieux faire le boucher que le veau en de telles circonstances. Mais la raison principale de son comportement tenait probablement au fait qu'il n'aimait pas laisser Victor, son fils unique, seul dans leur appartement de la rue Monge, une grande partie de la nuit. Là était vraisemblablement l'origine de la violence du capitaine. Serein, malgré les nouvelles "emmerdes" qui l'attendaient et la douleur au poignet gauche qui aurait mérité une radiographie, il grimpa au volant du véhicule de groupe et démarra en trombe pour regagner Paris avant tout le monde.

Chapitre 2

Zoé avait commis une erreur. Elle n'avait pas écouté les conseils de ses proches, et ceux de son père en particulier. Pourtant, le stage de préparation au témoignage en cour d'assises, dispensé par l'unité de formation de la PJ, était réputé. Et il ne durait que deux jours. À sa décharge, elle n'avait guère eu le temps de s'y intéresser. Lorsqu'une affaire aboutissait, dix autres se faisaient jour. C'était ainsi, à la brigade des stupéfiants de Paris, et plus précisément au groupe "Surdose". À jongler avec les enquêtes toujours plus nombreuses, elle était passée à côté. Et puis Zoé n'avait que vingt-huit ans, l'âge où on se dit que tout peut arriver, qu'on ne risque rien, que la vie est belle, qu'on peut tout maîtriser. Sauf lorsque l'on se retrouve devant le fait accompli, et dans la salle d'attente d'un tribunal.

Elle avait choisi de s'habiller d'un tailleur sobre sur un chemisier blanc, qu'elle avait déjà porté le jour du mariage de sa sœur, quatre ans plus tôt. Elle avait également enfilé des chaussures noires, discrètes, à semelles souples. Pas très à l'aise, elle faisait en sorte de rester immobile et raide sur le banc de bois. Devant elle, de nombreux périodiques aux pages écornées s'entassaient sur une table basse. Plusieurs *Cosmopolitan*, quelques *Femme actuelle* et deux ou trois *Géo* surmontaient le tas. Perdue dans ses révisions, dans ses souvenirs, Zoé n'avait pas le cœur à la lecture. Le regard éteint, fixant le mur crépi qui lui faisait face, seules ses lèvres légèrement retroussées bougeaient comme celles du candidat bachelier peu sûr de lui, qui répète sa leçon en silence dans le couloir qui conduit à la salle d'examen.

– Vous voulez un verre d'eau, mademoiselle ? lui proposa un gendarme en uniforme qui surveillait le lieu.

Zoé répondit d'un geste de la tête, le sourire pincé. Elle n'était pas bien, ça se voyait. On lui avait bien dit que l'attente pouvait être longue. En temps normal, elle se serait demandé si le gendarme manifestait la même attention avec tous les témoins. En se dirigeant vers les toilettes, le long d'une cloison, elle perçut les propos étouffés de l'officier de police judiciaire qui avait procédé aux premières constatations sur le cadavre de Maÿlis Prud'homme. Dans l'enca-drement de la porte des toilettes, le gen-darme l'appela d'un air compatissant.

– C'est à vous. Ils vous attendent.

Cotonneuse, elle s'avança dans l'arène, pas totalement prête à affronter le vice, la vertu, la colère et la souffrance, les points cardinaux de toute cour d'assises. Guidée par le greffier qui s'empara de sa convoca-tion, elle s'arrima à la barre concave qui fai-sait face à la présidente.

– Mademoiselle, rapprochez-vous du micro et déclinez à l'assemblée vos nom, prénom, date et lieu de naissance, profession et adresse...

Ordre répétitif, sans concession, chaque témoin du procès y avait droit.

– Dechaume Zoé, je suis née le 3 avril 1985, à Paris, dans le XVIe arrondissement. Je suis brigadier de police et, administrati-vement, j'élis domicile au 9, boulevard du Palais, à Paris, dans le IVe.

– Bien. Vous n'êtes ni parente, ni alliée, ni au service des parties ici présentes. Vous jurez de dire la vérité, toute la vérité, rien que la vérité. Levez la main droite et dites « Je le jure ».

– Je le jure.

– Bien. Nous vous écoutons, poursuivit la magistrate en jetant enfin un coup d'œil à l'enquêtrice par-dessus ses lunettes en demi-lune.

Face à elle, à cinq mètres, la présidente et ses deux assesseurs. Neuf jurés étaient répartis de chaque côté, des citoyens qui avaient commis l'erreur de s'inscrire sur les listes électorales, et qui n'avaient pas osé se faire porter pâle pour échapper à ce devoir qui leur coûterait une perte de salaire pour certains d'entre eux et, pour d'autres, une immersion malvenue au cœur de la folie des hommes. Seul sur son perchoir, sur le côté gauche, réchauffé dans un manteau d'hermine pourpre, un personnage avait quelque chose de rassurant. Professionnel aguerri, défenseur de la société, il encouragea du regard la jeune "fliquette" à se lancer.

Zoé n'avait pas encore osé regarder Sadjo Fofana, retranché en silence dans un box de verre, sous bonne garde "gendarmesque". Mais la pression venait surtout de derrière où l'avocat de la défense ne cessait de classer ses cotes de plaidoirie en attendant son tour de parole, tandis qu'un brouhaha montait d'une assistance qu'elle jugeait acquise à la cause du dealer de la Cité des 4000.

Elle se lança enfin, d'une voix étranglée. La gorge sèche, la peur au ventre, son élocution était pitoyable. Elle n'arrivait plus à se souvenir de ses notes manuscrites fichées au fond de la poche intérieure de sa veste. Et interdiction formelle de s'appuyer sur les écrits. C'était la règle.

– Rapprochez-vous du micro, que tout le monde puisse vous entendre, mademoiselle !

Zoé fixa l'un des assesseurs, impassible. Elle était troublée par ce qu'elle prenait pour des railleries derrière elle. Puis, elle croisa le regard de François Prud'homme, le père de la victime. Dix-huit mois plus tôt, ce quinquagénaire qui dirigeait une société de plomberie, lui avait craché au visage lorsqu'elle s'était déplacée pour lui annoncer la mort de sa fille, déclenchant des insultes et des dénigrements, libérant sa colère et sa haine. Était-ce la faute de Zoé si sa fille s'était planté une seringue dans le creux du coude ? Était-ce Zoé qui avait refilé sa came à Maÿlis Prud'homme ? Zoé, elle, ne faisait que son boulot. Elle intervenait toujours *a posteriori*, lorsque le mal était fait, lorsqu'il y avait une famille éplorée à consoler.

Aujourd'hui, le visage de François Prud'homme, installé dans le box réservé à la partie civile, semblait plus serein. L'homme qui n'avait rien vu venir, espérait tant de la justice désormais, comptant sur une condamnation exemplaire et un réveil des consciences devant ce fléau qui détruisait

la jeunesse. Le regard de cet homme la fit
réagir. Maÿlis qu'elle aurait aimé connaître,
méritait largement qu'elle se dépasse.
L'enquêtrice prit deux secondes supplémentaires. Elle inspira profondément, lâcha la
barre de chêne lissée par les mains fébriles
de milliers de témoins, pour refixer l'élastique qui enserrait ses longs cheveux châtains,
comme avant d'engager une partie de badminton. Puis, elle se lança dans un récit
fleuve...

Au bout de quarante minutes, Zoé
Dechaume n'avait rien éludé. En plus des
tenants et des aboutissants de l'enquête,
elle avait pu évoquer plusieurs facettes de
la personnalité de la victime, et détailler le
fonctionnement des trafics de drogue et
d'héroïne dans les cités de la banlieue parisienne. À travers cette affaire, sa déposition
valait largement les meilleurs reportages
d'*Envoyé spécial*. Plusieurs jurés semblaient
séduits. L'avocat général, représentant du
ministère public, ravi de la force de ce
témoignage, n'avait pas lâché son stylo.
Mais Zoé savait que le plus dur restait à
venir. La présidente la gratifia d'un « Nous
vous remercions », avant de se tourner vers
ses assesseurs dont celui de gauche avait le
visage barré d'une balafre oblique de plu-

sieurs centimètres. Aucun d'eux ne souhaitait intervenir. Puis, élevant la voix :

– Des questions, monsieur l'avocat général ?

– Oui, madame la présidente, une question et une remarque. Je commencerai par la remarque. Mademoiselle Dechaume, je tiens tout d'abord à vous féliciter pour la qualité de votre exposé qui est à la hauteur de l'enquête que vous avez menée au sein de votre groupe. Ceci dit, je souhaiterais que vous insistiez, afin que tous ici présents prennent en compte cet aspect du dossier, sur le sort réservé à de nombreuses toxicomanes dans les cités qui entourent Paris…

Zoé s'attendait à cette question, mais ne tenait pas à y répondre devant le père de Maÿlis, prostré dans le box réservé à la partie civile.

– Brigadier Dechaume ? insista la présidente.

– Le sort réservé aux femmes toxicomanes dans les cités est effectivement assez… horrible…

Le terme « horrible » n'était peut-être pas le plus adéquat. Mais, sur le moment, c'est le seul qu'elle trouva. Elle poursuivit :

– …En fait, lorsque les junkies sont encore jeunes et relativement désirables, il arrive fréquemment qu'elles subissent les outrages des dealers et des guetteurs. Et le pire, c'est qu'elles se font souvent refourguer de la merde.

– C'est-à-dire ?

Zoé voyait bien qu'elle n'était pas allée assez loin dans son explication. L'avocat général et la présidente désiraient qu'elle soit plus explicite.

– C'est-à-dire que les femmes toxicos, lorsqu'elles se pointent seules dans les cités, sont souvent pillées. Et une fois volées, elles sont conduites dans les caves et condamnées à satisfaire les besoins sexuels des "commerçants de la tour" en échange de leur dose.

– Ça arrive souvent ?

– Tous les jours. Et, dans ce domaine, vous pouvez imaginer le pire du pire, et vous serez toujours très loin de la vérité.

– Et vous confirmez que c'est ce qui s'est passé avec Sadjo Fofana ?

– C'est ce que mes collègues et moi pensons, même s'il n'a rien avoué. Le fait de retrouver un préservatif usagé contenant la semence de M. Fofana, juste à côté du cadavre de Mlle Prud'homme, n'est pas anodin. D'autant que l'autopsie a démontré que la victime a subi des pénétrations vaginales et anales violentes, dans un temps très proche de son trépas.

– N'est-il pas surprenant d'utiliser un préservatif dans de telles circonstances ? poursuivit d'un ton égal l'avocat général qui voulait enfoncer le clou.

– Pas vraiment. Si les dealers sont des voyous, ils ne sont pas stupides. S'ils savent à peine lire, ils suivent les reportages de la télévision pendant leurs courts séjours en prison, et connaissent parfaitement les ravages du Sida chez les héroïnomanes.

L'agitation de la salle avait cédé la place à un silence de plomb, avant qu'un « Tiens le coup, Sadjo !!! » ne vienne le briser. L'avocat de la partie civile n'ayant pas d'autres questions, Thibaut de Bonchamps, l'avocat de la défense, se redressa de sa chaise pour intervenir. Situé en retrait de l'enquêtrice, il débuta par un recadrage en règle :

– Madame la présidente, depuis près d'une heure, j'ai l'impression que nous ne sommes pas dans un tribunal mais plutôt dans un amphithéâtre en train d'assister à un cours de sociologie option psychologie, en présence non pas d'un policier de la brigade des stupéfiants, mais d'une experte en émotions. Pour ne rien vous cacher, madame la présidente, au moins autant que vous et que le jury, le témoignage de Mlle Dechaume m'a ému, m'a pris aux tripes. Mais il ne faut pas oublier que l'heure est grave, que l'heure n'est pas à la dissertation. En ce moment se joue l'avenir de mon client, de celui qui se trouve ici-même assis, menottes aux poignets, derrière cette vitre. Et mon client, qui a le malheur de vivre dans une cité où le commerce de la drogue est légion, est innocent...

– Vous plaiderez plus tard, maître, coupa la présidente. Votre question, s'il vous plaît ?

– Mademoiselle Dechaume, tout d'abord j'aimerais savoir si vous avez la certitude que M. Fofana a eu des rapports sexuels avec Mlle Prud'homme ?

– Je le répète, nous avons découvert à deux mètres de la défunte, un préservatif usagé contenant du sperme de M. Fofana.

– Oui, mais vous n'avez pas répondu à ma question : un élément matériel vous permet-il de certifier que mon client a eu le moindre rapport sexuel avec Mlle Prud'homme ? Pour vous aider, ce préservatif usagé ne peut-il pas être la conséquence d'un rapport avec une autre personne ?

Zoé hésita à répondre. Mais elle savait qu'elle n'avait pas le choix.

– Répondez, s'il vous plaît, relança la présidente.

– Tout est possible, bien sûr, mais ce serait surprenant.

– Donc, ce n'est pas impossible ?

– Pas impossible, céda Zoé. Mais vous savez, cet élément ajouté au fait qu'on a retrouvé en perquisition au domicile de votre client, du matériel de conditionnement et…

– Ce n'est pas ce que je vous demande. Ma question, mademoiselle Dechaume, attend de votre part une réponse claire et concise. Oui ou non, avez-vous dans votre dossier d'enquête un quelconque témoignage qui fasse état de la fourniture d'une dose des mains de mon client à celles de Mlle Prud'homme ?

– Un témoignage non, mais des…

– Je vous remercie, mademoiselle. J'en ai terminé, madame la présidente.

Dans le prétoire, les avocats avaient toujours le dernier mot. Ils jouaient à domicile, connaissaient chaque élément du décor et la réaction de chaque protagoniste du procès. Ils savaient questionner et avaient le don de retourner des situations compromises. Thibaut de Bonchamps ne dérogeait pas à la règle. Malmenée dans la dernière ligne droite de sa déposition, Zoé était soulagée de sortir de ce décor de boiseries, de sculptures et de décorations d'un autre siècle. Malgré tout, heureuse d'avoir vendu au mieux son affaire.

Cette journée lui semblait particulière à double titre. Elle venait d'en franchir la première étape. La seconde ne semblait être qu'une formalité. Il n'était pas tout à fait onze heures. Elle avait encore largement le temps. Une visite chez les "seigneurs" ne se refusait pas ! Surtout lorsqu'il était question d'y réaliser enfin son rêve, celui d'intégrer la prestigieuse brigade criminelle et d'y travailler les prochaines années d'une carrière débutée à tambour battant.

Chapitre 3

J'en ai marre qu'on dise que je suis un gentil garçon. D'autant que j'ai plus de trente ans, et qu'il y a belle lurette que j'ai perdu mon pucelage. Je me souviens très bien de cette première fois. Je suis sûr qu'elle n'avait pas seize ans. Pas facile à savoir d'ailleurs, elle semblait incapable de prononcer le moindre mot de français. C'est toujours comme ça avec les Roumaines. Je me souviens surtout qu'elle sentait fort, l'odeur des camps et la nuit passée au Dépôt. En mémoire me reste la forme de sa bouche, d'une bouche qui faisait des vagues. Au début, elle voulait juste une cigarette. Même un enfant de quatre ans serait capable de mimer l'envie de fumer une cigarette. Faute de clopes, la Roumaine a tiré son plus beau sourire. Très enjôleuse, avec la main gluante qui vous lèche le bras. Connasse ! J'ai failli l'envoyer paître. Et puis j'ai eu cette putain d'idée de la conduire au square du Vert-Galant.

De nuit, l'endroit est désert. Y'en a qui disent qu'il s'agit d'un petit jardin d'Eden. Ce que j'aimais bien, moi, c'était plutôt le côté touristes aux gros seins qui venaient s'allonger au bord de l'eau. Au pied de la statue équestre d'Henri IV, je surveillais les allées et venues, j'attendais le débarquement des bateaux-mouches, et je descendais m'asseoir à califourchon, de manière à obtenir la meilleure vue sur l'entrecuisse de ces dames à la gloire du string.

La Roumaine aussi en portait un comme une vraie petite pute. Faut dire que faire la pute, c'est un peu ce qu'on leur demande. Les familles les envoient à coups de pied au cul dans les gares et sur les boulevards. Les plus belles investissent les Maréchaux à la nuit tombante, les plus moches passent leurs journées à quémander ou à voler. C'est le travail à la chaîne, équipes de jour et de nuit contrôlées par quelques contremaîtres. Comme prévu, on s'est retrouvés seuls à la pointe de l'île de la Cité. Je me souviens très bien des scintillements de la Tour Eiffel et des cris de joie d'étudiants pique-niquant sur le pont des Arts. Mais on se foutait bien de tout ça. Elle voulait son petit billet, et moi je ne savais pas trop. Ce qui l'a décidée, ce sont les vingt francs que j'avais volés dans le porte-monnaie de ma mère. Au début, je pensais m'en servir pour acheter des revues porno au kiosque du boulevard Saint-Michel, pas très loin de la Sorbonne. J'ai bien fait d'attendre, parce que la pipe qu'elle m'a prodiguée alors que j'agrippais violemment ses cheveux gras, était un véritable travail de professionnelle.

Oui, je refuse d'être gentil parce que je trouve que c'est faire injure à ma famille, à mes ancêtres. Ça fait des lustres qu'il n'y a pas eu quelqu'un de gentil dans ma putain de famille, sauf mes grands-parents, bien sûr. Mais bon, faut bien donner le change ! Et tout le monde se fout de mes origines dont il est difficile d'être fier. Tueurs en série de génération en génération, ça reste une drôle de vocation ! Personnellement, je suis rentré dans le rang, je suis descendu tout en bas de l'échelle. Ah ! Quelle belle expression de bourgeois que cette histoire d'échelle sociale. Et je sais de quoi je parle ! Je suis entouré de spécimens s'employant à gravir les échelons, à manger, à bouffer les autres.

Parfois, l'idée de reprendre le flambeau familial me démange. Ce matin encore, un bel échantillon de cette race m'a coupé la route : une magistrate, guère plus de trente ans, perchée sur des chaussures à talons qui lui faisaient voir les gens d'en haut, les cheveux au vent, des ongles rouge carmin, le dernier parfum à la mode, le sac Chanel fixé à l'épaule d'où s'échappaient des classeurs d'importance. Insupportable ! Le port altier, le regard fixe, elle balançait un putain d'arrière-train serré dans un tailleur bordeaux étriqué, vers le pont au Change. Excité comme jamais, j'ai alors fixé la capuche de mon sweat sur la tête, et je l'ai suivie. En matant le cul de cette greluche élevée au milieu de poupées Barbie, pour tout vous avouer, je bandais grave. Elle s'est alors retournée de moitié pour héler un taxi. Gracieux, le mouvement du bras ! Sa veste s'est ouverte sur un très beau chemisier blanc en dentelle, et une paire de loches à rendre jalouse Pamela Anderson. Devant le Palais, des gendarmes en restaient bouche bée, et moi la bite en feu. Finalement, elle a baissé le bras alors que le taxi poursuivait son chemin. L'air grave, hautaine devant ces hommes qu'elle troublait, bien en peine de maintenir l'ordre dans leur esprit, elle descendit dans une bouche de métro. J'ai alors lâché l'affaire. Filer une magistrate dont je n'avais rien à attendre, ne servait à rien. J'étais bien placé pour savoir que le métro parisien est truffé de caméras de surveillance. J'avais mieux à faire que de me distraire de ma mission première.

Chapitre 4

La présidente avait été claire : « Si vous le souhaitez, brigadier Dechaume, vous pouvez rester dans la salle pour écouter la suite des débats ». Mais, soulagée, Zoé s'empressa de gagner le haut du perron surplombant le magnifique vestibule de Harlay encadré par les statues des principaux monarques qui avaient fait l'histoire du Palais de justice de Paris. Elle en descendit les marches, longea le sas de sécurité surveillé par quelques gendarmes qui validaient le passage d'une partie des quinze mille usagers quotidiens du Palais. Puis, elle fila en direction du mythique escalier A du quai des Orfèvres, qui permet d'accéder au siège de la Police judiciaire et à plusieurs de ses brigades.

La différence d'architecture permettait de bien distinguer les deux univers, celui de la Justice et celui de la Police. L'immensité du Palais millénaire aux façades disparates, encadré de tours majestueuses, alignait ses couloirs en marbre. Les salles d'audiences étaient hautes et richement décorées de sculptures, de peintures, de symboles et d'allégories... D'allure toute différente, un quadrilatère de bureaux, construit à la suite de l'incendie de la Commune, était occupé par certaines brigades centrales de la police judiciaire. Affiches de films policiers et drapeaux régionaux rappelant l'origine géographique de leurs occupants, décoraient ces lieux peu adaptés aux normes de sécurité et à un métier délicat. Seul espace d'échange entre les deux mondes, une simple porte palière desservie par un escalier sombre, recouvert d'un linoléum usé jusqu'à la corde. Flics et avocats s'y croisaient parfois, au mieux dans l'indifférence, au pire dans la défiance.

Aujourd'hui, Zoé était fière de gravir cet escalier au pas de charge. Elle ne se plaignait pas de l'absence d'ascenseur : cinquante-sept kilos pour un mètre soixante-dix-huit, on ne pouvait être guère plus léger, avec son physique de sportive. Mais elle choisit une attitude sage. Il ne serait pas bien vu de se présenter en sueur lors de sa première prise de service à la Crim'. Un commandant fonctionnel l'accueillit. Ce bras droit du chef de service occupait un bureau ouvert à tous les vents, situé sur le palier du troisième niveau, point de vue stratégique permettant même de surveiller les retards de certains fonctionnaires. Une enseigne lumineuse bleue sur fond blanc au-dessus de la porte molletonnée, annonçait la couleur : *Brigade Criminelle*. L'homme pouvait avoir l'âge de son père. Sa carrière, faite de centaines d'affaires et d'arrestations, était derrière lui.

– Place aux jeunes, dit-il, suis-moi, je vais te présenter au chef de service.

Zoé l'observa se lever difficilement derrière son bureau en bois d'acajou si souvent évoqué dans les romans policiers. Le commandant était lourd, il semblait fatigué. Sur le palier, ils longèrent une armoire dont les étagères supportaient des objets hétéroclites, marqués du symbole de la Crim'. Le profit de leur vente remplissait les caisses de l'Amicale de la brigade. Aux Stups', on faisait aussi commerce de tee-shirts, de polos, de clés USB, de bouteilles de champagne à l'effigie d'un chevalier combattant une hydre à trois têtes. Le vieux flic sonna à l'entrée d'un couloir sombre, au fond duquel on distinguait un coffre-fort en fonte de couleur bronze d'une dimension impressionnante.

– Dechaume est arrivée, patron !
– Qu'elle entre !

L'intonation était corse. Jean-Guy Andréani l'attendait à son bureau, tout en pianotant sur son ordinateur. Le regard noir, les yeux resserrés, le taulier avait la gueule d'un rapace. Les caricaturistes de Montmartre, s'il avait daigné s'asseoir sur un de leurs tabourets, l'auraient croqué en aigle ou en vautour. Zoé approcha. Le bureau était immense, profond, bien plus grand que celui de son homologue des Stups'. Outre le coffre-fort, deux grandes fenêtres ouvertes sur la place Dauphine, éclairaient une table de réunion ovale et une bibliothèque en chêne où cohabitaient documentation juridique et médailles de toutes origines. Zoé ne s'attarda pas sur le décor. L'homme assis devant elle lui faisait peur. La réputation, les colères du "Corse" avaient dépassé les frontières de la brigade criminelle.

– Asseyez-vous !

Zoé choisit un fauteuil club, couleur lie-de-vin. L'homme qui lui faisait face n'avait pas cinquante ans. Les joues creusées, les pommettes saillantes, son visage exhalait la dureté et l'exigence. Sa voix grave et son regard profond, bleu acier, vous saisissaient. Il y avait du Charles Pasqua chez lui, la viande en moins.

– Dechaume, je vais être franc avec vous, je ne voulais pas de vous dans mon service.

Zoé le savait. Elle avait choisi de se maîtriser, comme au tribunal où elle venait de témoigner.

– Vous savez ce que c'est, un bon flic à la Crim'… ? poursuivit sévèrement Andréani en la fixant droit dans les yeux pour la première fois.

Il ne la laissa pas répondre.

– …Un bon flic à la Crim', c'est un homme qui fait œuvre de courage, de fidélité, de rigueur et de disponibilité. En bref, tout le contraire d'un homme normal, poursuivit le "Corse" qui tourna la tête en direction de la photographie du Président de la République pour lequel il ne semblait pas avoir d'estime particulière. Ce que je recherche, mademoiselle, ce sont des hommes corvéables à merci, des flics qui s'investissent corps et âme. Notre mission le mérite, et c'est ce que les familles de victimes attendent de nous. J'espère que vous comprenez ?

Elle comprenait et acquiesça.

– Pour ne rien vous cacher, Dechaume, votre jeunesse ne milite pas en votre faveur. Et votre sexe non plus. Flic à la Crim', c'est un combat, une lutte de chaque instant. Surtout pour une femme. Vous comprenez bien ?

Elle comprenait surtout qu'Andréani n'appréciait pas trop les femmes au travail. Surtout lorsqu'elles se permettaient d'intégrer son équipe contre son gré.

– J'ai lu vos états de service aux Stups'. Mais le métier à la Crim' n'est pas du tout le même. Ici, tout repose sur la gamberge et la cohésion de groupe. Finies les écoutes téléphoniques en solo, finis les "tubards" des voyous qui refilent des infos sur un plateau pour mieux se débarrasser d'un concurrent. Ici, il n'y a pas de "tontons". On se démerde seul.

Son nouveau chef la prenait pour une gamine, ou pour une délurée qui allait nécessairement foutre le bordel au sein de son service sous prétexte qu'elle était jeune, belle et célibataire. Il n'avait pas encore entonné son refrain sur le trop grand nombre de femmes qui tombaient enceintes au sein de sa brigade, que le téléphone du bureau sonna.

– Andréani, j'écoute !

La communication fut brève. Mais, au ton cassant, elle comprit qu'il y avait un problème auquel le commissaire divisionnaire Andréani entendait répondre sans délai. Il ordonna à son interlocuteur de se présenter immédiatement dans son bureau. L'attente fut très courte.

– Entrez, Bonnot ! cria-t-il, lorsque la sonnette retentit de nouveau.

– Bonjour, patron.

– Alors ?

– Farid Zohair est à l'hôpital Saint-Louis sous bonne escorte. Les chirurgiens sont en train de lui retirer les deux pruneaux que Desgranges lui a collés dans les pattes. Et il risque de sucer de la glace pendant quelques jours, le temps qu'on lui répare les chicots. Quant aux deux autres, on leur a notifié leurs mandats d'arrêt. Ils sont au Dépôt.

– Parfait. Et Desgranges, des nouvelles ?

– Ouais, il vient de rentrer.

– Bon, l'IGS veut le voir sur-le-champ. Qu'est-ce qui s'est passé, précisément ?

– Ben, il a dû tirer vu que l'autre, en face, n'arrêtait pas de nous arroser…

– Des conneries, tout ça. En tout cas, je vous invite à accorder vos violons avant de filer chez les bœuf-carottes, c'est compris ?

– Compris, patron, répondit Bonnot qui était resté debout.

– Ah ! Pendant que je vous tiens, je vous présente le brigadier Zoé Dechaume qui nous arrive tout droit des Stups'. À en croire sa demande de mut', il paraît qu'elle est motivée, crut-il bon d'ajouter d'un ton cynique. Elle intègre votre groupe à compter d'aujourd'hui. C'est compris ?

– Parfait. Une personne de plus ne fera pas de mal. Surtout par les temps qui courent.

– Ouais, j'en suis pas convaincu. Vous direz par ailleurs à Desgranges qu'il y en a ras-le-bol de ses conneries.

– Je n'y manquerai pas.

Contente de quitter ce bureau aussi singulier que son occupant, Zoé se colla dans les pas de son nouveau chef de groupe. Il était près de midi. Elle connaissait Bonnot de vue pour l'avoir croisé à plusieurs reprises, au détour de quelques pots improvisés. Mais le commandant de police semblait découvrir son existence. Il marchait vite, pressé de rentrer dans ses murs et de se coller à un vasistas pour s'allumer une clope. Deux étages plus haut, ils empruntèrent un couloir sombre le long duquel des fils électriques de toutes les couleurs, couraient sur un rail plus ou moins bien fixé au plafond. À la hauteur d'un puits de lumière protégé par un filet tressé, ils pénétrèrent dans une pièce où s'entassaient du mobilier dépareillé, un canapé d'angle en simili cuir noir et un réfrigérateur dont le fournisseur avait dû déposer le bilan bien avant la naissance de Zoé. Un coin salon pour deux bureaux de travail. Drôle de pièce ! De vieilles lames de chêne recouvraient le sol, tandis qu'une petite cheminée était en partie masquée par le mobilier.

– Installe-toi là, lui indiqua Bonnot qui palpait ses poches à la recherche d'un briquet. Tu partageras le bureau avec Desgranges. C'est mon adjoint. Tu verras avec lui pour tout ce qui est paperasse. On a un coffiot dans le bureau que j'occupe, à côté. Il te refilera la combinaison. Pour ce qui est de la voiture de groupe, tu me demandes l'autorisation si tu en as besoin. Il te fera faire le tour du service. Et pense à remplir le frigo de temps en temps. Pour les marques de soda, tu verras avec Jeannot.

– Jeannot ?

– Le lieutenant Jean-Noël Turnier. C'est le procédurier, il occupe un petit cabinet étroit, de l'autre côté du couloir, sous les soupentes.

Bonnot, Desgranges et Turnier, trois officiers, trois caractères incompatibles. Le chef était un besogneux, un flicard qui ne lâchait jamais une affaire sans l'avoir travaillée sous toutes les coutures, quitte à négliger la vie du groupe dont il avait la charge. Turnier, surnommé "Jeannot Lapin", le visage ovale couvert de taches de rousseur, avait conservé une bouille d'adolescent qui le faisait plus ressembler à un étudiant attardé qu'à un "poulet". Quant à Desgranges, l'adjoint de

Bonnot, il avait le physique et l'habit du portier de palace sans les bonnes manières liées à la fonction. L'homme était capable de coups de sang comme il l'avait une nouvelle fois prouvé aux aurores.

Résultat, la soudure au sein de l'équipe n'avait jamais pris. Manque de confiance entre eux, intérêts et comportements incompatibles chez certains, Bonnot n'avait pas réussi à créer l'ambiance propice à une vie de groupe idéale. Ni les repas pris en commun, ni les décrochages à l'issue de journées de travail parfois harassantes, n'avaient favorisé leur cohésion. Le solitaire Desgranges n'aspirait qu'à rentrer chez lui dès la fin de la journée pour border son fils. Turnier, droit comme la justice, ne buvait pas d'alcool.

Bonnot avait finalement cédé. À l'heure du déjeuner, chacun vaquait de son côté à ses activités. Mais le chef se garda bien d'évoquer ces problèmes à sa dernière recrue. Celle-ci n'avait pas su ou voulu fournir un début d'explication sur les conditions qui lui avaient permis d'obtenir son sésame pour la Crim'. Il se garda bien de préciser également que la femme du capitaine Desgranges avait définitivement mis les voiles dix ans plus tôt, en lui laissant un môme fragile sur les bras.

Chapitre 5

Un innocent se défend toujours mal, et le coupable n'utilise jamais les bons mots. Voilà pourquoi Thibaut de Bonchamps était devenu avocat pénaliste. Dans le célèbre cabinet *Thémis*, il avait débuté par des dossiers de conflits matrimoniaux. Il s'était ensuite frotté au domaine de la sécurité routière, après avoir récupéré la défense de plusieurs victimes d'accidents de la circulation qu'il était allé carrément démarcher dans plusieurs hôpitaux parisiens, en échange d'un pourcentage sur les indemnités perçues. Jusqu'à ce que, devenu secrétaire de la Conférence du Stage, les premières affaires criminelles se présentent...

– Maître, vous avez la parole !

Dernier protagoniste d'une tragédie longue de plusieurs jours, Thibaut de Bonchamps se leva de son banc pour s'approcher des jurés, ses cotes de plaidoirie à la main. De loin son exercice préféré où il excellait.

Plaider était tout un art, un art remontant à Aristote, Cicéron et Quintilien, auteurs qu'il avait tous lus, étudiés, analysés. D'abord, donner l'envie d'être écouté, d'être entendu. Pas simple à la fin d'une longue séance, souvent tard le soir quand la lumière artificielle envahit l'espace de la cour d'assises. Ensuite, maintenir l'attention des jurés qui ont subi les longues digressions des avocats de la défense et du représentant de la société, ennemis d'un jour ou d'une semaine, appliqués à convaincre le jury de la culpabilité de l'homme qui se trouvait sous bonne escorte dans son box, afin de le clouer le plus longtemps possible entre quatre murs. Pas simple, aujourd'hui, après le brillant exposé de Zoé Dechaume qui semblait avoir mis un point d'honneur à "sortir" cette affaire.

De Bonchamps gonfla alors les poumons, se détourna de son client, garda le silence de longues secondes, fixa un à un les jurés aux traits tirés, jugea de leurs attitudes, puis débuta son discours d'une voix calme et assurée. D'autres que lui naviguaient diversement entre coups de gueule, colères et séduction. Mais Thibaut préférait user d'un ton égal, courtois et respectueux, modulé seulement par la musicalité et l'esthétique de mots et de phrases pesés tout au long de l'instruction, et affinés dans les dernières heures du procès.

À quelques pas de l'estrade, de Bonchamps luttait contre l'inattention des jurés, rappelant d'un regard à peine appuyé la gravité de l'enjeu. À sa façon, il reprit les faits, sans gestes brusques, naturellement calme. Signe d'une honnêteté apparente, il n'éluda rien. Dire pour mieux réfuter, en engageant enfin sa défense faite d'allégories et d'anaphores. La défense d'un homme qui « *sous le vernis de son survêtement Tacchini et de sa casquette Nike, était un être fragile. Un jeune homme arraché à ses racines et à sa famille par une cousine qui n'avait jamais fait l'effort de s'intégrer. Un adolescent attardé, pris dans l'engrenage de l'économie souterraine et de l'argent facile. Un enfant que la République avait rejeté comme tant d'autres de ses coreligionnaires, entassés dans les ghettos des banlieues nord de la capitale. Un gamin qui, sous la pression de la cité, avait été condamné à servir de "nourrice" aux marchands de mort.* »

Au point d'omettre les écoutes téléphoniques qui faisaient de cet être si fragile le chef d'une entreprise dont le chiffre d'affaires quotidien atteignait des sommes à cinq chiffres. Au point de passer sous silence la non-assistance à personne en danger de la jeune Maÿlis Prud'homme, les sommes envoyées au Mali via la Western Union, l'interpellation mouvementée de Sadjo Fofana, la découverte d'une machine à compter les billets et du matériel de conditionnement lors de la perquisition de sa chambre.

La voix de l'avocat résonnait dans toute la salle. Sous le charme, les femmes semblaient conquises par la beauté et l'élégance du jeune homme. Les anciennes relations de travail de Fofana, l'œil pétillant, écoutaient avec bienveillance et respect cette voix forte en train de dresser le quotidien de la vie ordinaire d'un banlieusard à la fois sans emploi, déscolarisé et d'origine africaine.

Zoé, elle, bouillait de colère sur son banc de bois, sachant que de Bonchamps travestissait les faits. La nouvelle recrue de la Crim' était revenue assister aux derniers couplets du comédien. D'actrice quelques heures plus tôt, elle était devenue spectatrice dans l'attente du verdict. Elle avait donné le meilleur d'elle-même. Mais son travail semblait battu en brèche par ce jeune blanc-bec qui vendait désormais au jury une version complètement édulcorée de l'affaire. Et pas moyen d'intervenir, impossible de crier au scandale sous peine d'une interruption de séance et de remontrances en bonne et due forme. Le dernier tour de piste de ce théâtre social était réservé à la défense. La justice était ainsi faite, depuis toujours.

Avant les délibérations du jury, Zoé était donc condamnée à écouter palabrer le "baveux". À la fin de la plaidoirie, le jeune Sadjo, victime du système, s'était retrouvé, sous peine de représailles, dans l'obligation de conserver dans sa chambre l'héroïne mise en vente dans la cité, et de la mélanger avec divers produits de coupe afin de gonfler les bénéfices. Mieux, fort du témoignage sous serment d'une gamine de la cité qui avait à peine quatorze ans et qui s'était amourachée du prévenu, de Bonchamps trouvait enfin une explication fortuite à la présence dans les caves du préservatif utilisé par Fofana. Il démontait tout ou presque. Il tentait d'insinuer le doute dans l'esprit des jurés. Fofana était-il réellement coupable ? Certains n'en étaient plus très sûrs. Le prévenu lui-même avait fini par se convaincre de son innocence. Et pourquoi donc ce jeune homme mentirait-il, lui qui faisait preuve d'un comportement exemplaire en prison et qui profitait de son mandat de dépôt pour apprendre à lire ?

Zoé trépignait sur son banc, écrasée par la majesté du lieu, par les encorbellements du haut plafond, par les lambris de chêne recouvrant la partie basse de la salle, par les tentures fleurdelisées. Elle n'en pouvait plus de cet ensorcellement en règle. L'honnêteté de son travail était remise en cause par ce seul homme qui, à coups de paroles bien pensées et bien pesées, risquait de retourner le jury dans son ensemble. Elle n'en pouvait plus, se leva et sortit de la salle.

L'air frais du vestibule de Harlay la soulagea à peine. Car sa sœur, Virginie, se trouvait assise sur un banc de pierre avec plusieurs de ses confrères journalistes, un carnet à la main, au pied de la statue du roi Philippe-Auguste, celui qui hébergea au cœur de ce qui était un palais royal, Richard Cœur de Lion et Jean sans Terre, avant leur départ pour les Croisades. Chacun son combat, armé de sa propre patience... Les flics pouvaient surveiller une planque durant des jours et des semaines avant d'aboutir à une interpellation, et les fait-diversiers, photographes et autres pigistes pouvaient faire le pied de grue pendant des plombes à la sortie d'un procès pour un résultat incertain.

Les deux sœurs ne s'étaient jamais bien entendues. Pas les mêmes goûts, pas les mêmes jeux, et ce, depuis leur petite enfance. Et puis Zoé avait les traits de leur père, et Virginie, l'aînée, ressemblait à leur mère. Ni l'apparence, ni les sentiments ne manifes-

taient de lien fraternel. L'une avait les cheveux courts, Zoé les avait longs. L'aînée se
maquillait, la cadette préférait laisser vivre
l'éclat naturel de son visage. Virginie choi-
sissait des robes et jupes sophistiquées avec
talons hauts, tandis que Zoé ne supportait
que les jeans. Cette opposition avait même
son expression administrative : Zoé portait
le nom de jeune fille de sa mère, et Virginie
celui de son père, un patronyme valant cau-
tion morale qui lui avait permis, journaliste
débutante, d'ouvrir des portes et de gagner
la confiance de ses interlocuteurs. Zoé
détourna la tête lorsque sa grande sœur,
l'ayant aperçue, lui fit un signe de la main.
Hors de question de lui adresser la parole.
Elle descendit les marches et alla se caler à
l'opposé, près du sas de sécurité, sous la
protection débonnaire de Charlemagne.

   L'interruption de séance ne tarda guère.
De Bonchamps en avait terminé de sa plaidoirie. Le temps des délibérations était
enfin arrivé. La cour d'assises fut évacuée
par les gendarmes. Dans l'immense vestibule, sourires et crispations se mélangeaient : étudiants en droit, retraités, amis
du prévenu et soutiens de la famille de la
victime confrontaient leurs points de vue,
jaugeaient les enjeux et préjugeaient. Zoé,
observant ce beau monde, vit enfin de

Bonchamps, les yeux cernés mais fier du devoir accompli, une bouteille d'eau minérale à la main, descendre en direction de quelques pisse-copies. La lampe d'une caméra se projeta immédiatement sur le visage de l'avocat qui retrouva aussitôt un sourire de circonstance. La comédie n'avait que trop duré pour Zoé qui quitta aussitôt le Palais. Elle avait mieux à faire qu'à attendre le délibéré.

Chapitre 6

Mon métier a sale réputation. « Le gentil garçon fait un sale métier ». Voilà les commentaires de ceux qui se fichent de moi dans mon dos. Gamin déjà, j'étais la risée de tout le monde. De l'école, il y a un mot que j'ai parfaitement retenu, que j'ai recopié mille fois et appris par cœur. Ostracisme. *Tenir quelqu'un à l'écart, d'une manière injuste, c'est ma marque de fabrique et celle de toute ma famille. Mes aïeux ont tous été frappés de cet ostracisme. Oui, je dois avoir l'air bête et la tête du type qu'on invite à une soirée juste pour se foutre de sa gueule. Mais ça forge le caractère de subir les moqueries des camarades de classe, d'être banni de son groupe. Et puis ça laisse du temps à soi de ne pas avoir d'amis. Pas de booms, pas d'anniversaires à fêter, rien. Juste témoin de ripailles d'un autre âge auxquelles mes parents participaient au service. Alors j'ai eu le temps de lire. C'est dans les bouquins que j'ai appris que ma famille, durant des siècles, avait été marquée du sceau de l'infamie. Ben oui, le droit de tuer est toujours mal vu en société. Haïs, condamnés à vivre hors les murs de la cité, à se marier entre gens de même condition et même corporation, mes ancêtres vivaient cachés, reclus loin de la ville lorsqu'ils n'étaient pas pourchassés ou tout bonnement lapidés par la foule.*

J'ai beaucoup lu. Et puis j'ai beaucoup réfléchi. La vengeance, la passion, la justice, la clémence sont des notions que je maîtrise par cœur. La solitude vous forge un homme. Certains peuvent croire que je suis fou. Vous dire quand mon projet criminel a pris forme ? Je ne saurais le préciser exactement. Le temps d'apprendre que je suis devenu indésirable, et que mon avenir professionnel est compromis ; le temps de tomber sur un bouquin qui liste les noms des traîtres, de travailler sur leurs emplois du temps, de tout mettre en fiche, de tester et de choisir le bon matériel. Ce n'est pas si simple de mettre en place le jeu de piste avec mes chers amis de la police. Ben oui, ça demande forcément de la réflexion. Faut leur donner des biscuits, mais pas trop... Et puis toujours garder un temps d'avance sur eux, histoire que ma vengeance soit totalement consommée. C'est pas que je ne les aime pas, les flics, mais les voir s'aga-

cer, chercher à emboiter les pièces du puzzle, me réjouit par avance. Faut dire aussi que j'espère aller assez loin, car je leur prépare une belle petite surprise. Un truc qu'ils ne sont pas prêts d'oublier.

Pour mon premier objectif, je reconnais que j'ai eu un peu de chance. À cause du procès en cours qui a fini tard. Hier soir, j'ai attendu que « mon » homme sorte de la grande cour d'assises située en surplomb du vestibule de Harlay, sa sacoche en cuir à la main, et quitte en trombe le Palais par le perron de la cour du Mai. Alors je l'ai suivi, malgré l'heure tardive. Cette fois, je ne suis pas allé plus loin que la gare St Lazare. J'ai préféré rentrer me coucher. Pour tout avouer, mon sommeil a été agité. L'excitation, probablement. Au milieu de la nuit, sur le coup de trois heures du matin, je me suis relevé et, de nouveau, j'ai vérifié le matériel. Tout semblait en ordre : l'arme à feu, les trois morceaux de sucre et surtout les deux premiers indices. Je me suis recouché, soulagé.

Ce matin, je me suis réveillé de très bonne heure. J'en ai profité pour ressortir ma vieille boite à chaussures où je range mes objets fétiches. Dedans, il y a le taille-crayon avec lequel, enfant, j'aiguisais des tiges de bois pour mieux embrocher les souris attrapées dans les caves. Il y a aussi l'index de la main de Justice de Saint-Louis que j'ai arraché le jour de mon onzième anniversaire. Je m'en souviens comme si c'était hier, ça a fait un sacré ramdam au Palais, et les journalistes ont même parlé d'attentat antimonarchiste. Quels cons ! Mais c'est le maillet en bois d'acacia qui m'intéressait. Je l'ai mis de côté. Il devrait rapidement me servir. Ne voulant pas trop rester dans le Palais à bader, j'en ai fait le tour plusieurs fois. Rue de Harlay, une blondasse délurée de chez BFM plantée devant un micro, évoquait toutes les dix minutes l'annonce imminente du verdict de la cour d'assises. Elle a même tenté de m'alpaguer pour avoir mon point de vue. Mais je me suis éloigné. Ce n'était pas le moment de me faire remarquer. Finalement, c'est l'envoyé spécial d'Europe 1 qui a été le plus réactif. Le journaleux a fait son speech, sur fond de boucan de la foule du Palais. Lui-même ne semblait pas d'accord avec le verdict. Il n'arrêtait pas d'évoquer la colère du père de la victime à la sortie du procès. C'était bien joli tout ça, mais moi je me foutais de leur comédie. Ce qui m'importait, c'était que le procès soit définitivement clos. J'avais fini d'attendre et je pouvais passer à l'action. Les gendarmes allaient alléger le dispositif de sécurité. De ma fenêtre, j'ai alors fixé le soleil déclinant. Il ne restait plus grand monde sur le boulevard du Palais *lorsque j'ai enfin décidé de sortir. La capuche sur la tête, j'ai parcouru la cour de la Sainte-Chapelle à grandes enjambées, avant de gagner la galerie Justitia. Je souris chaque fois que je passe sous le magnifique faisceau des licteurs scellé à la rampe de l'escalier menant à la galerie Marchande. Je ne peux pas m'empêcher de penser que cette hache couleur or aurait ravi la plupart de mes ancêtres coupeurs de têtes. Il faisait nuit lorsque je me suis positionné derrière la cage d'ascenseur.*

Escalier G, 1ᵉʳ niveau, à l'intersection de la galerie de la Sainte-Chapelle et des salles d'audiencement, il n'y avait pas meilleur endroit pour se planquer.

Pour scruter les pas de quelques gendarmes et des derniers employés.

Pour guetter ma proie en toute discrétion.

Chapitre 7

Les bras figés sur le volant, les yeux embués, emportée par sa fureur, Zoé Dechaume avait accéléré sans remarquer le radar installé à la porte de Bercy. Elle devait faire le vide de cette drôle de journée, empreinte de fierté et de doutes. Fière de son baptême du feu en cour d'assises, mais doutes pour le reste de la journée malgré quelques messages réconfortants, dont celui de son père et celui de son ancien chef de groupe aux Stups'. Leurs soutiens ne pouvaient gommer ses inquiétudes. L'accueil d'Andréani, le patron de la Crim', l'avait refroidie tandis que l'ambiance au sein de l'équipe Bonnot, son nouveau groupe d'affectation, semblait pour le moins malsaine.

Le soir même, à l'issue de la plaidoirie de l'avocat de la défense, elle était retournée au "36", avait fait quelques navettes de son ancien bureau du groupe "Surdose" à celui du capitaine Desgranges, où elle avait entreposé en vrac le gros de ses affaires.

Zoé conservait tout : un plein carton de modèles de procédures, des arrêtés administratifs, ses rapports, ses notes annuelles. Un autre contenait des babioles, des souvenirs, des objets hétéroclites comme une pipe à eau, une balance de précision récupérée chez un dealer, le drapeau mexicain que son chef de groupe lui avait offert à l'issue d'une mission de formation en Amérique centrale, un tablier de serveuse qu'elle avait enfilé à deux reprises avec la complicité du taulier d'une brasserie afin de planquer sur un deal de shit dans le XXe arrondissement, toute une batterie de puces et de boitiers téléphoniques ayant servi à correspondre avec quelques "tontons". Un dernier carton, enfin, débordait de photos : celles de son groupe où elle était restée quatre ans, prises à l'occasion du banquet de la brigade des stupéfiants dans une guinguette des bords de Marne ; et d'affiches du film *L 627* de Bertrand Tavernier, docu-fiction qu'elle ne manquait jamais de regarder lorsqu'elle avait un coup de blues.

– Prends ton temps, tu finiras de t'installer lundi, ça n'urge pas ! lui avait lancé Bonnot, alors qu'il s'apprêtait à lui remettre une feuille couverte de noms et de numéros de téléphone.

– C'est quoi ?

– On est de "doublure" ce soir. Doublure, ça veut dire permanence. Faudra t'y faire, ici, on a nos codes, nos rites et notre propre vocabulaire. En bref, ça veut dire qu'il faut que tu restes joignable tout le week-end, des fois qu'on "dérouille".

– Qu'on "dérouille" ? s'était inquiétée Zoé en fronçant les sourcils.

– Qu'on soit saisi d'une affaire, avait rectifié Bonnot. Dans ce cas-là, un collègue te contacte et tu "ramarres" dare-dare. Pense à prendre de quoi noter, je vais te filer aussi les clés d'un véhicule de permanence. Et pense aussi à récupérer au secrétariat les codes d'accès à ton ordinateur pour pouvoir lancer quelques recherches et taper deux ou trois PV, si besoin.

– Et il y a des risques de… "dérouiller", ce week-end ?

– Pourquoi ? T'as un empêchement ?

– Non, c'est pour savoir, c'est tout.

– C'est difficile à dire. Il n'y a pas de loi. L'histoire de la pleine lune, c'est des conneries. Quand il pleut, il y a moins de risques : les gens restent enfermés au chaud à regarder la télé. C'est tout ce que je peux te dire,

conclut-il, le regard vide attiré par la pluie
fine arrosant la vitre du vasistas.

Zoé aurait voulu endosser son nouvel
habit de flic à la Crim', faire le tour des
bureaux, pousser les portes, découvrir les
lieux et ceux qui les occupaient. Mais elle
n'avait pas osé demander où se trouvait son
guide, le fameux capitaine Desgranges. Tant
pis pour elle ! Elle avait rempli un sac d'une
lampe, de procès-verbaux vierges, de son
brassard "Police", de sa paire de menottes et
de gants, et était descendue au parking souterrain Harlay récupérer son véhicule de
permanence.

Il était plus de vingt heures lorsqu'elle
arriva au gymnase où elle passait l'essentiel
de son temps libre, plus souvent que dans
son "deux pièces" en bordure de Marne où
elle avait récupéré ses raquettes en coup de
vent. L'endroit était magique. Certains le
surnommaient "Le Temple", dédié au culte
du badminton, où le club local élisait domicile depuis une bonne dizaine d'années. De
grandes affiches représentant les meilleurs
badistes du monde, tapissaient les hauts
murs lambrissés, et des centaines de volants
en plume couvraient en permanence toute
une partie du parquet dévolu aux entraînements. Zoé n'avait pas choisi de vivre à
Saint-Maur-des-Fossés complètement par

hasard. Son club évoluait en National 2, ce qui en faisait l'un des plus performants en Île-de-France. Et la senior Dechaume, classée dans le Top 20 France, était la capitaine de l'équipe première.

Cette saison, elle n'avait pas perdu un match. Absente lors de deux rencontres pour contraintes professionnelles, elle avait su tirer l'équipe vers le haut à l'occasion de toutes les autres compétitions. À aucun autre moment elle ne s'était défilée, même lorsque, menée 4 à 0 sur les terres tourangelles, elle avait su montrer l'exemple et remonter le moral des troupes. Ce jour-là, l'équipe avait retrouvé des ressources mentales. Elles étaient rentrées sur Paris avec les points du match nul, et surtout le sentiment d'être fortes et soudées. Ça criait, ça refaisait le match dans le monospace du président du club. Et depuis, elles étaient restées invaincues.

Arrivée la première comme à l'habitude, elle avait débuté l'entraînement avec la corde à sauter. Elle enchaînait les appuis sur une échelle d'agilité lorsque son entraîneur pénétra avec un carton de boîtes de volants dans les mains. Le travail sans raquette était essentiel. « Pour être bien dans sa tête, il faut être bien dans son corps ».

Mais ce soir, Zoé semblait incapable de gérer la moindre confrontation. Elle semblait préoccupée et amère. Autour d'elle, ça pulsait dans tous les sens. Ses partenaires de jeu travaillaient les dégagements sur demi-terrains, exécutaient routines sur routines, heureuses de transpirer à l'approche de la dernière compétition de la saison. Pour une fois, Zoé n'arrivait à rien, hantée par le dernier SMS que lui avait adressé le greffier de la cour d'assises alors qu'elle quittait Paris. La tête ne répondait pas, et les jambes ne suivaient plus. *Sadjo Fofana : cinq ans d'emprisonnement, dont dix-huit mois ferme. Bon week-end tout de même.* Non, le week-end ne pourrait pas être bon. Ni la semaine à venir, d'ailleurs.

Elle serra un peu plus les dents, tenta de se reprendre à plusieurs reprises devant les encouragements de ses partenaires. Mais ses volants sortaient systématiquement du terrain, ses *smashs*, moins puissants qu'à l'accoutumée, n'étaient pas suffisamment rabattus, et ses amortis terminaient leur course dans le filet.

Journée de merde, la palme revenant à la plaidoirie de Thibaut de Bonchamps, déclamée avec art, dont les théories fumeuses avaient pris le pas sur les faits. Son client avait été condamné à une peine qui couvrait

amplement sa détention provisoire. Le brigadier Dechaume imaginait Fofana montrant pour la première fois ses dents toutes
blanches à l'assemblée, au moment de lever
ses bras menottés en signe de victoire en
direction de sa vieille tante et de ses potes
de cité. Elle imagina Thibaut de Bonchamps
se délester aussitôt de sa robe, s'empresser
de saisir ses notes et de les ranger dans sa
sacoche Texier avant de quitter au plus vite
la salle d'audience, sans un regard pour le
père de Maÿlis, prostré dans son box, plus
ou moins bien soutenu par une consœur qui
n'avait, semble-t-il, pas trouvé les bons mots
pour mieux "enchrister" Fofana. Elle imaginait le pire jusqu'à ce qu'elle soit rappelée à
la réalité par la sonnerie de son portable
qu'elle avait posé à proximité sur un banc.
Elle laissa retomber les quelques grammes
de plumes au sol et s'empressa de répondre.

– Brigadier Dechaume ?
– Oui ?
– Ici l'État-major. Je vous avise que votre
groupe est saisi d'un homicide volontaire.
Le commandant Bonnot souhaite que vous
le rejoigniez de toute urgence au service.

Dégoulinante de sueur, le pouls battant à
un rythme élevé, Zoé ne semblait pas en
mesure d'analyser la moindre information,
si ce n'est qu'elle ne serait pas prête à

reprendre les entraînements. Elle eut toutefois le réflexe de demander des précisions
sur la saisine.

– Une victime pour l'heure non identifiée,
découverte dans un recoin de la galerie de
la Sainte-Chapelle par un gendarme du
Palais de justice. On n'en sait pas plus pour
l'instant.

Elle s'attendait à tout, sauf à ça. Elle
n'aurait pas été surprise par une rixe mor-
telle entre SDF en bordure de Seine, par la
découverte d'une octogénaire baignant dans
son sang après avoir été délestée de ses
bijoux, ou encore par un flingage en bonne
et due forme en devanture d'un débit de
boissons d'une rue malfamée du XVIIIe
arrondissement.

Le Palais de justice ! Drôle d'endroit pour
une première "dérouille", se dit-elle avant de
raccrocher et de gagner son vestiaire.

Chapitre 8

Les cheveux de Zoé n'étaient pas complè-
tements secs lorsqu'elle arriva au "36". Las-
sée de sa journée, fatiguée par l'intensité de
l'entraînement, elle grimpa difficilement
les étages, son sac de permanence en bandoulière. Les murs semblaient vides et les
couloirs plongés dans le noir. Seules les
veilleuses et l'éclairage du sas de sécurité
occupé par un jeune policier antillais, permettaient à Zoé de progresser. Les bureaux
du groupe Bonnot n'étaient pas plus éclairés
que le reste des lieux. Où se trouvaient les
autres membres de l'équipe ? Un SMS lui
apporta un début de réponse : *Rejoins-nous
au bout de la galerie de la Sainte-Chapelle,
dans le prolongement de celle des Premiers
Présidents*. Le Palais de justice était un
véritable labyrinthe, une sorte d'édifice tor-
tueux percé de corridors où il n'était pas
rare de passer des heures à retrouver son
chemin. Dressé sur quatre hectares, ce dédale

courait sur vingt-quatre kilomètres de couloirs et de galeries, comptant sept mille
portes et plus de trois mille fenêtres. En
journée, des hôtesses d'accueil fournis-
saient régulièrement un plan aux visiteurs
d'un jour désireux de s'orienter dans cet
ensemble de bâtiments reconstruits ou agran-
dis sans véritable cohésion après chaque
incendie.

Elle redescendit finalement dans la cour
désertée du "36", sombre et lugubre à souhait, rejoignit la salle Bertillon et les locaux
de l'Identité judiciaire, puis la cour de la
Sainte-Chapelle. En contournant par la
droite l'édifice religieux, sorte de vaisseau
échoué en plein cœur du Palais, elle passa
sous un porche étroit d'où elle aperçut le
commissaire divisionnaire Andréani, l'air
grave, pendu au téléphone, alors qu'il se trouvait en haut du perron de la cour du Mai. Le
taulier la regarda à peine. Elle prit la direction de la galerie Marchande et se guida au
son de la voix d'un Bonnot fantomatique,
dont le profil se dessinait à la lumière d'une
veilleuse sur les murs en grès d'un immense
couloir menant aux cabinets des juges d'instruction.

– Suis-moi, c'est par là, indiqua Bonnot
en la précédant. On a du pain sur la

planche, ajouta-t-il, l'haleine chargée de nicotine.

Ce furent ses seuls mots. Trente mètres plus loin, deux gendarmes observaient Jean-Noël Turnier en train de procéder aux premières constatations avec le soutien de trois fonctionnaires de l'Identité judiciaire. Mais la présence de Pierre Marigny, le directeur de la police judiciaire, marqua l'esprit de Zoé. Sauf cas exceptionnel, l'homme n'avait pas pour habitude de se déplacer sur les scènes de crime. Il tenait conciliabule à l'écart, avec un chauve qui portait comme lui un liseré bleu à la boutonnière. Probablement le procureur de la République en personne, ou bien un ponte de la préfecture de police.

– On sait qui c'est ? s'enquit Zoé alors qu'elle découvrait la dépouille gisant à la base d'un escalier en colimaçon qui s'enroulait autour d'une cage d'ascenseur.

– Ouais. D'après ses papiers, c'est Ludovic Peltier, un juge d'instruction, répondit en toute discrétion le chef de groupe qui paraissait dépité.

Putain de merde ! Un juge assassiné !!!

D'un coup, la présence de Marigny s'expliquait. L'affaire devenait nécessairement sensible. Car, de mémoire de policier, aucun magistrat n'avait jamais été tué sur le ressort du Tribunal de grande instance de Paris.

– Y'a des éléments ? poursuivit Zoé qui voulait combler au plus vite son déficit d'informations.

– Pas grand-chose. Il a été vu quitter son cabinet de travail par les gendarmes de faction dans la galerie d'instruction à 19 h 47, précisément. Il a été découvert ici-même vers 20 h 30, au moment de la relève. Ça sent l'assassinat en bonne et due forme, il a un bel orifice d'entrée au milieu du front. C'est tout ce qu'on a...

– Par quoi je commence ? questionna Zoé qui ne demandait qu'à se mettre à la tâche alors qu'elle resserrait ses cheveux enfin secs à l'aide d'un élastique.

– Prends cinq minutes pour t'imprégner de la scène de crime. On fait le point avec Jeannot, et tu rentres au service auditionner l'inventeur du corps, ajouta le chef de groupe en se tournant vers le gendarme qui avait découvert le cadavre.

Le corps ne semblait pas avoir été bougé. Ni le Samu, ni les pompiers n'étaient encore intervenus. Peltier était froid depuis belle lurette lorsque le gendarme l'avait découvert au moment de quitter le Palais et de regagner son cantonnement. Absence totale de pouls, les pupilles dilatées et surtout la béance aux bords pigmentés par la poudre, avaient fini de le convaincre. Toute tentative de réanimation lui avait paru inutile.

Zoé Dechaume n'osait pas s'approcher. Jean-Noël Turnier se trouvait à califourchon sur le cadavre, dans un équilibre précaire, en train de l'inspecter de plus près. Muni de gants en plastique mauve, d'une charlotte sur la tête, de sur-chaussures en tissu, et d'une tenue complète de protection enfilée sur ses habits de ville, son accoutrement aurait prêté à sourire en d'autres circonstances. La jeune enquêtrice l'observait travailler dans le calme et le silence, la sonnerie régulièrement diffusée par le téléphone de la victime le perturbant à peine. Quelqu'un attendait cet homme, quelqu'un s'inquiétait de son absence. Le procédurier poursuivait consciencieusement sa tâche, se redressant par intermittence pour prendre des notes ou pour écarter un objet ou un document, lorsque ses doigts ne léchaient pas le sang qui avait maculé la chemise de Peltier. Il s'étira pour échapper à une position inconfortable, et pour laisser de l'espace au photographe de l'Identité judiciaire qui figeait les lieux sous tous les angles.

Enquêter avec rigueur, ne rien laisser au hasard, telles étaient les consignes de la

Crim' en toutes circonstances. Le brigadier Dechaume se retourna, croisa le regard du directeur de la PJ qui la salua d'un mouvement de tête discret, puis elle se mit à scruter les alentours dans le couloir dallé de marbre. Sur la droite, entre deux fenêtres offrant une vue plongeante sur l'arrière de la Sainte-Chapelle et quelques gargouilles affamées, elle découvrit sur un panneau des tracts concernant la vie du Palais. Une affiche couleur bleu roi annonçait une messe dans l'église voisine en l'honneur de Saint-Yves, patron des magistrats. À côté, un dépliant pondu par le Barreau de Paris, évoquait l'invitation prochaine de la dernière Miss France dans le cadre des joutes verbales de la Conférence du Stage. Plus loin, la quatrième de couverture d'un ouvrage consacré aux grandes plaidoiries du XXe siècle, faisait de la publicité pour son auteur. A l'opposé, des portes en chêne massif permettaient d'accéder aux salles d'audiencement. Zoé scruta les plafonds et les angles morts. Le gendarme qui avait découvert le corps, s'empressa de l'interrompre :

– Ne cherchez pas. Il n'y a pas de caméra dans cette galerie.

L'orgueilleuse Zoé ignora son intervention. Mais il ne servait à rien d'insister, il n'y avait effectivement aucun signe de vidéosurveillance.

– Mon chef de peloton pourra vous communiquer la liste des emplacements, si vous voulez, poursuivit le militaire qui semblait être animé de bonnes intentions.

– Et on le trouve où, votre chef de peloton ?

– Au Commandement militaire, sur la droite en descendant l'escalier de la cour du Mai. Vous pourrez visionner toutes les bandes, si vous le souhaitez. Votre type y est forcément dessus, on filme toutes les entrées et sorties du Palais.

– J'aimerais également qu'il me prépare la liste de tous les gendarmes qui assuraient la sécurité du site sur la journée, sollicita Zoé qui remplissait déjà une réquisition judiciaire en bonne et due forme afin d'échapper à toute objection.

– Ce sera fait, répondit l'homme qui ne put s'empêcher d'ajouter qu'il entendait travailler dans le domaine de l'investigation à l'issue de son contrat dans la gendarmerie mobile.

Mais ça n'intéressait pas Zoé. Elle se détourna de lui et fit quelques pas en direction de son nouveau chef de groupe en conversation avec le commissaire divisionnaire Andréani et le directeur Pierre Marigny. L'heure d'un premier point s'imposait.

Turnier ne tarda pas, tandis que le pas lourd et pressé de Guillaume Desgranges se faisait entendre à travers toute la galerie. Zoé allait enfin rencontrer son nouveau partenaire, celui dont elle devait partager le bureau.

– Je ne pense pas que ce soit crapuleux, débuta le procédurier, le seul qui avait réellement autorité pour s'approcher de la scène de crime et manipuler le cadavre. Il porte encore sa sacoche en bandoulière, un iPhone à la ceinture, et son portefeuille est toujours en place avec plus de deux cents euros à l'intérieur.

Personne ne releva. Tous attendaient la suite, y compris le capitaine Desgranges qui rajustait sa veste sur une chemise débraillée.

– On a deux projectiles. Je ne l'ai pas complètement déshabillé, donc il faudra attendre l'autopsie pour faire un point définitif. Un projectile d'entrée en plein front, un autre dans le thorax. J'hésite entre du 7,65 ou du 9 mm. J'ai un doute. Par contre, j'ai remué le corps dans tous les sens, et je n'ai trouvé aucune douille.

– Personne n'a entendu les coups de feu ? demanda Desgranges.

– Non, personne, confirma Bonnot qui souhaitait vivement que les autorités partent au plus vite afin de recadrer son adjoint sur ce nouveau retard. Faut que tu saches que Peltier était encore en vie un peu avant vingt heures et qu'à cette heure-là, il n'y a plus grand monde dans ce secteur du Palais.

– Peltier ? Le juge d'instruction ?

Tous, à la Crim', connaissaient Peltier. Au moins de nom. La plupart d'entre eux étaient restés des heures dans son cabinet d'angle du deuxième étage à discuter d'un dossier, à réfléchir sur la meilleure stratégie à adopter vis-à-vis de tel ou tel suspect.

– Il y a quand même des choses bizarres, poursuivit Turnier qui montra deux sacs en plastique transparent, contenant une carte postale chacun. La victime les tenait entre le pouce et l'index gauches. Et elle avait trois sucres de formats différents dans le creux de la main droite.

– À quoi ça correspond ?

Le directeur se saisit d'autorité du premier transparent :

– Il s'agit d'une reproduction d'une toile de Monet. *La gare Saint-Lazare*, si mes souvenirs sont bons.

– Et celui-là ? questionna Bonnot qui n'était pas spécialiste en œuvres d'art.

Marigny répondit par une moue. Zoé se rapprocha et reconnut aussitôt la façade nord du Palais de justice de Paris, peinte depuis le quai de la Mégisserie. On y reconnaissait la tour Bonbec et la tour de l'Horloge au dernier plan. Au vu du bateau-vapeur qui se trouvait sur le bras nord de la Seine, la toile datait vraisemblablement du XIXe siècle.

– *Palais de justice, par Adrien Dauzats, 1858*, lut finalement Andréani après avoir retourné la carte. Je ne connais pas, prit-il soin d'ajouter.

– Dans la sacoche, je n'ai pas trouvé d'autre trace de ce type de document, compléta Jeannot Turnier.

Tous les flics s'observèrent. Aussi originale que fût cette découverte, il s'agissait tout d'abord de savoir si la présence de ces deux reproductions de toiles de maîtres et de ces trois sucres dans les mains de Peltier, avait un lien avec sa mort. Il fallait également creuser son environnement, retracer sa vie. Car si la probité et le professionnalisme du magistrat étaient reconnus de tous, sa vie personnelle leur était encore méconnue.

– Je peux peut-être aller visionner les bandes vidéo pour voir s'il avait les deux cartes en main à la sortie de son cabinet, proposa Zoé qui trépignait d'impatience.

– Non, pas pour le moment, rétorqua Andréani. En priorité, l'*avis famille*. Vous allez accompagner le capitaine Desgranges. Et ça presse, souligna-t-il en fixant Bonnot. Je ne veux pas que l'épouse de la victime l'apprenne par la presse. C'est compris ?

Le "Corse" savait se faire entendre. Personne ne broncha, pas même Bonnot qui savait son adjoint peu enclin à ce type de mission. Mais l'heure n'était pas aux passe-droits, et encore moins aux excuses. Pour l'adresse, le procédurier s'empressa de refiler à Zoé la carte d'identité du juge d'instruction qu'il avait piochée dans le portefeuille.

– Merde alors ! lâcha-t-elle en visant la photographie de l'intéressé sur laquelle apparaissait distinctement une cicatrice sur la joue gauche. Je le connais ! Je l'ai vu pas plus tard que ce matin !

– Comment ça ? demanda Andréani.

– Il faisait office d'assesseur dans un procès dont le verdict a été rendu dans la soirée. Un procès au cours duquel j'ai témoigné.

– De quel procès vous parlez ?

Zoé se mit à résumer dans les grandes lignes l'enquête qu'elle avait menée de bout en bout. Ne sachant qu'en penser, Andréani ne décolérait pas, Bonnot jouait l'impassible, Desgranges cherchait à s'écarter en toute discrétion pour donner un coup de fil.

– Vous penserez à prendre attache avec le groupe des Brocs', à la BRB, pour savoir où se trouvent actuellement les tableaux de Monet et de Dauzats, coupa le directeur de la PJ. Il y a peut-être un lien à creuser, soumit le grand patron avant de saluer l'équipe et de quitter les lieux.

Chapitre 9

Le capitaine Desgranges patientait au volant d'une puissante Mondeo, depuis près d'un quart d'heure, lorsque Dechaume réussit enfin à faire sortir le gardien de sa casemate pour ouvrir les immenses grilles de la cour du Mai au fourgon des pompes funèbres qui devait gagner l'Institut médico-légal. Eux, partaient pour Vernon, dans le département de l'Eure, à plus d'une heure de route de la porte de Saint-Cloud. Ils savaient seulement qu'ils devraient faire le sale boulot. Et il fallait faire vite car la mort violente d'un juge d'instruction, accessoirement assesseur lors d'un procès médiatisé, n'allait pas tarder à se savoir, même un vendredi soir. Et les instructions étaient claires, pas de coup de fil à la famille avant de l'avoir rencontrée.

La journée de Desgranges avait déjà été assez éreintante. Il l'avait débutée en trouvant la peau d'un braqueur de fourgon.

L'après-midi, il avait répondu aux questions de deux flics retors de l'Inspection générale des services qui, avant de lui confisquer son arme à titre conservatoire, l'avaient titillé trois longues heures pour s'assurer que les conditions de la légitime défense étaient formellement réunies. Mais ils avaient cédé les premiers. Ravaillac était solide. Un vrai gaillard. Avaler deux fois cent bornes au milieu de la nuit ne lui faisait absolument pas peur, même si un appel téléphonique à la famille aurait semblé plus adapté au vu des nombreux actes d'enquête à établir en urgence. Mais après tout, il y a longtemps que l'ancien flic de la BRI ne contestait plus rien.

S'il avait été bien luné, Desgranges aurait rassuré sa nouvelle collègue, avant d'évoquer son parcours et d'insister sur le long voyage initiatique que représentait le métier de flic à la Crim'. Car il en avait franchi tous les paliers. Sixième de groupe au sortir de la BRI, chargé des enquêtes de voisinage, il avait mûri avec le sentiment de vivre les affaires de trop loin, malgré la satisfaction de rencontres insolites. Il adorait encore son boulot quelques années plus tard lorsque, cinquième de groupe, il avait eu en charge des auditions sans grande importance, celles des premiers intervenants sur la scène de crime, ou celles de témoins dont il semblait urgent d'exclure toute responsabilité.

Puis, il y avait eu les années 1990, et leurs lots d'attentats et de crimes en série dans les parkings de la capitale. Une sale période, du sang partout, des larmes chaque jour ou presque. Desgranges était alors devenu une sorte de généraliste. Procédurier du groupe, il décortiquait les scènes de crime, guidait le travail des techniciens de l'Identité judiciaire, assistait aux autopsies, et parfois sondait les âmes sombres des assassins. Il bossait encore avec acharnement à cette époque. À peine le temps de rire des premiers pas de Victor, son fils, il se tuait à la tâche sans toujours être récompensé. En 1997, son professionnalisme, sa patience, son désir de bien faire avaient payé. Anodin au premier abord, le crachat qu'il avait découvert et fait prélever dans une cage d'escalier de l'immeuble où résidait une femme lardée de soixante-quatre coups de couteau, avait permis de remonter la piste d'un tueur en fin de peine qui avait profité de sa première "permission de sortir" pour assouvir ses pulsions.

Mais tant d'autres crimes, tout aussi sordides, étaient restés impunis. « L'investisse-

ment humain a ses limites », disait un chef
de groupe quand d'autres reprenaient parfois les dossiers à zéro pour un résultat
apparemment illusoire. Bonnot faisait partie de ces "gratteurs", de ces types qui refusaient de lâcher un dossier, qui y pensaient
jour et nuit, convaincus qu'un élément leur
avait échappé, que la vérité finirait par
jaillir en reprenant l'enquête sous un autre
angle. C'est la mort dans l'âme qu'il devait
se rendre à l'évidence quand il n'avait pas de
solution, plus d'idées, et puis tant de nouveaux dossiers à sortir, de crimes parfois
passionnels, souvent crapuleux, reléguaient,
de manière insidieuse, les vieilles affaires
dans les armoires "cold case".

Mais, à ce moment précis, Desgranges ne
semblait pas de bonne composition. Un
silence lourd et pesant avait envahi l'habitacle. Tout à ses désillusions sur sa carrière, l'officier n'avait pipé mot depuis leur
départ. Était-ce l'angoisse de l'annonce à la
veuve ?

Zoé, pourtant, aurait aimé faire plus ample
connaissance avec ce partenaire qui devrait,
au moins durant quelques mois, lui servir
de guide. Mais ce n'était pas vraiment à elle
de briser la glace, d'interrompre la voix
mécanique du GPS. Paradoxalement, elle
vécut comme un soulagement l'arrivée dans

le centre-ville de Vernon. Les faubourgs traversés, la Ford de fonction stoppa à hauteur d'une maison à colombages. Desgranges stationna sur le trottoir, à contresens, avant de couper le moteur.

– Je t'attends là, lâcha-t-il, l'air renfrogné et le regard lointain, alors que ses mains restaient crispées sur le volant.

Zoé n'en revenait pas. Une heure de route, pas un mot, et son nouveau binôme la jetait à quelques mètres de l'entrée d'un pavillon devant lequel une femme en robe de chambre d'une cinquantaine d'années les guettait. Prise au dépourvu, l'enquêtrice claqua violemment la porte avant de jeter un regard noir à Desgranges qui baissa la tête. Qu'avait-il ? Que lui arrivait-il ? Pourquoi la laisser seule face à cette épreuve ? Elle prit une grande inspiration au moment de traverser la chaussée comme lorsqu'elle s'apprêtait à pénétrer sur un terrain de badminton, et resserra machinalement son chouchou tout en se dirigeant vers la femme de Ludovic Peltier qui patientait au bas des marches de sa maison.

– Qu'est-ce qui se passe ? questionna-t-elle d'une voix aigre, tandis qu'elle observait tour à tour la plaque minéralogique immatriculée "75" et la tête de Zoé.

La mine grave du brigadier Dechaume en disait assez.

– Vous êtes de Paris ? Il est arrivé quelque chose à mon mari ?

– Vous êtes madame Peltier ? demanda enfin Zoé tandis que les jambes de son interlocutrice commençaient à faiblir.

Elle confirma.

– Je suis désolée, ajouta Zoé qui voyait pâlir son visage et ses lèvres trembler.

– Qu'est-ce… Qu'est-ce qui…

La femme du juge ne trouvait plus ses mots. Une avarie de train, un procès qui dure, un interrogatoire marathon, elle avait égrené toutes les explications plausibles au retard de son époux au cours des dernières heures. Mais elle n'avait pas envisagé sa mort. La veuve s'effondra sur les graviers, prise de gémissements de douleur.

Une demi-heure plus tard, après l'intervention du Samu, elle demanda quelques précisions supplémentaires, sans pour autant arriver à comprendre. Le coup était rude. Calmement, Zoé lui expliqua les démarches à venir, du transfert du cadavre à l'Institut médico-légal de Paris où elle pourrait le visiter, à l'autorisation d'inhumer expressément délivrée par le procureur de la République ou le juge d'instruction en charge de l'enquête. Puis, la jeune policière

obtint le droit d'emporter une photo de
famille récente de la victime qui la représentait avec sa femme, tout sourire, en compagnie de deux autres couples, prenant la pose
devant des falaises d'Etretat baignées de
lumière.

– On en aura peut-être besoin dans le
cadre de l'enquête, se justifia Zoé, pour présenter le portrait de votre mari à des témoins,
par exemple.

Josie Peltier n'écoutait plus. Zoé aurait pu
dévaliser la maison. Que ce cliché finisse
sous cote judiciaire au beau milieu de centaines d'actes de procédure, était le cadet
de ses soucis. Mais l'enquêtrice savait que
l'image d'une victime qui croquait la vie à
pleines dents, aidait parfois les jurés d'un
procès d'assises à se faire une opinion.

– Toutes mes condoléances, conclut Zoé
un peu plus tard dans la nuit, à l'arrivée de
la belle-sœur du juge prévenue pour ne pas
laisser la veuve toute seule.

Soulagée, elle sortit de cette maison qui
allait sûrement sembler bien vide durant
les jours à venir. Desgranges l'attendait
dehors, les fesses posées sur un capot de
voiture.

– On y va ! Je suis claquée, lança-t-elle
sèchement, alors qu'elle tirait la portière du
passager avant.

L'officier de police ravala sa salive. Il semblait livide, usé par le temps et par les événements. Reprendre le volant et glisser la clé dans le contact lui paraissaient des efforts surhumains. Seulement sur l'autoroute, alors que Zoé regardait fixement devant elle, il consentit enfin à parler :

– Je suis désolé. Je ne pouvais pas descendre, dit-il piteusement.

– Faut changer de métier ! coupa-t-elle, sans se détourner.

Puis, de nouveau, le silence durant de longues minutes. La jeune enquêtrice n'aspirait qu'à s'assoupir. Mais elle n'avait plus confiance en son pilote. De peur qu'il s'endorme et qu'ils soient victimes d'une embardée fatale, elle alluma d'autorité la radio. On y annonçait une crise du logement aux États-Unis et un énième conflit au Proche-Orient. Aucun papier sur l'Europe, "que dalle" sur la crise financière, et rien de croustillant dans le domaine des faits divers. Visiblement, la presse ne s'était pas encore emparée de la mort de Ludovic Peltier. Zoé sélectionna alors un programme musical. La nuit, le manteau de brume recouvrant la campagne et l'abandon d'un collègue dans l'un des pires moments d'une enquête, justifiaient une musique nostalgique.

– Tu sais, j'ai pas toujours été comme ça,
lâcha Desgranges, au moment où Jacques
Brel chantait son amour pour Amsterdam.

– Pardon ?

– Je disais que j'étais différent, plus dynamique, lorsque j'étais jeune...

Elle ne releva pas. L'épisode de Vernon
l'avait refroidie. Elle n'était pas prête à lui
pardonner sa lâcheté, son renoncement
devant l'annonce de la mort.

– ...Faut pas croire que je m'en fous. J'ai
eu plein de soucis dans ma vie...

– Qui n'en a pas ? reprit-elle de volée.

– ...La vie n'est pas toujours simple, pour-
suivit-il, comme s'il n'avait pas entendu la
remarque de sa collègue. Vous, les jeunes,
vous êtes convaincus que vous avez le monde
à vos pieds. Sauf que, parfois, les événements
se retournent contre vous, et le poids des
responsabilités finit par vous écraser...

Voilà qu'il joue au moralisateur !

Par décence, Zoé le laissa poursuivre.
D'autant qu'elle savait qu'il fallait parfois
écouter les anciens.

– Il y a des choses que je n'arrive plus à
faire. Annoncer la mort, par exemple. C'est
devenu trop dur pour moi. Tu peux tout me
demander, sauf ça. Ça et assister aux autopsies. C'est plus fort que moi. Avant je n'étais
pas comme ça...

– Avant quoi ? le piqua de nouveau Zoé, inexpressive, le regard tourné vers la vitre extérieure dans laquelle se reflétait le visage de Desgranges.

Un visage marqué par la vie, les traits tirés, les yeux boursouflés, la barbe naissante, le front barré de trois rides profondes, sous une épaisse chevelure grisonnante.

– ...Avant la disparition de ma femme, répondit-il piteusement.

Depuis dix ans, la femme de Guillaume Desgranges s'était évanouie, le laissant seul avec un môme de sept ans sur les bras. Il avait alors radicalement changé. Son métier où il côtoyait depuis trop longtemps la misère sociale, l'avait dégoûté du monde. Le flic n'était pas syndiqué, détestait la politique, refusait tout type d'aide et de compassion. Lassé, il n'avait plus l'étincelle. Son travail était devenu purement alimentaire, toute sa vie était désormais centrée sur l'éducation de son fils Victor. À quarante-quatre ans, il y avait peu de chance que la situation s'inverse.

Il était plus de trois heures du matin lorsque Zoé pénétra dans son appartement. Elle scruta longtemps la Marne endormie, dénoua ses cheveux, prit une douche réparatrice et s'enfonça enfin dans son lit. Les derniers événements avaient réussi à lui faire oublier le piètre résultat du procès Fofana. Mais elle n'était pas loin de penser que l'enquête qu'elle avait conduite aux Stups', et la mort de l'un des assesseurs du procès étaient intimement liées...

Chapitre 10

Zoé était arrivée au service juste après
Bonnot. Leur week-end était "mort". Le
groupe n'avait pas chômé durant la nuit, et
les jours à venir promettaient d'être particulièrement longs. Toute une batterie
d'investigations devait être lancée en urgence.
Et pour tenir, il fallait du café. Seul "vice"
du brigadier Dechaume, elle en buvait plus
d'un litre par jour. Le chef de groupe aussi,
mais peu regardant sur la qualité, il se satis-
faisait d'un gobelet en plastique pondu par
la machine. Pour rien au monde, Zoé
n'aurait glissé sa monnaie dans cet engin.
Elle remit en service la vieille cafetière qui
prenait la poussière au-dessus du réfrigérateur.

Le liquide n'était pas complètement passé
que toute l'équipe fut réunie dans le bureau
mitoyen occupé par Bonnot ; tout le groupe,
sauf Desgranges qui semblait avoir eu
encore une panne de réveil. Refaire le

point sur les éléments recueillis sur la scène de crime, rappeler les mesures lancées au milieu de la nuit, et sérier les actes d'enquête à réaliser durant la journée. Jeannot Turnier, le procédurier, récapitula en détail le résultat de ses constatations. Puis, Zoé évoqua sa visite à Vernon au moment où Desgranges arrivait. Pas de bonjour, pas d'excuse, pas de remarque, rien. Le numéro deux du groupe se fondit dans la masse, tandis que Bonnot relançait sa nouvelle collègue sur sa rencontre avec la femme du juge d'instruction et sur le cours du procès où elle avait témoigné. En l'état, le groupe ne savait rien ou pas grand-chose de la vie de Ludovic Peltier. Commentant les propos de la jeune Dechaume, plusieurs membres de l'équipe ne purent s'empêcher de dire que les assesseurs, comme Peltier, ne jouaient qu'un rôle secondaire dans un procès. Zoé semblait d'accord, même si tout, dans ce crime, faisait penser à un acte de vengeance : le lieu, l'exécution en pleine tête, l'absence de fouille et de vol.

– Pourquoi ne pas s'en prendre au condamné lui-même ?

– Sous bonne garde, celui-ci doit réintégrer la maison d'arrêt avant d'être libéré, répondit à brûle-pourpoint Zoé.

– D'accord, mais alors pourquoi pas au président de la cour d'assises, à ce moment-là ? Ou encore à l'avocat général ?

La remarque était pertinente. L'enquêtrice n'avait pas de réponse.

– On est peut-être au début d'une série… ?

Une fois n'est pas coutume, les deux aînés du groupe s'observèrent. Ils travaillaient déjà au "36" lorsque le tueur des parkings, le dernier des *serial killers* parisiens, avait sévi. Une sale période où le service, dans son ensemble, s'était retrouvé sur le flanc. Et pour rien au monde, ni l'un ni l'autre ne souhaitaient que ça se reproduise, du moins avant leur départ à la retraite.

– Ça serait peut-être pas mal de s'intéresser aux autres acteurs de ce procès, non ? proposa Turnier.

– Avec quels moyens ? coupa le divisionnaire Andréani qui franchissait le pas de la porte restée entrouverte. Vous croyez que vous n'avez déjà pas assez de boulot comme ça ? Tenez, je vous ai apporté des croissants, ça devrait vous aider à tenir quelques heures.

– Merci, patron, répondit le commandant Bonnot, avant de se saisir de la poche.

– Les parties civiles devraient au moins être mises en garde contre des risques de représailles, s'inquiétait toujours le procédurier.

– Hors de question dans l'immédiat ! Je ne veux pas que l'affaire s'ébruite. Plus tard la presse sera informée, plus longtemps vous travaillerez dans la sérénité, insista le chef de la Crim', au moment où le Black-Berry de Zoé bipa pour annoncer un SMS.

À lire le texto, elle sut que la presse était déjà informée. Au moins la presse écrite. Sa sœur Virginie, journaliste au quotidien régional *Paris-Matin*, lui demandait de la rappeler.

Qu'elle se démerde autrement pour obtenir ses infos !

Bonnot distribua enfin le travail. Chargé de formaliser sur le papier le résultat de ses constatations et d'assister à l'autopsie, le lieutenant Turnier était "libéré" de toutes contraintes pour les deux jours à venir. Restait à gérer l'environnement du juge d'instruction et les recherches dans le domaine de la vidéosurveillance. La perquisition du cabinet d'instruction de Peltier et l'audition de sa greffière échurent à Desgranges, tandis que la nouvelle benjamine de la Crim' devrait se coltiner la téléphonie, la saisie et l'exploitation des séquences vidéo de l'ensemble des caméras du Palais de justice, ainsi que l'identification et l'audition de tous les gendarmes de faction durant la soirée. Au bas mot, des centaines d'heures de visionnage en accéléré, et plus d'une vingtaine de témoignages à recueillir.

– Et pour cette histoire de reproductions d'œuvres d'art découvertes dans les mains de Peltier, qui se charge de contacter le groupe des Brocanteurs ? rappela Andréani, reprenant les doléances de Pierre Marigny, le directeur.

– Je m'en occupe personnellement, répondit un Bonnot taciturne qui, comme ses collaborateurs, n'aimait pas se faire marquer à la culotte.

– Vous penserez également à recenser toutes les personnes qui sont sorties du Dépôt, et celles qui sont venues pointer au contrôle judiciaire, compléta le chef de service.

Le "Corse" faisait ainsi référence aux nombreux individus libérés à l'issue d'une mise en examen, et à ceux qui avaient obligation de se signaler auprès des services judiciaires. Tous étaient libres de circuler dans les couloirs du Palais, avant leur sortie définitive de la cité judiciaire.

– C'est déjà noté, mentit Bonnot. Je m'en charge également.

Le briefing était terminé. Desgranges qui n'avait rien dit, réintégra son poste de

travail, tandis que Zoé revenait à sa cafetière. Ni l'un ni l'autre ne se servirent de
croissant. Ravaillac n'avait pas faim, et sa
nouvelle collègue évitait les pâtisseries,
sacrifice élémentaire pour une compétitrice
émérite. Elle se mit aussitôt au travail en
passant plusieurs coups de fil, tout en observant Desgranges qui demeurait songeur, les
mains posées sur son bureau au milieu de
trombones, de stylos Bic et de poussière.
Elle nota toutefois la présence de quelques
dossiers empilés sur une vieille tablette,
mais aucun souvenir, aucune photo sur le
bureau ou sur les murs, ne serait-ce que
pour masquer les plaques de peinture
écaillée au fil des années. Tout le contraire
de son univers à elle qui avait déjà punaisé
diverses cartes postales, ainsi qu'un poster
des championnats du monde de badminton
à Paris, sur lequel la française Ly Pei,
rageuse, faisait face à un champion olym-
pique indonésien. Au sol, elle avait installé
un immense ficus qui grimpait en direction
du vasistas. Une plante n'était pas de trop
pour absorber l'odeur de tabac froid qui
imprégnait les murs.

Elle récupéra les premiers actes de procédure dans une pochette, releva les informations qui lui paraissaient utiles et se lança
dans la rédaction de plusieurs réquisitions

judiciaires. Par le télécopieur qui se trouvait au secrétariat, deux niveaux plus bas, elle transmit ses requêtes aux opérateurs téléphoniques. Pour tout savoir de la vie de Ludovic Peltier, elle avait besoin d'une analyse poussée des communications privées du juge et de ses déplacements.

Malgré le café ingurgité, elle se mit à bâiller. La nuit avait été courte, son sommeil hanté par plusieurs images dont celle du père de Maÿlis qu'elle avait accompagné, dix-huit mois plus tôt, dans la salle de représentation de l'Institut médico-légal de Paris. Zoé se souvenait encore de ses propos entrecoupés de sanglots : « Elle semble en paix, comme quand elle était petite ». Elle s'était retenue de pleurer pour ne pas montrer sa faiblesse. Il lui avait fallu résister, serrer les dents, comme elle savait le faire lorsqu'elle devait remonter un handicap de plusieurs points. Au procès, elle l'avait observé alors qu'elle écoutait la plaidoirie de Thibaut de Bonchamps. Rien ne pourrait le réconcilier avec la vie sinon, peut-être, un jugement exemplaire. Mais la Justice, cette déesse aux yeux bandés armée d'un glaive, avait abandonné cet homme. Elle imagina la colère de ce père au moment du verdict, son sentiment de solitude. Peut-être avait-il hurlé, peut-être s'était-il effondré en larmes, peut-être s'était-il isolé dans un recoin du Palais avant de s'en prendre au premier venu… ? La haine, la vengeance comme modes de survie à la douleur ?

Ses réquisitions judiciaires transmises, Zoé remonta à son bureau que Desgranges avait déjà quitté. Bonnot, à côté, semblait en pleine conversation téléphonique avec le chef du groupe des Brocanteurs, de la brigade de répression du banditisme. Sans attendre le résultat des palabres, elle récupéra un disque dur amovible pour rejoindre le Commandement militaire, à l'autre bout du Palais de justice. Des dizaines d'heures de lecture vidéo l'attendaient. Mais, en urgence, elle voulait vérifier deux éléments qui lui semblaient essentiels.

Chapitre 11

Guillaume Desgranges était l'un des rares enquêteurs de la Crim' à ne connaître Ludovic Peltier que de nom. Bien que les deux hommes aient écumé les bas-fonds de la capitale, ils ne s'étaient jamais croisés. En revanche, il connaissait bien sa greffière, Isabelle Dumesnil. Surnommée "Pince-sans-rire" par tous ceux qui la croisaient quotidiennement à la cantine du Palais, Isabelle, la caractérielle, avait usé un grand nombre de magistrats qui profitaient de la première occasion pour s'en défaire. Les policiers et les gendarmes n'avaient pas le même regard. Ils se moquaient bien des rapports délicats qu'elle pouvait entretenir avec les juges de l'instruction, bien qu'elle ne se prive pas de raccrocher au nez de certains enquêteurs lorsqu'ils désiraient s'entretenir d'un dossier important avec le magistrat. Mlle Dumesnil, vieille fille devant l'Éternel, avait une poitrine haut perchée qui faisait perdre leurs moyens à tous ceux qui franchissaient la porte du cabinet d'instruction. Troublés, les plus stoïques ressortaient mal à l'aise de l'entretien, les plus professionnels perdaient parfois le fil de la conversation, et les plus hardis quittaient le cabinet avec plein de doutes et de désirs dans la tête !

Isabelle Dumesnil était au service de Ludovic Peltier depuis déjà huit mois, un record pour elle. Les choses étaient claires entre eux : vouvoiement de rigueur et rapports exclusivement professionnels. Elle arrivait au bureau à neuf heures pétantes, sortait les dossiers du jour qu'elle posait sur une immense table en chêne massif, puis préparait un café à l'intention du juge qui arrivait toujours un peu avant dix heures.

– Il n'avait pas de pied-à-terre à Paris, le juge ? questionna Desgranges.

– Pas que je sache.

– Un parent, une garçonnière, une maîtresse ?

– Pour tout vous dire, il ne se confiait pas beaucoup, répondit la greffière. C'était une règle entre nous, on n'évoquait jamais nos situations personnelles...

Desgranges acquiesça. Il en savait quelque chose, il faisait de même depuis des années, indifférent à la vie de famille de ses collègues. D'autant que la sienne était suffisamment compliquée sans avoir à interférer avec celles des autres.

– … Et pour ce qui est d'une vie parallèle comme vous l'évoquez, je doute fort qu'il en ait le profil.

– Pourquoi ?

– Je ne l'ai jamais vu en compagnie d'une autre personne. Et le soir, il déguerpissait toujours en coup de vent pour attraper son train de 18 h 50, à la gare Saint-Lazare.

– La gare Saint-Lazare ?

– Oui, c'est de là qu'il prenait son TER pour Vernon. Je crois qu'il avait plus d'une heure de trajet.

Ravaillac n'insista pas. Mais il se souvenait parfaitement de la reproduction de Monet découverte entre les mains de Peltier, figurant la gare Saint-Lazare enfumée par les trains à vapeur.

– Est-ce que monsieur le juge était amateur d'art ?

– D'art ?

– Oui, visite de musées pendant les heures creuses, des choses comme ça ?

– Pas à ma connaissance. Vous savez, le juge Peltier faisait journée *non stop*. Quand on est juge d'instruction à Paris, on n'a pas trop le temps de faire des balades !

Desgranges savait. Les juges avaient tous en moyenne cent cinquante à deux cents dossiers en portefeuille, et des dizaines de mis en examen incarcérés aux quatre coins de la région parisienne à gérer. Il choisit toutefois de poursuivre, quitte à provoquer un certain désarroi chez son interlocutrice :

– Et du sucre, il prenait du sucre dans son café ?

– Pardon !!!

– Prenait-il du sucre dans son café ? répéta l'officier de police, inébranlable.

Elle secoua la tête. Ni elle, ni lui ne prenaient de sucre. Desgranges n'en demanda pas plus. Il se tourna alors vers le procureur de la République et le doyen des juges d'instruction, requis pour la perquisition, bouleversés comme plusieurs collègues de la victime rassemblés dans des bureaux voisins. La perquisition pouvait démarrer.

Le cabinet de la victime était vaste. Tout le mobilier semblait arraché à un autre siècle. Deux bureaux Louis-Philippe remplissaient l'espace, et trois lourds fauteuils recouverts d'un tissu vert bouteille, moucheté de noir, étaient alignés en face de celui du magistrat. Isabelle Dumesnil n'était pas moins bien lotie. Seule note de gaîté dans cet ensemble, quelques affiches de films policiers avec les bouilles de Bernard Blier et de Lino Ventura. Mais aucune trace d'œuvre d'art...

Desgranges ne savait pas opérer avec rigueur et doigté. Par le passé, il s'était coltiné la perquisition du cabinet d'un avocat ripou qui s'était fait tirer dessus. Le policier en gardait le souvenir d'un travail éreintant, où l'utilité du placement sous scellé de chaque élément, faisait l'objet d'un débat âpre avec le représentant du Barreau de Paris. Ravaillac n'aimait pas composer, pas plus qu'il n'aimait grand-chose et grand monde, d'ailleurs. D'emblée, il mit les points sur les "*i*" avec le doyen des juges et le procureur.

– Plus nous saisirons d'éléments dans ce cabinet, plus nous aurons de chances d'identifier l'assassin, dit-il avec la bruquerie qui le caractérisait.

Même s'il laissa dire, le doyen, lui, n'avait pas le même point de vue. Pragmatique, il réfléchissait déjà à la répartition des dossiers de Peltier dans les autres cabinets. Le policier se mit aussitôt au travail. Mais son désir de bien faire ne résista pas longtemps à l'ampleur de la tâche. Les hautes armoires de chêne massif étaient bourrées de dossiers remplis de pièces de justice. Des classeurs cartonnés jaunes, verts, rouges, bleus, débordaient de crimes et de délits. Des tueurs, des violeurs, des escrocs remplissaient les tiroirs. Un fourgon n'aurait pas suffi à tout déménager. La lecture de tous les dossiers allait prendre une éternité. Le costaud Desgranges semblait étouffer sous la masse de documents à consulter. « Je vous avais prévenu », semblait lui dire la malicieuse greffière.

– Où sont rangés les dossiers sensibles ?

– Tous les dossiers sont sensibles, monsieur.

– Des problèmes particuliers avec certains mis en examen ?

– Ils posent tous des problèmes, monsieur.

Dumesnil, la chieuse, avait retrouvé tous ses moyens. Elle non plus ne voulait pas qu'on touche à ses "bébés".

– J'imagine que vous avez un registre sur lequel vous couchez toutes les références de vos affaires, non ?

– Non, monsieur. Il y a bien longtemps que nous sommes passés à l'ère de l'informatique, rétorqua l'agaçante bonne femme qui offrait les formes de son profil à un procureur de la République tout émoustillé. Pour votre gouverne, toutes nos procédures sont scannées.

– Et hier, vous l'avez croisé, le juge ? insista Desgranges.

– Non, monsieur. Toute la semaine, il était aux assises. J'en profite pour faire du tri et du rangement, et faire le point sur les prévisionnels. Sinon, à la demande de ma hiérarchie, j'effectue d'éventuels remplacements auprès d'autres magistrats.

– Vous avez terminé à quelle heure, hier ?

– Dix-sept heures. Sauf exception, le vendredi, je finis toujours à dix-sept heures, monsieur. Vous faites quoi, là ? intervint-elle en l'observant en train de déplacer l'unité centrale de son ordinateur.

Il ne répondit pas. C'est finalement le doyen des juges qui réussit à lui décrocher un mot.

– Je démonte le disque dur. Je vais en faire faire une copie et je vous le restituerai. Ça m'évitera de trimbaler des tonnes de paperasses, conclut-il, alors qu'il venait d'interrompre une conversation des plus enrichissantes entre le procureur et le doyen sur l'histoire du bureau qu'occupait Peltier, idéalement situé dans l'axe du pont Saint-Michel.

Ce bureau d'angle, aux murs extérieurs criblés de traces de projectiles d'armes automatiques, avait servi de quartier général aux FFI au mois d'août 1944, au moment de la Libération de Paris. À cet instant, Desgranges n'avait que faire de l'évocation de ces combats. Et pourtant, plus jeune, il avait aimé l'Histoire. Il était tombé, à l'écrit du concours d'inspecteur, sur le terrorisme en France depuis 1945, et avait obtenu la meilleure note de sa promotion. Il avait débuté sa dissertation sur les heures sombres de la guerre fratricide opposant FLN et MNA, poursuivi son développement avec la lutte contre l'OAS et ses barbouzes, et conclu sur le développement de structures policières spécialisées, aptes à répondre aux exactions commises par les membres d'Action directe, par les Corses et autres terroristes du Proche et du Moyen-Orient. Écrit sans concession, émaillé du récit de faits divers tels que l'attentat du Petit-Clamart ou celui de la rue Copernic, son devoir avait fait sensation.

Il ne restait plus rien de tout ça. Aujourd'hui, Desgranges refusait de se retourner sur le passé et sur son passé. Pas le temps, et trop de souffrance liée à la disparition de sa femme. Toute sa vie était désormais centrée sur son fils, Victor. Lourd à gérer, le présent ne laissait de place ni au passé ni à l'avenir.

Chapitre 12

Je suis amer. Mais je ne comprends pas pourquoi. Du moins pas encore. Il faut me laisser du temps, le temps de souffler, de prendre du recul. Et pourtant tout s'est déroulé comme prévu. Pour une première expérience, ça ne pouvait pas être plus réussi. Je dirais même que j'ai frôlé, voire atteint la perfection. Pas comme le stupide Philiponnet qui, en 1929, s'est fait pincer par trois inspecteurs après avoir tué le directeur de l'Identité judiciaire au pied de l'escalier menant à la 9e Chambre.

Qu'est-ce qui aurait pu clocher ? Oh, bien sûr, je mentirais si je disais que j'avais été complètement serein. Mais, paradoxalement, je pense franchement avoir été brillant. Et en plus, je n'ai pas eu à attendre plus de dix minutes avant que Ludovic Peltier ne se fasse connaître. Comme la veille au soir, il semblait pressé. Probablement pour choper son dernier train et rentrer chez Bobonne pour un week-end *récupérateur. Lorsque je me suis glissé derrière lui, j'ai bénéficié d'une totale surprise. La suite est un peu floue dans ma tête. Il me semble bien qu'il s'est retourné lorsque j'ai prononcé son nom. Peut-être qu'il a dû sentir la "patate" aussi, parce qu'il a relevé les deux avant-bras pour se protéger quand je lui ai porté un violent coup de maillet en bois sur le crâne. J'ai fait en sorte de viser le sommet de la tête, il paraît que c'est là que c'est le plus fragile, le plus friable. Bizarrement, rien n'a craqué, rien ne s'est brisé. En tout cas, je n'ai pas vu de sang gicler comme on nous le montre au cinéma. J'aurais dû frapper plus fort. Mais l'essentiel était fait, car il est tombé au sol comme une masse. Assommé, le pépère Peltier. Enfin, pas complètement, car il s'est mis à geindre, un peu comme ma grand-mère sur son lit de mort. Mais pas assez pour alerter les gendarmes les plus proches, ceux qui surveillent la galerie d'instruction à l'étage supérieur.*

Je crois bien que j'étais fier à ce moment-là. Je l'ai observé deux ou trois secondes, en conquérant, en vainqueur. Et puis j'ai refixé le maillet à l'intérieur de ma ceinture en cuir, et je l'ai tiré par les aisselles jusqu'au vieil escalier de pierre en colimaçon qui enroule la cage d'ascenseur. Étendu sur le dos, il paraissait dormir d'un sommeil agité comme les ivrognes des bords de Seine

J'ai alors vérifié une dernière fois que personne ne traînait dans le secteur, j'ai emmanché mon revolver et j'ai visé le cœur. Comme je n'étais pas sûr de mon coup, j'ai enchaîné en visant la tête. Je devais être à vingt centimètres de distance, pas plus. En tout cas, je n'ai pas raté ma cible. Le coup de feu a claqué, et une goutte de sang s'est mise à perler le long de l'arête nasale. C'était beau ! Si j'avais su, j'aurais pris mon appareil photo. Aussitôt, les gémissements se sont arrêtés. Ce qui m'a le plus gêné, finalement, c'est l'odeur de poudre. Je suis sûr que c'est rempli de produits toxiques, ces vieilles cartouches. J'ai alors rangé mon arme. Avec les morceaux de sucre et les cartes, j'ai eu un peu de mal à cause de mes gants en cuir. La prochaine fois, il faudra que je prenne des gants fins en coton ou en acrylique, ce sera plus pratique. Et puis je suis rentré par le même chemin qu'à l'aller.

Ce matin, à la première heure, je suis allé voir mon seul pote, le vieux kiosquier du boulevard du Palais. Il n'était même pas au courant du crime. Le pire, c'est qu'aucun "canard" ne relate l'événement. Peut-être que la presse n'a pas été avisée ? Ou peut-être n'a-t-elle pas eu le temps de pondre un papier sur le sujet à cause de l'heure tardive du meurtre. Tout est possible. Un meurtre ? Non, pas vraiment. Un assassinat, plutôt, en raison de la préméditation.

Il n'en reste pas moins que je suis contrarié. Tout ça mérite un peu de publicité, sinon ça ne sert à rien de poursuivre. Cela devrait s'arranger dès demain. En tout cas, ça ne m'a pas empêché de filer dans une laverie automatique nettoyer mon costume de "travail". Avec la poudre, et tout le barouf que les émissions télé font sur la police technique et scientifique, il vaut mieux rester prudent.

Chapitre 13

S'il arrivait que des gens s'y perdent, il apparaissait bien difficile d'être perdu de vue dans le labyrinthe de ce Palais de justice. Depuis l'installation des caméras, de nombreux pickpockets, ayant compté sur les absences momentanées de leurs bureaux de magistrats ou de greffiers insouciants, s'en mordaient les doigts. C'est ce que l'adjudant-chef responsable de l'unité de vidéosurveillance du site expliqua à Zoé.

Souriez ! Vous êtes filmée ! La démonstration avait fait son effet. Pour illustrer l'exemple, elle avait communiqué son horaire d'arrivée le matin même devant le "36", et le militaire s'était aussitôt amusé à jouer avec son système vidéo à l'aide de son clavier et d'une mollette en "traçant" la jeune femme sous plusieurs angles. Elle s'était ainsi vue passer sous le porche, puis gravir les marches. Les gendarmes gardaient en stock près d'un mois d'enregistrements.

C'était bien suffisant. Zoé leur remit son disque dur amovible et une réquisition leur donnant pour instruction d'y transférer les images de toutes les caméras ainsi que le logiciel de lecture *ad hoc*.

– Le transfert des données risque de prendre des plombes, jugea le gendarme.

– Faites au plus vite, commanda Zoé Dechaume alors qu'elle s'emparait du plan de situation des caméras intérieures et extérieures du Palais.

Elle décompta cinq accès principaux. Le premier était situé sur le boulevard du Palais, dans l'enfilade de la galerie des Prisonniers ; le deuxième se trouvait à l'opposé, en surplomb de la place Dauphine ; les troisième et quatrième accès correspondaient aux entrées situées aux 34 et 36 du quai des Orfèvres. La dernière ouverture perçait l'enceinte néogothique longeant le quai de l'Horloge.

– Tous les accès sont sécurisés par des portiques, précisa le gendarme, rassurant.

Zoé le savait mieux que personne, le pékin lambda devait systématiquement se délester de la moindre pièce de monnaie et retirer ceinture, portefeuille, jeux de clés et téléphones dès l'entrée. À défaut, un bruit strident le jugeait indésirable et les plantons de garde renouvelaient leur contrôle.

– On peut faire des recherches pendant le transfert des données ? questionna l'enquêtrice.

– Pas de problème. Qu'est-ce qui vous intéresse ?

– La galerie d'instruction, commanda-t-elle, plus précisément la caméra 25.

– Pour quel horaire ?

– Débutons à 19 h 45, s'il vous plaît, suggéra Zoé qui avait noté que Peltier avait quitté son cabinet deux minutes plus tard.

Le technicien fit défiler le curseur du logiciel en accéléré. La qualité d'image était bonne.

– Là ! c'est lui ! s'exclama Zoé qui reconnut la balafre sur le visage fatigué mais souriant de l'homme qui semblait heureux de quitter son boulot, pour aller se ressourcer dans sa famille.

La séquence durait à peine trois secondes. Trois petits temps où le magistrat, d'un pas pressé, traversait le champ de la caméra en saluant d'un geste de la main gauche le gendarme qui assurait le contrôle du sas d'entrée de la galerie d'instruction. De lui-même, l'adjudant-chef s'empara de sa souris d'ordinateur et fit reculer le curseur. Puis, au jugé, il figea l'image. La définition était bonne. Il lança une première impression.

– On peut le suivre à distance, comme vous avez fait avec moi ? questionna Zoé, impatiente.

– Je ne vous cache pas qu'on a essayé depuis hier soir. Malheureusement, ce secteur du Palais n'est pas bien équipé. On a pas mal de zones d'ombre et trop peu de caméras pour le pister de manière continue.

Zoé regarda de nouveau le plan de situation des caméras, et sélectionna les vidéos 7, 8 et 12, en référence aux trois caméras installées au plus proche de la galerie de la Sainte-Chapelle.

– On l'a déjà fait, se hasarda le responsable de la sécurité.

– Recommencez ! ordonna Zoé qui se refusait à croire qu'un meurtre commis dans un site aussi surveillé, puisse passer au travers des mailles du filet.

Mais les gendarmes avaient raison. Les trois enregistrements, visibles en mode mosaïque, ne montraient rien d'essentiel, même si on apercevait en fond d'écran, à 19 h 48, à l'aide de la caméra 12, le juge Peltier portant sa sacoche de la main droite.

– À défaut, j'imagine que vous avez relevé des comportements suspects, non ?

– Il y a autant de suspects que de passants, soumit un autre gendarme-opérateur. Le tri n'est pas simple...

– Et puis, rien ne dit que le tueur est passé dans le champ des caméras, reprit le chef d'équipe.

– Comment ça ? s'angoissa Zoé.

– Le Palais est un vrai gruyère. Pour celui qui connaît le secteur, il peut tranquillement traverser le site sans être vu un seul instant.

– Il a bien dû être filmé en entrant dans le Palais ! Vous m'avez dit que chaque entrée était sous surveillance !

– Là, on est d'accord. C'est la seule certitude.

Un travail de titan attendait Zoé Dechaume. Et pas le plus intéressant, un boulot sédentaire, les yeux rivés sur l'écran, les doigts noircis par l'imprimante qui recrache les "bobines" de dizaines de suspects potentiels. Elle devait désormais scruter à la loupe chacune des cinq sorties du Palais de justice entre 19 h 47 et 22 h 00, heure de fermeture des grilles. Peut-être serait-elle alertée par un comportement suspect, quelqu'un qui semblerait fuir, quelqu'un de soucieux, quelqu'un de troublé par du sang qu'il aurait sur les mains… ? Elle en doutait, mais elle n'avait pas le choix. Il fallait nécessairement en passer par là et ne plus compter ses heures…

– Pendant qu'on y est, on peut jeter un œil sur le vestibule de Harlay ? demanda-t-elle alors que le transfert des données de l'ordinateur au disque dur était presque terminé.

– C'est de l'autre côté du Palais, ça ?

– Oui, Peltier a officié à la cour d'assises comme assesseur toute la journée d'hier.

– Quel horaire ?

– 19 h 00-19 h 30.

Les vidéos calées, Zoé tomba directement sur la sortie du procès d'assises. Les sourires "banane" des Africains qui descendaient les marches, laissaient penser que le verdict était tombé. La colère indignée de François Prud'homme, le père de Maÿlis, le confirma.

– Lui, là, on peut suivre ses mouvements ? s'enquit une Zoé excitée comme une puce.

– Pas de problème, répondit l'adjudant-chef gagné par l'enthousiasme de la jeune enquêtrice.

Une vidéo se figea sur la partie civile déversant sa rage devant les caméras de plusieurs journalistes de télévision qui se bousculaient pour recueillir son témoignage. La scène dura dix bonnes minutes, le temps que tous soient rassasiés. Mais François Prud'homme n'était pas calmé pour autant. Il tenta de s'approcher de son avocate qui semblait vouloir profiter de cette couverture médiatique à quelques pas de lui, mais y renonça. À 19 h 23, isolé sur un banc de pierre, il plongea sa tête entre ses mains. Il était 19 h 24 lorsqu'il se redressa et quitta l'immense vestibule. Le gendarme s'empressa alors de changer d'angle de vue, passa sur la caméra 17 et suivit la progression de ce père de famille désespéré, tout le long de la galerie des Premiers Présidents jusqu'à devenir, à 19 h 26, un petit point noir sur l'écran.

– Et ensuite ? demanda Zoé en dévisageant le gendarme.

Ensuite, rien. La trace de François Prud'homme se perdait à l'intersection de la galerie Marchande, zone non surveillée en raison de la proximité des locaux de la presse judiciaire et du vestiaire du Barreau de Paris.

– C'est pas possible, ça ! hurla-t-elle, pas maintenant !

Elle se sentait si près du but. Où François Prud'homme avait-il disparu ? L'un des gendarmes se cala sur la sortie du site judiciaire par le boulevard du Palais. Mais pas de trace du père. L'adjudant-chef, lui, pianotait fébrilement, en vain.

– Je l'ai ! cria l'un des opérateurs.

Zoé bloqua le regard sur son moniteur. L'écran affichait 19 h 58. François Prud'-homme sortait définitivement du Palais par le perron de la cour du Mai. De 19 h 26 à 19 h 58, qu'avait-il fait durant cette grosse demi-heure ?

Le brigadier Dechaume retrouvait la confiance. Elle avait peut-être une réponse à ses questions. François Prud'homme, anéanti par la mort par overdose de sa fille unique, hanté par la colère et le désespoir, avait disparu des écrans dans le créneau où le juge d'instruction Peltier avait été assassiné. Et ce dernier n'avait aucune carte postale entre les mains en sortant de son cabinet. Elle fut fière de contacter Bonnot. Dans son nouveau service, il ne pouvait y avoir meilleure entrée en matière pour elle.

Chapitre 14

Les tergiversations avaient duré un bon quart d'heure. Zoé, rentrée au pas de charge, avait trouvé Bonnot et Andréani en plein conciliabule sur le palier du quatrième étage. Que fallait-il faire ? Fallait-il patienter, fallait-il blinder le dossier avant de convoquer François Prud'homme ? Ou bien fallait-il le traiter en urgence au risque de passer à côté de quelque élément d'importance ? Ailleurs, on tapait parfois dans le bois dur, mais à la Crim', on aimait les dossiers bien ficelés. Hors de toute considération sur la responsabilité de Prud'homme dans l'assassinat, les deux hommes ne semblaient toujours pas décidés.

– Dechaume ! Vous en pensez quoi ?

Elle n'en pensait pas grand-chose si ce n'est que le père Prud'homme avait nécessairement mal vécu la mort de sa fille, et qu'il avait tout à fait le profil de l'homme qui, sous le coup de la colère, pouvait s'attaquer à une armée entière. Elle fut plus modérée dans ses propos :

– Il y a un sérieux trou dans son emploi du temps. Je pense que ça mérite une garde à vue, patron.

– Vous croyez franchement qu'il est coupable ?

– J'en suis convaincue, monsieur, finit-elle par consentir. Il n'y a pas pire qu'un homme humilié et en colère.

– Et comment aurait-il fait pour rentrer une arme dans l'enceinte du Palais ? s'enquit le taulier qui se faisait l'avocat du diable.

– Je n'en ai aucune idée. C'est à lui de nous le dire.

– D'autant qu'il y a des contrôles supplémentaires pour rentrer dans la cour d'assises, non ?

– C'est certain. Mais peut-être qu'il a tout simplement planqué son arme dans les chiottes ou dans un recoin. Ça s'est déjà vu.

Andréani testait-il sa force de conviction ? Elle n'en était pas sûre. En tout état de cause, elle mit rapidement fin à cet interrogatoire en règle :

– Vous savez, si François Prud'homme est notre "gazier", il y a de grandes chances qu'il recommence avec la présidente de la cour d'assises, l'avocat général ou encore avec le dealer et ses potes de cité. Et si nos soupçons viennent aux oreilles de la presse et qu'il recommence avant qu'on l'interpelle, ça risque de jaser.

Elle avait raison, il le savait. Bonnot, lui, trouvait que ça allait beaucoup trop vite. Malgré tout, il opina du bonnet.

– Bon, ok. Filez chez lui avec le pimpon. Prenez Desgranges avec vous. Et qu'il y aille mollo pour une fois.

– Ça devrait aller mieux. L'IGS lui a confisqué son arme, patron.

– Pensez à prendre vos gilets pare-balles !

Desgranges fut tout heureux de lâcher la rédaction de son procès-verbal de perquisition. Taper sur le clavier n'était pas son exercice favori. Il préférait de loin le terrain, sortir au grand air, filer défoncer des portes pour passer ses nerfs. La casse lui importait peu, l'adrénaline ne le stressait plus depuis de nombreuses années. Il n'avait plus peur ; l'instinct de survie lui était devenu totalement étranger. Il avait juste besoin de dépasser les doutes et la peur panique que lui procurait trop souvent son fils. Il arracha les clefs du véhicule de groupe des mains de son chef et, à défaut d'arme, s'équipa d'une matraque télescopique qu'il glissa à la ceinture. L'adjoint de Bonnot n'était plus du genre à poser des questions. Qu'importe que François Prud'homme soit coupable ou innocent, il fallait faire le travail, pour rappeler au suspect que force devait rester à la loi. Et s'il fallait montrer les dents, il ne serait pas le dernier.

La girouette sur le toit de la berline, les policiers arrivèrent rapidement à destination. François Prud'homme demeurait dans une cage à lapins d'une cité HLM du Kremlin-Bicêtre. Le véhicule stationné au pied d'une tour, ils grimpèrent discrètement dans les étages jusqu'à atteindre le septième niveau. Il était près de midi, les appartements n'avaient pas encore totalement déversé leur lot d'adolescents en rupture et de mineurs en crise. Ils se trouvèrent devant une porte blindée, option système anti-effraction. *Impossible à péter*. De toute manière, dans l'urgence, personne n'avait pensé au "bélier". La sagesse aurait voulu que l'un d'eux colle son oreille contre l'ouverture avant de toquer. Mais Desgranges s'empressa de sonner et de se planter dans l'encadrement de la porte malgré les consignes de sécurité. Il semblait se moquer de tout, y compris de sa vie.

Zoé, elle, s'était écartée sur le côté, en partie protégée par l'imposante carrure de son collègue, la main droite crispée sur la crosse de son arme automatique. Mais personne ne venait. Pas un bruit à l'intérieur de l'appartement.

– Si ça se trouve, il est sorti en zigouiller un autre, ou bien il s'en est collé une, pensa tout haut Desgranges qui avait retiré son index de la sonnette pour donner de grands coups de poings dans le métal.

Devant le barouf, une porte voisine grinça qui se referma aussi sec au moment où le locataire aperçut le gilet tactique siglé "Police judiciaire". Celle de l'appartement de François Prud'homme restait désespérément muette. Pas complètement découragés, ils crièrent des « Police, ouvrez !!! » Ravaillac était passé aux coups d'épaule, lorsque Zoé crut percevoir un bruit.

– Attends, arrête ! Y'a quelqu'un !

– Qui c'est ? demanda une voix d'outre-tombe.

– Police ! cria de nouveau Zoé. C'est le brigadier Dechaume, celle qui a témoigné hier matin au procès, ajouta-t-elle pour finir de le convaincre de déverrouiller.

Mais Zoé n'était pas certaine qu'il ait envie de la voir. Le pêne déclenché, un homme défiguré par l'alcool se planta devant eux. Pieds nus, en caleçon et tee-shirt, les yeux sanguinolents, des mèches entières de cheveux blancs plaquées par la sueur, malodorant, François Prud'homme venait de se réveiller. Les réflexes de Desgranges reprirent le dessus. Il fonça à travers l'appartement pour faire le tour du propriétaire.

– Il n'y a personne, finit-il par dire, après avoir inspecté toutes les pièces. Les lieux sont sécurisés.

Prud'homme se grattait la tête. Il semblait ne pas comprendre la présence de ces deux fonctionnaires de police à son domicile. Il n'eut pas le temps de leur demander les raisons de leur venue que Desgranges lui réclama son arme.

– Quelle arme !? Qu'est-ce qui se passe ? demanda le père de Maÿlis qui semblait débarquer d'un monde parallèle.

Guillaume ne s'en laissa pas conter. Plusieurs fois dans sa carrière, il s'était laissé gruger par des voyous à la mine sincère. Pour autant, il n'insista pas. Il guetta à nouveau sa réaction lorsqu'il lui notifia ses droits.

– À compter de maintenant, vous êtes en garde à vue pour l'assassinat de Ludovic Peltier...

– Qui ça !? toussa-t-il.

– ...assassinat commis hier à Paris, aux alentours de vingt heures.

– Qu'est-ce que vous me chantez là, s'indigna-t-il.

– Vous avez le droit de faire aviser un membre de votre famille ou votre employeur, vous pouvez bénéficier d'un examen médical, et vous pouvez être visité par un avocat de votre choix ou un commis d'office.

Prud'homme, bouche bée, ne semblait toujours pas comprendre alors que, derrière lui, Desgranges commençait à fouiller dans les meubles à la recherche d'une éventuelle arme.

– J'ai tué personne ! s'offusqua le quinquagénaire. Je ne sais même pas qui est votre Ludovic Pelté.

– Peltier, Ludovic Peltier. Il s'agit d'un magistrat.

– Connais pas. Vous faites erreur.

– Vous ne m'avez pas répondu sur vos droits, relança Desgranges qui désirait accélérer le mouvement. Alors, avis famille ou pas ?

– Qui voulez-vous que j'avise ? Je suis divorcé et ma seule fille est morte. Par contre, je veux bien un avocat.

– Lequel ? demanda Zoé Dechaume qui s'était mise à remplir le procès-verbal de notification de garde à vue.

– Thibaut de Bonchamps. Il est inscrit au Barreau de Paris, insista-t-il en fixant la jeune enquêtrice.

Chapitre 15

Rien n'était figé dans les enquêtes. Les flics s'adaptaient en permanence, à la faveur des rebondissements. La garde à vue de François Prud'homme en fournissait un nouvel exemple. Résultat, le commandant Bonnot s'était retrouvé dans l'obligation de composer, de chambouler les rôles à la dernière minute. En effet, Jean-Noël Turnier, le procédurier du groupe, si dynamique fût-il, ne pouvait jouer sur plusieurs fronts à la fois. Priorité à la rédaction de ses constatations et à la mise en page du dossier dans l'hypothèse où le seul suspect de l'enquête passerait rapidement aux aveux. Exclue donc pour lui l'assistance à autopsie !

L'acariâtre Desgranges détestait beaucoup de choses. Mais par-dessus tout, il exécrait les autopsies. Comme il était le seul disponible, sa désignation ne le mit pas en colère. Il fit une nouvelle fois son blasé. Mais retourner place Mazas, dans cet immeuble de briques rouges, coincé entre les voies sur berges et le métro aérien de la ligne 5, ne le réjouissait pas.

Il en connaissait chaque recoin, des deux salles de nécropsie à la bibliothèque. Il savait tout des dimensions de la salle de présentation des cadavres aux familles. Vingt ans plus tôt, il y avait accompagné des familles désireuses de savoir si le corps déchiqueté par la bombe remplie de clous, était celui de leur parent. Il était resté silencieux, laissant la psychologue de l'Institut médico-légal sortir ses mouchoirs en papier.

Les années suivantes, c'est à titre personnel qu'il y était retourné à une dizaine de reprises. À chaque fois qu'un corps de femme non identifié correspondait au signalement de Sylvie Desgranges, il se déplaçait la peur au ventre, afin de confirmer ou d'infirmer. Jamais encore il n'avait validé.

Les jours qui avaient suivi la disparition de sa femme avaient été un long calvaire. Enlèvement, viol, meurtre, fugue avec un autre mec, toutes les hypothèses s'étaient bousculées dans le crâne du flic. D'autant que rien n'était clair. Pas de mot d'adieu, pas de tohu-bohu dans l'appartement, pas de comportement dépressif, pas de bagages préparés, pas de mouvements bancaires suspects. Elle avait tout simplement disparu, un matin, au volant de sa voiture, alors qu'elle se rendait sur son lieu de travail. Quatre jours d'angoisse. Jusqu'à la découverte de sa Citroën AX rouge, stationnée de manière régulière dans le parking de l'aéroport d'Orly.

Il avait rencontré Sylvie Pensec dans les mois qui avaient suivi son installation à Paris. Cette infirmière vivait encore chez ses parents, dans un pavillon de banlieue, à Pantin. Lui, jeune inspecteur de la BRI, croquait alors la vie à pleines dents. C'est à l'Hôtel-Dieu qu'il avait croisé pour la première fois son regard pétillant, au détour du transfert d'un voyou qui s'était déjà évadé à trois reprises, profitant de son passage dans des structures hospitalières mal sécurisées. Il était tombé sous le charme de cette jolie brune aux yeux verts qui travaillait en Ophtalmologie. Puis il l'avait harcelée de coups de téléphone jusqu'à la convaincre d'accepter un dîner. Leur mariage, quatre ans plus tard, concrétisait leur désir de fonder une famille, suivi, naturellement de la naissance de Victor, à l'hôpital de la Pitié-Salpêtrière, dans le XIIIᵉ arrondissement.

Ravaillac se présenta à l'accueil de l'Institut médico-légal. Toutes les hôtesses connaissaient son histoire et compatissaient de savoir cet homme abandonné avec, pour seule compagnie, un adolescent de dix-sept ans compliqué à gérer. Au bout d'un long couloir, une jeune photographe de l'Identité judiciaire lui demanda quelques informations sur l'affaire en cours. Mais Desgranges, encore moins que d'habitude, avait envie de causer. Son estomac était noué, le lieu l'oppressait. Une légiste, trentenaire, se présenta à eux et les conduisit dans un réduit où ils s'équipèrent d'une blouse blanche, de masques et de gants. Quelques mètres plus loin, une porte automatique à double battants s'ouvrit sur une table en T en inox sur laquelle reposait la dépouille du corps entièrement nu de Ludovic Peltier, alors que la légiste effilait sur une meulière électrique chacun de ses outils de découpe.

Sur le torse du juge, on distinguait à peine l'orifice d'entrée de l'un des deux projectiles. Ses jambes étaient fines, les ongles de ses orteils très longs, et son sexe tout rabougri. Ses paupières n'étaient pas complètement closes. Mais tous les regards portaient sur l'orifice circulaire situé au milieu du front, dont les bords étaient noircis.

— Tir à bout portant, observa la légiste en pointant de son index ganté la pigmentation provoquée par la poudre tout autour de l'orifice.

– Quelle distance, à votre avis ? demanda Desgranges.

– Dix à vingt centimètres. Guère plus.

– Ça ressemble à une exécution, non ?

Elle hocha la tête, tout en souriant :

– Je peux juste vous dire que c'est compatible avec une exécution. Mais en aucun cas, je ne peux être plus affirmative.

Les médecins ne s'avançaient jamais. Après avoir effectué les constatations extérieures sur le cadavre, la légiste s'empara de son scalpel et débuta des crevés dans les muscles des membres inférieurs et supérieurs à la recherche de traces éventuelles de lutte. La gorge de Desgranges se noua aussitôt, il recula de quelques mètres pour se coller contre le mur jaune pastel sur lequel giclaient parfois des gouttes de sang. Il ne pouvait se défaire de l'image de sa femme, susceptible, elle aussi, de se trouver dans le frigo d'une quelconque morgue, peut-être même dans le carré pour indigents d'un cimetière provincial anonyme.

Il repensa à l'enquête, à la diffusion, via Interpol, du code génétique et de l'odontogramme de Sylvie. Il repensa à son coup de sang chez ses beaux-parents, où il s'était pointé alors qu'il était ivre de colère et de boisson, le gamin attaché à l'arrière du véhicule. Mais ces derniers avaient juré sur

la tête du petit Victor qu'ils ne savaient pas
où était passée leur fille. Le scandale s'était
poursuivi chez Marc Pensec, l'un de ses
beaux-frères qui tenait une carrosserie en
banlieue sud, le long de la nationale 7,
lequel passait son temps à refourguer des
pièces détachées aux gitans et autres bri-
coleurs du dimanche. Puis, il avait filé à
Londres, surveiller et interroger le benjamin
de la famille, Yann, *chief executive officer*
dans une grande société de *trading* anglaise,
dans le quartier de la City. Lui aussi déclara
n'avoir aucune nouvelle de sa sœur.

Le bruit de la disqueuse le sortit de ses
pensées. Il n'avait pas suivi le réclinement
de la peau du visage par les doigts habiles
de la légiste. Mais le gaillard frissonna de la
tête aux pieds à la vue des éclats lors de la
découpe du crâne. La calotte, fracturée par
un violent coup porté *ante mortem*, se
décrocha enfin jusqu'à dévoiler un cerveau
bien compact qu'un commis retira minu-
tieusement et déposa sur une planche de
travail en bois. La légiste le prit en main, le
pesa, annota le résultat sur un pré-imprimé
désormais couvert de traînées brunes, puis
retourna la masse molle jusqu'à découvrir
l'orifice sanguinolent par lequel le projectile
avait pénétré.

– Photo, s'il vous plaît ? commanda-t-elle pour la énième fois à la fonctionnaire de l'Identité judiciaire, alors qu'elle glissait délicatement une tige de fer dans l'orifice de manière à caractériser l'angle de tir.

Que faisait-il encore ici ? Sa vie, depuis dix ans, n'était qu'une succession d'échecs. Avait-il choisi la bonne voie, lui, le fils d'un contremaître des mines du nord de la France, décédé subitement pendant sa pré-retraite ? Sa sœur, secrétaire de mairie dans une petite commune du Pas-de-Calais, semblait plus heureuse que lui qui avait tout entrepris pour quitter sa région de naissance. Desgranges ne retournait plus dans le Nord. Sa mère avait rapidement rejoint son père dans le caveau familial et, hormis le lien qui unissait cet ancien footeux avec les résultats sportifs du Racing Club de Lens, il n'avait plus aucune attache. Plus grand-chose à espérer si ce n'est le retour bien hypothétique de sa femme dont il se disait parfois qu'il l'avait épousée trop tôt. Son seul, son unique lien à la vie : un fils qui lui en faisait baver, déscolarisé depuis deux ans, un "décrocheur" en rupture de la société.

Silencieuse, concentrée, experte, la légiste trouva enfin son bonheur. D'une découpe bien étudiée au niveau de l'occipital, elle récupéra le projectile qui avait causé la mort du juge. Elle le passa sous l'eau qui coulait en continu dans le bac, puis en mesura le diamètre.

– J'ai un doute !

– Quoi donc ? s'enquit Desgranges.

– Ce n'est pas du 9 mm, et je ne suis pas certaine que ce soit du calibre 7,65, ajouta-t-elle en fixant sa tête de chien battu par-dessus ses lunettes.

À la vue de l'orifice, Turnier avait fait la même réflexion, la veille.

– C'est quoi, alors ? insista le capitaine qui n'était pas un grand spécialiste en balistique.

Chapitre 16

La première manche s'était jouée dans un bureau obscur de la brigade des stupéfiants, sous les combles du "36", dix-huit mois plus tôt. Thibaut de Bonchamps avait eu droit à sa revanche à domicile, au cœur même de la cour d'assises. Les inflexions de voix de Zoé, qui avaient permis d'accoucher d'une vérité dans les locaux des Stups', avaient alors été balayées quand le "baveux", dans ce prétoire qu'il avait fait sien, s'était emparé du rôle principal, jouant des effets de manche et des variations de tonalités pour mieux convaincre son auditoire, se tournant parfois vers son client tout en fixant, dans un dosage savant, les jurés de son regard implorant.

Zoé n'aimait pas les avocats parce qu'ils cherchaient systématiquement à démonter le travail qu'elle avait effectué en conscience. Jamais un geste déplacé, jamais un mot plus haut que l'autre, toujours conforme au code de déontologie qu'on n'avait pas manqué de lui remettre et de commenter, à l'école de gardiens de la Paix de Vincennes où elle avait fait la fierté de son formateur durant un an. Plus que le jeu du gendarme et du voleur, ce métier était pour Zoé un véritable enjeu. Obtenir la vérité pour mieux comprendre le geste incriminé, pour réhabiliter l'honneur de la victime, pour rassurer la société, pour étouffer dans l'œuf un éventuel esprit de vengeance.

Cette fois-ci, Sadjo Fofana n'était plus au cœur de ce combat à distance. Le meurtre prémédité se substituait à la fourniture d'héroïne et à l'homicide involontaire, avec les mêmes acteurs, sauf pour François Prud'homme : partie civile la veille, il était devenu suspect à part entière.

Un mug rempli de café à portée de la main, elle s'apprêtait à auditionner pour la première fois un tueur dans son nouveau service. Après seulement deux jours de présence, Zoé devait saisir à fond cette chance de s'intégrer au plus vite dans l'esprit de la Crim'. Elle était fière de la confiance que lui accordait son nouveau chef de groupe. Mais elle savait que cette opportunité n'était liée qu'à un mauvais concours de circonstances parce que tous les autres étaient occupés, et parce que Bonnot, en bon directeur d'enquête, se devait de garder une certaine distance vis-à-vis du dossier et de tous ses protagonistes. Et puis, qui mieux que Zoé connaissait Prud'homme ?

Aux côtés du gardé à vue, un cahier à spirales sur les genoux, patientait sagement Me de Bonchamps qui avait abandonné sa robe de la veille pour une tenue de ville décontractée. Il attendit cinq bonnes minutes que l'enquêtrice réussisse à déclencher la webcam et débute son questionnaire. Il avait tout loisir d'observer sa bouille d'ange. Visage lumineux, symétrique, front libéré, sourcils clairsemés, elle semblait toutefois songeuse. Comment ne pas l'être en face d'un homme qui avait l'âge de son père et qui avait choisi comme conseil celui qui avait en partie innocenté le meurtrier de sa fille ?

Thibaut de Bonchamps, lui, n'avait pas l'air plus troublé que ça par ce choix. Au contraire, il était fier d'avoir gagné de cette manière un nouveau client, confirmant qu'il avait bien plaidé. Mais était-ce là la véritable raison de cette décision ? D'autres éléments intriguaient Zoé. Où était passée l'arme utilisée par Prud'homme pour tirer sur Peltier ? Comment l'avait-il introduite au sein du Palais de justice ? La perquisition du domicile n'avait pas permis de la retrouver, pas plus que celles de la cave et du véhicule de Prud'homme. Avait-il pris soin de la dissimuler chez un ami ou chez un voisin ? L'équipe avait pu saisir les vêtements et les chaussures de ville portés la veille au procès. Nul doute que le laboratoire de police scientifique de la rue Dantzig ne tarderait pas à les conforter en isolant des traces de poudre ou de sang sur les manches ou les semelles de chaussures.

L'audition démarra enfin, après les sempiternelles questions sur l'identité, les ressources et le mode de vie de Prud'homme... Au travers de l'étude de la vie de Maÿlis, le brigadier Dechaume avait conservé en tête beaucoup d'éléments relatifs à la famille. À la fois poli et concentré, le gardé à vue, à qui elle avait retiré les menottes, se montrait totalement coopérant. Il le fut tout autant lorsqu'elle débuta le questionnaire sur les faits qu'elle avait préparés et affichés à l'écran.

– Reconnaissez-vous   cette   personne ? interrogea-t-elle en lui tendant une photo.

L'enquêtrice avait préféré au cliché récupéré au domicile de Josie Peltier une photographie d'identité de Ludovic Peltier, extraite du site du Tribunal de grande instance sur lequel les portraits de la centaine de juges d'instruction parisiens étaient alignés.

– Oui, hésita-t-il. Il me semble que c'était l'un des jurés au procès de Maÿlis.

Ce n'était pas précisément le procès de Maÿlis, mais le procès de celui qui avait causé la mort de Maÿlis. Zoé ne releva pas.

– Non, il n'était pas juré, monsieur Prud'homme. Il était assesseur. C'était un magistrat professionnel.

– Qu'est-ce que ça change ? demanda le gardé à vue dont les épaules s'affaissaient.

– Ça change que vous avez forcément plus envie de vous débarrasser d'un magistrat professionnel que d'un juré citoyen, présent au procès contraint et forcé, non ?

Zoé choisit délibérément l'emploi du terme « débarrasser ». Avec les délinquants, il y avait des mots à bannir tels que « meurtre », « torture », « prison », parce qu'ils faisaient peur. Et puis elle n'entendait pas le brusquer si tôt. D'autant qu'elle avait quarante-huit heures de garde à vue devant elle. Prud'homme se tourna légèrement vers son avocat. Mais l'homme resta muet, conformément à la loi.

– Un commentaire, monsieur Prud'-homme ?

– Non. Si je l'avais croisé dans la rue, je ne suis pas sûr que j'aurais été en mesure de le reconnaître. Vous savez, hier soir, je n'étais pas bien... J'étais dans un sale état...

De Bonchamps s'agita sur sa chaise. Qu'il soit coupable ou innocent, son client parlait trop. Il donnait du grain à moudre à la police.

– Justement, vous n'étiez pas bien, reprit le brigadier Dechaume qui avait abandonné son écran des yeux. Raison pour laquelle vous avez peut-être fait une bêtise, non ?

– Non, je veux dire que j'étais pas bien parce que, hier soir, j'ai beaucoup bu pour oublier.

– Hier soir ? Où ça ? À quelle heure ?

– En sortant du Palais.

– À quelle heure ?

– Je ne sais pas, je n'ai pas regardé ma montre. Vous savez, le temps, pour moi, s'est arrêté il y a un an et demi.

Zoé savait précisément à quelle heure il était sorti du Palais. Mais elle ignorait ce qu'il avait fait par la suite. L'information lui donnerait peut-être une piste éventuelle sur la cache de l'arme. Elle choisit pourtant de changer d'angle d'attaque :

– Reconnaissez-vous cette personne ? lui demanda-t-elle, en lui remettant une photo couleur tirée d'une vidéosurveillance située dans le vestibule de Harlay, au bas des marches de la cour d'assises.

– Oui, c'est moi, répondit-il avec certitude après s'être emparé du cliché.

L'élégant Thibaut de Bonchamps resta de nouveau silencieux. Tel un bon élève, assis à deux mètres sur la droite de son client, il prenait des notes en toute discrétion avant de se saisir à son tour de la photographie.

– Et celle-ci ? poursuivit Zoé.

– C'est encore moi.

L'enquêtrice, calmement, soumit de la même manière plusieurs clichés. Elle obtint à chaque fois la même réponse avant d'en venir aux faits :

– D'après l'horodatage des vidéosurveillances, vous êtes définitivement sorti du Palais de justice à 19 h 58. Vous confirmez ?

– Si la vidéo le dit, c'est que ça doit être vrai.

– Bien. Selon le même suivi, on vous voit arpenter seul la galerie des Premiers Présidents en direction de la cour du Mai et de la sortie située sur le boulevard du Palais. Vous confirmez ?

– Oui, dit-il timidement, alors que de fines perles de sueur coulaient le long de ses tempes.

– Vous vous en souvenez ?

– Pas du tout, non. C'était confus tout ça. Je vous ai dit que je n'étais pas dans mon état normal. Je voulais hurler, crier, courir, me jeter dans la Seine, je voulais évacuer, lâcha-t-il.

Zoé garda le silence. Elle l'observait fixement, espérant que François Prud'homme continue de s'épancher et qu'il finisse par avouer ses fautes. Mais l'homme semblait plus coriace qu'il ne paraissait.

– Vous savez, si je devais m'en prendre à quelqu'un, ce serait à Fofana. Ce n'est pas parce qu'il fait un mètre quatre-vingt-dix qu'il me fait peur.

– Vous en rêvez ?

– À votre avis ? Chaque nuit, depuis un an et demi, je crève d'envie de lui faire mal, à lui et à sa famille, débuta-t-il, persuasif.

Le visage de Prud'homme s'illumina d'un coup. Une grande ride lui creusait le front tandis que sa bouche se tordait à chaque mot sur des dents jaunes.

– Je l'imagine crever au fond d'une cave, se vider de son sang au compte-gouttes. Je l'imagine me supplier de lui laisser la vie sauve. Je... j'imagine balancer un bidon d'essence sur sa mère et foutre le feu devant ses yeux, j'imagine dégoupiller des doses d'héro et le forcer à les avaler jusqu'à ce qu'il se contorsionne de douleur. Oui, je peux vous le dire, chaque jour, chaque heure, chaque minute, j'imagine tous les stratagèmes possibles. Sauf que je manque de courage, madame Dechaume… Je manque foncièrement de courage. Que voulez-vous, on ne devient pas tueur comme ça.

Ces propos glacèrent le sang de Zoé. La conviction de Prud'homme valait de nombreux alibis. Elle osa un coup d'œil en direction de l'avocat, puis s'en détourna pour répondre au téléphone qui sonnait depuis quelques secondes.

– Oui, allô ?

Persuadée qu'il s'agissait de Bonnot, à l'écoute de l'autre côté de la fine cloison séparant leurs bureaux, elle fut surprise de tomber sur la directrice adjointe du laboratoire de police scientifique de Paris. La discussion fut brève.

– Vous en êtes certaine ? s'enquit Zoé devant un de Bonchamps qui sentait que les nouvelles ne correspondaient pas aux attentes de l'enquêtrice.

Elle remercia toutefois son interlocutrice, puis mit de longues secondes avant de retrouver un second souffle. Comme prise de picotements, elle se redressa sur son fauteuil, plia les jambes sous le bureau et, la tête basse et la gorge nouée, s'affaira sur ses notes manuscrites. Elle décida finalement d'aller à l'essentiel, quitte à brûler plusieurs étapes.

– Monsieur Prud'homme, on vous voit vous éloigner du vestibule de Harlay à 19 h 26. Pourtant vous ne quittez le Palais qu'à 19 h 58. Qu'avez-vous fait durant tout ce laps de temps ?

Le gardé à vue se gratta la joue. Il semblait chercher des réponses, au point que le brigadier Dechaume le crut coincé.

T'es enferré, bonhomme.

– Ah oui ! Ça me revient maintenant. J'ai été retenu par une journaliste alors que je m'apprêtais à descendre le perron et à quitter le Palais. Elle m'a conduit par un escalier en colimaçon, étroit, dans une sorte de petit local, à l'étage, où elle m'a interviewé.

Toutes les hypothèses de Zoé s'effondraient. Prud'homme avait un alibi. Et un alibi crédible car il faisait référence au local de la presse judiciaire, situé à hauteur de la galerie Marchande, au-dessus du vestiaire du barreau. Restait à identifier la journaliste et à valider l'information.

Thibaut de Bonchamps s'était mis à faire des dessins sur son petit cahier. Le reste des questions adressées à son client ne serait plus qu'une formalité. Il patienta, jusqu'à se retrouver en tête à tête avec Zoé Dechaume, après que cette dernière eut renvoyé Prud'-homme en cellule de garde à vue, le temps de vérifier ses dires.

– Je peux me permettre de faire un commentaire, brigadier ?

– Dites toujours, répondit Zoé qui s'attendait au pire de la part de l'avocat.

– C'est un bonheur que d'assister à vos auditions. On sent l'approche, la construction intellectuelle. Bravo ! Pour ne rien vous cacher, ça me change des échanges entre flics blasés de commissariat et voleurs à la petite semaine, incapables de reconnaître le moindre petit larcin.

Après avoir démonté son travail la veille, voilà qu'il la caressait dans le sens du poil.

– Merci, c'est gentil, répondit-elle alors qu'elle inscrivait le numéro de toque de l'avocat sur le registre de garde à vue, et avant de lui rendre sa carte professionnelle. Si vous aimez tant le travail de PJ, vous auriez dû choisir le métier de magistrat, ajouta-t-elle tout de même.

De Bonchamps, qui avait toujours baigné dans le monde de la justice, avait très tôt préféré l'avocature.

– Magistrat ? J'y ai pensé, figurez-vous. Mais je ne voulais pas me réfugier dans une administration qui n'a de compte à rendre à personne. Pour moi, les magistrats, de par leur isolement, sont dangereux. Voyez comment ça s'est fini à Outreau.

Zoé ne releva pas. Elle ne voulait pas s'embarquer sur un sujet qu'elle maîtrisait mal, même si sa préférence entre les deux professions était évidente.

– Et puis donner la parole aux faibles et aux nécessiteux, c'est une notion qui me plaît bien, ajouta-t-il.

– Moi, c'est la prise en charge de la veuve et de l'orphelin qui me motive, répondit Zoé du tac au tac. Je suis plus stimulée par la recherche de la vérité que par l'assistanat des voyous.

– Je ne suis pas contre la recherche de la vérité…, surtout quand mon client est innocent, ajouta le "baveux" en réponse au ton piquant employé par la policière.

– Tant mieux, je vois qu'on est sur la même longueur d'onde, répondit l'enquêtrice avec une pointe de cynisme.

– Sauf que, lorsque je me déplace chez vous, j'entends être le garant du respect de la loi.

– Mais oui, bien sûr, j'avais oublié, les flics torturent à tour de bras dans les commissariats, ils pendent les gardés à vue à des crocs de bouchers, n'arrêtent que des innocents à qui ils extorquent des aveux pour mieux les envoyer derrière les barreaux. C'est bien connu, c'est le Bien contre le Mal, l'avocat intègre contre le policier ripou.

– Ce n'est pas ce que je dis…

– Si, c'est ce que vous dites ! Vous dites que vous êtes les garants de la loi, mais c'est une escroquerie. Moi aussi, je me porte garante de la loi. Et contrairement à ce que vous pouvez penser, je n'ai jamais choisi une personne au hasard dans la rue sous prétexte de faire du chiffre. Et je vous rappelle que les flics dans lesquels vous semblez avoir si peu confiance, travaillent sous le contrôle des magistrats, tempêta Zoé.

– Ah oui, vous parlez des fameux magistrats indépendants, de fonctionnaires qui ne peuvent pas être poursuivis s'ils commettent une faute !

– Vous avez raison. Sauf que je préfère largement le travail d'un juge d'instruction qui n'a aucun compte à rendre et qui ne touche aucune prime de résultat, à un pénaliste qui se remplit les fouilles de liasses de billets de cinq cents euros maculés de cocaïne, en défendant des crapules.

Zoé avait réponse à tout. Elle connaissait l'argumentaire par cœur à force d'avoir ruminé avec ses collègues les dernières réformes procédurales imposant la présence d'un avocat lors des auditions des gardés à vue. Devant tant de conviction, Thibaut de Bonchamps décida d'abandonner la lutte :

– De toute manière, quoi que je dise, on n'arrivera jamais à s'entendre. Je crois surtout que vous êtes en colère parce que vous êtes en train de vous rendre compte que mon client est innocent.

Chapitre 17

Il avait fallu des années au commandant Bonnot pour s'apercevoir que les effectifs de la Crim' ne comptaient pas leur temps. Les policiers se donnaient entièrement à leur service. Les obligations familiales passaient après le boulot. Sauf contrainte exceptionnelle, personne ne quittait le navire, personne ne partait en congé ou en week-end tant que chaque piste n'avait pas été écartée.

Les ombres commençaient à s'épaissir lorsque tous les flics se retrouvèrent autour de la table ovale, dans le grand bureau du commissaire divisionnaire Andréani.

Vingt heures après la mort de Ludovic Peltier, le moment était à un premier bilan. En bon chef de service, le "Corse" prit les choses en main et donna rapidement la parole à Bonnot, le chef de groupe. Chaque enquêteur eut droit à son temps de parole. Celui de Guillaume Desgranges, le dernier arrivé, fut bref :

– Je rentre tout juste de la Balistique. Une seule et même arme utilisée. Et les deux projectiles correspondent à du 8 mm, annonça-t-il, stoïque.

– Pardon ! s'étonna le commissaire divisionnaire.

– Le permanent de la Balistique est sûr de lui, d'autant que la balle qui s'est fichée dans un ventricule n'a subi aucune détérioration. Ça colle avec du 8 mm, un calibre qui n'a plus cours depuis des années.

– Depuis quand, précisément ? demanda à son tour Bonnot.

– Il m'a expliqué que ce calibre n'était plus fabriqué depuis la Seconde Guerre mondiale.

– Il a pu te donner un type d'arme ?

– Non, pas encore. Il balance entre deux armes semi-automatiques. Il doit faire des recherches complémentaires. En tout cas, c'est pas du tout neuf, d'après lui.

– Il y a possibilité de faire des comparaisons au sein du fichier CIBLE ?

– Il s'en occupe, mais il doute fortement du résultat vu qu'à titre personnel, il n'est jamais tombé sur ce type de calibre depuis vingt ans qu'il bosse dans ce domaine.

Le silence s'empara de l'assemblée. Que penser de l'usage d'un calibre qui n'avait plus cours ? On ne pouvait rien tirer de cette information sauf, peut-être, à exclure l'inter-vention d'un voyou de cité, susceptible de se servir d'un flingue beaucoup plus moderne et compétitif, au regard des trafics d'armes avec certains pays des Balkans. Mais là encore, rien n'était moins sûr. Andréani reprit la parole :

– Et vous Zoé, vous nous faites le point sur la garde à vue de Prud'homme, s'il vous plaît ?

À l'énoncé de son prénom, elle sursauta. La mâchoire crispée, elle semblait ailleurs, fatiguée et perturbée à la fois par la tour-nure des déclarations de Prud'homme, et par le magnétisme dégagé par le bel avo-cat qui n'avait pu s'empêcher de lui remettre sa carte de visite au moment de la quitter. *Cabinet Thémis & associés, 15, place Dauphine, 75001 Paris.*

– En ce qui concerne Prud'homme, j'ai commencé à vérifier son alibi. Il a déclaré qu'en quittant le Palais de justice, hier soir, il était resté seul au comptoir d'un bar du boulevard à boire des whiskys. J'ai vérifié, ça colle. J'ai retrouvé sa trace au *Soleil d'Or*. Le barman a confirmé, il lui a fait lâcher près de cent euros de consommations avant de lui indiquer la borne de taxis située de l'autre côté du pont Saint-Michel. Sinon, il nous a déclaré avoir fait l'objet d'une interview par une journaliste de presse écrite, hier soir, avant de quitter le Palais ; ceci expliquerait qu'il sorte du champ des caméras durant plus d'une demi-heure. Là aussi j'ai vérifié, son témoignage apparaît bien en page trois d'un quotidien. Je pense qu'on peut mettre fin à sa garde à vue, soumit-elle avec humilité.

– J'aimerais qu'on "ferme la porte" en auditionnant la journaliste, avant de le relâcher, répondit Andréani.

– Je peux m'en occuper, si vous voulez, s'empressa de répondre Zoé.

– Non, l'audition des pisse-copies c'est le domaine du chef de groupe. Quel quotidien ?

– *Paris-Matin*, monsieur.

– Ah !

L'identité de la sœur de Zoé posait problème. Tous savaient pourquoi.

– Dans ce cas, je m'occupe personnellement de la contacter, ajouta le taulier après avoir tiqué. De votre côté, mademoiselle Dechaume, filez tout de suite au musée Carnavalet avec Desgranges. D'après les infos fournies par le groupe des Brocanteurs, le tableau de Dauzats s'y trouve. Allez voir le conservateur. Cette histoire de reproductions me chiffonne.

Peut-être qu'il aura une idée qu'on n'a pas encore eue !

– Et on lui parle aussi du tableau de Monet ? interrogea Zoé qui savait qu'il ne fallait jamais en dire trop, sous peine de voir des éléments importants de l'enquête apparaître dans la presse.

– Vous voyez sur place. Faites-vous passer pour un autre service. Vous n'êtes peut-être pas obligée de lui expliquer que vous bossez sur un homicide...

Pas un ne rechigna. De toute manière, usée par cette journée marathon, Zoé n'était pas en mesure de filer au gymnase pour s'entraîner. Quant à Desgranges, s'il passait coup de fil sur coup de fil à son fils Victor, il se devait d'assurer une certaine présence au boulot lors des soixante-douze premières heures d'une affaire.

Il était presque 19 heures quand le binôme arriva enfin au cœur du Marais. Le musée allait fermer ses portes lorsqu'ils trouvèrent un emplacement « Livraisons » disponible à hauteur de la rue des Archives. Les deux flics pénétrèrent en sueur dans la cour pavée de l'hôtel particulier occupé par le musée dédié à l'histoire de la Ville de Paris.

– Nous fermons ! leur signala une hôtesse d'accueil qui enfilait un pardessus alors que Zoé frappait à l'hygiaphone.

– On vient voir le conservateur, répliqua Desgranges en collant sa "brème" contre la vitre.

– Vous êtes attendus ? demanda la femme qui fixa la photographie de Desgranges reproduite sur sa carte professionnelle. Il avait bien mal vieilli, devait-elle penser.

Zoé secoua la tête tandis que Guillaume scrutait la statue d'un Louis XIV portant cuirasse et jambières. L'employée de la Ville de Paris décrocha son téléphone. Après quelques secondes, elle sortit de sa loge.

– Monsieur Dubuisson vous attend dans son bureau.

Une lourde porte était surmontée d'une allégorie indéchiffrable. De vieux objets de l'époque gallo-romaine et du Paris médiéval les accueillirent. Ici une enseigne en bois d'un commerce de l'île de la Cité, là des masques mortuaires découverts dans la vase de la Seine. Pas le temps de visiter, les deux enquêteurs étaient pressés de comprendre et pressés de rentrer dormir.

Jean-Marc Dubuisson, la cinquantaine, le visage glabre, le cheveu rare, les tempes grisonnantes, portait des lunettes d'une autre époque. Pas le genre à suivre la mode. D'autant que son teint pâle et la bibliothèque qui l'entourait, laissaient penser qu'il vivait dans les livres, enfermé du matin au soir.

– Police judiciaire, se présentèrent les deux enquêteurs après que l'hôtesse se fut éloignée.

– Bonjour. Que me vaut votre visite ?

Sa voix était basse, quasiment inaudible, obligeant Zoé à se rapprocher de son bureau pour mieux l'entendre.

– On aurait besoin de vous poser quelques questions sur des œuvres de vos collections.

– Un samedi soir ? C'est si urgent que ça ? Vous êtes de quel service ?

Zoé s'était préparée. Noyer le poisson pour ne pas ébruiter l'enquête. Elle avait trouvé la parade.

– On est de la BRDP, le service des personnes disparues. Nous enquêtons sur la découverte d'un type qui s'est suicidé, pas de papiers dans les poches. On a juste retrouvé sur lui deux reproductions de toiles de maîtres. On cherche à l'identifier pour rendre le corps à sa famille. On se disait que vous pourriez peut-être nous aider...

– Un suicidé ! Ça ne pouvait pas attendre lundi ?

– Nous avions un peu de temps avec mon collègue, mentit l'enquêtrice. D'autant qu'on est de perm' tout le week-end...

– Et pourquoi moi ? questionna Dubuisson.

– Il semblerait que l'une des reproductions corresponde à une toile de vos collections.

– Laquelle ?

Zoé sortit enfin les copies.

– Celle-ci, soumit-elle en lui montrant l'image du Palais de justice de Paris.

– Adrien Dauzats. L'une de nos plus belles toiles du Paris du XIXe siècle. Et l'autre ?

– Un Monet. Il s'agit d'une peinture qui représente la gare Saint-Lazare.

– Ah ! Nous n'avons pas de Monet. Ce peintre est trop cher pour nous.

– Même pour une exposition temporaire ? intervint Desgranges.

– On a quelques impressionnistes, mais dans mon souvenir, nous n'avons jamais hébergé de Monet. Si vous avez cinq minutes, je vais vous faire faire le tour du propriétaire. Après tout, moi aussi j'ai du temps, conclut Dubuisson, l'air grave, alors qu'il s'emparait d'un trousseau de clés.

– Il y a peut-être un lien entre les deux peintres, non ? questionna l'enquêtrice, alors que le groupe passait à proximité d'une maquette gigantesque de l'île de la Cité au Moyen Âge, sur laquelle Desgranges ne put s'empêcher de jeter un œil.

– Dauzats est un peintre romantique du XIXe siècle qui a beaucoup voyagé au Proche-Orient. Il est à classer dans la mouvance Eugène Delacroix. Monet est un paysagiste, lui aussi. Mais leurs créations n'ont absolument rien à voir, tant par la qualité que par la production. Et puis, je ne suis même pas sûr qu'ils se soient connus. Dauzats est mort avant la Commune de Paris alors que Monet commençait à peine à fréquenter la capitale.

– Et vous ne voyez aucun lien entre les deux œuvres ?

– Que voulez-vous que je voie de plus que vous ? D'un côté, une gare Saint-Lazare qui bouge, qui frétille dans la vapeur projetée par la cheminée des trains. De l'autre, la façade d'un Palais en pleine reconstruction dans Paris, avec un bateau-vapeur sur la Seine. Hormis la vapeur évoquée dans les deux tableaux, je ne vois pas de lien, non.

Dans les étages, Zoé et Desgranges s'intéressèrent aux toiles mettant en valeur le cœur de la capitale : une gravure de la place Dauphine dessinée par Claude Castillon au moment de la construction du Pont-Neuf, *La démolition des maisons du Pont-au-Change* en 1788, *Le quai des Orfèvres et le pont Saint-Michel* peint en 1833 par

Jean-Baptiste Corot, *Le Pont-Neuf et la Cité* par Giuseppe Canella en 1832. Les toiles, de petite dimension, étaient toutes encadrées de moulures dorées. Zoé, du coin de l'œil, observait un Desgranges qui paraissait contemplatif, pour une fois.

– Vous savez, je doute que vous puissiez vraiment remonter jusqu'à l'identité de votre cadavre de cette manière, intervint Dubuisson. Des reproductions de toiles sur carte postale, on en trouve partout, dans toutes les librairies spécialisées ou associées à des musées. Et même à la commande sur des sites internet.

– Vous avez un listing des visiteurs ? coupa Zoé.

– Absolument pas. Ici, on ne fait pas de flicage d'autant que, dans le cadre de la nouvelle politique culturelle de la Ville de Paris, la visite du musée est gratuite. On a juste un système de caméras qui nous permet de surveiller les œuvres.

Pas de listing, pas de réponse, rien. Sans autre élément, quel sens donner à la découverte de ces deux cartes sur le cadavre de Ludovic Peltier ? Et que dire de ces trois sucres de formats différents trouvés dans l'une des mains du juge d'instruction ? Incompréhensible.

– Le Dauzats n'a jamais été dérobé, par hasard ? pensa tout haut Zoé, alors que les deux enquêteurs rebroussaient chemin.

– Pas à ma connaissance, déclara Dubuisson. En tout cas, pas depuis douze ans que je travaille ici.

Ils remercièrent leur hôte avant de longer les jardins de l'hôtel Renaissance pour regagner leur véhicule. Zoé prit les clés des mains de Desgranges, muet comme à son habitude. Elle eut une pensée pour François Prud'homme qui allait moisir une nuit supplémentaire dans une cellule de garde à vue, le temps que le commissaire divisionnaire Andréani valide définitivement son alibi. Elle eut surtout une pensée moins respectueuse pour le conservateur Jean-Marc Dubuisson qui avait retourné précipitamment un cadre sur son bureau de travail lorsqu'ils s'étaient présentés à lui.

La nuit s'était abattue sur Paris. Zoé fit un détour par la rue Monge, à hauteur des Arènes de Lutèce. Elle stoppa son véhicule le temps que Desgranges en descende et osa un rapide coup d'œil par la vitre. À l'étage, un rideau flottait devant la silhouette d'un adolescent. Probablement le fameux Victor. Zoé s'empressa de redémarrer et de foncer à Saint-Maur pour un repos bien mérité.

Chapitre 18

La journée a été longue. Particulièrement longue. Je dois l'avouer franchement, je me suis inquiété. À tort puisque personne n'est venu. Preuve que j'ai fait du bon boulot. Faut dire aussi que j'ai passé une bonne partie de l'après-midi à l'extérieur. Mais bon, s'il y avait eu le moindre doute, je pense qu'ils auraient fait le pied de grue devant chez moi, non ? En tout cas, quitter l'île de la Cité m'a fait le plus grand bien. Au passage, j'ai balancé le maillet dans la Seine. Il n'y avait pas de trace de sang dessus, mais mieux vaut rester prudent. Ça m'a fait de la peine de me séparer d'un si bel objet, mais je me dis que j'aurai tout loisir d'en récupérer un autre sur le bureau d'un procureur. Pour ce qui est de la balade, je dirais qu'elle m'a regonflé.

Les transports en commun, ce n'est pas trop mon truc. Moi, ce que j'aime, c'est la marche à pied. Et puis, Paris est une ville tellement belle quand on prend du temps pour l'observer. Mais j'ai en horreur les touristes, et je ne comprends pas le métier de guide touristique. D'abord il faut lever son parapluie sans arrêt pour être constamment vu de tous, et puis, il faut ne pas avoir trop d'illusions sur les gens qui vous écoutent. Je déteste ces visiteurs qui n'aspirent qu'à remplir leur carte mémoire de clichés dont l'unique but est d'épater leurs proches avant de les effacer en douce.

Moi, j'aime l'Histoire, surtout celle de Paris. J'aime aussi beaucoup l'histoire de l'art. Particulièrement les paysages. J'ai plein de livres de collection dans ma bibliothèque. Je préfère Monet, Turner, Delacroix et David aussi. Oui, je sais, il n'y a pas trop de cohérence dans tout ça. En revanche, en littérature, mon choix est plus restreint : les romans judiciaires du XIXe siècle. Je suis fan des aventures de Lecoq, j'adore Conan Doyle, et les romans de Paul Féval. Oui, le XIXe est véritablement mon siècle de référence. Surtout la période de la Commune. Peut-être bien parce que l'année 1870 a été fatale à ma famille.

Cet après-midi, j'étais bien à parcourir un quartier typiquement haussmannien où j'avais l'impression de vivre cent cinquante ans en arrière. Il ne manquait au décor que les fiacres et les chapeaux haut-de-forme. Et puis je suis tombé sur la douzaine de grues tutoyant les nuages. Ça m'a contrarié parce que les travaux ont l'air de bien avancer. Ça m'a fait peur. J'ai fermé les yeux un long moment, ai poursuivi mon chemin en pleurs jusqu'à tomber sur les dizaines de camionnettes stationnées le long du périphérique, à bord desquelles les travestis attendaient le chaland, le bras à la portière. Finalement, j'ai rebroussé chemin et me suis arrêté au square Louis XVI, à la Chapelle expiatoire du dernier roi de France. Je me sens toujours un peu obligé vu que c'est l'un de mes aïeux qui lui a coupé la tête le 21 janvier 1793.

Chapitre 19

Zoé avait passé une partie de la nuit à surfer sur le net à la recherche d'informations sur la vie d'Adrien Dauzats et sur l'œuvre de Monet. Consciencieuse, elle avait couvert deux pages entières d'annotations. Le bordelais Dauzats, né en 1804, découvrait très tôt l'Égypte et les merveilles de la Palestine et de la Syrie où il réalisa de nombreux dessins qui agrémentèrent certains récits d'Alexandre Dumas. Cité à plusieurs reprises dans *Le Comte de Monte-Cristo*, ce lithographe et illustrateur fit l'admiration de ses contemporains, de Victor Hugo à Eugène Delacroix. Mais Zoé trouva peu d'éléments sur sa vie, à la différence de celle de Claude Monet. Hormis le XIXe siècle et parfois Paris à travers certaines toiles, rien ne rattachait les deux peintres. Elle devait se rendre à l'évidence, pour l'instant, l'étude des deux reproductions découvertes dans les mains de Peltier ne conduisait nulle part. Elle n'allait pas fort. La piste Prud'homme qu'elle s'était empressée d'évoquer à sa hiérarchie, s'était dégonflée en fin de journée. Et ses recherches personnelles la menaient dans une impasse. Qu'allaient penser d'elle ses nouveaux collègues ? Méritait-elle sa mutation au sein de la Crim' ? Ne devait-elle pas faire machine arrière et retourner d'où elle venait, à traquer les dealers de "blanche" ? Tout, désormais, lui paraissait compliqué. Une nouvelle fois, elle s'endormit seule. Seule et difficilement.

La musique des *Chariots de feu* diffusée par l'option Réveil de son BlackBerry lui donna un coup de fouet. Il lui manquait encore deux ou trois bonnes heures de sommeil, mais le rayon de soleil qui filtrait à travers la baie vitrée de son salon lui réchauffa le cœur. Une tasse de café à la main, recouverte d'une nuisette en satin, elle s'approcha du balcon et surveilla quelques minutes les coureurs du dimanche qui longeaient la boucle de la Marne. Elle jeta un coup d'œil à son sac de sport glissé sous la table basse en verre du salon. Pas le temps de l'ouvrir, pas le temps de refaire les grips des raquettes et de vérifier la tension du cordage, il fallait qu'elle se douche, finisse de déjeuner et file en vitesse à Paris. Priorité au boulot.

Zoé était coincée au feu du pont d'Austerlitz lorsqu'elle reçut son premier SMS de la journée. Il n'était pas tout à fait huit heures, mais elle savait son père très matinal : *Salut petite, c'est toujours bon pour le déjeuner, ce midi ?* Un père matinal et aimant qui, malgré ses soixante-cinq printemps et une certaine dose de conservatisme, n'avait pas échappé à la révolution des nouvelles technologies. Zoé attendit de se garer sur le parking extérieur du quai des Orfèvres avant de répondre. Ces repas en famille lui pesaient, mais elle ne refusait jamais rien à son père. Elle verrouillait son véhicule de permanence lorsqu'elle vit approcher Desgranges, le téléphone collé à l'oreille et le pas pressé. Mauvais présage vite confirmé. Pas de salutation, pas de bise, pas de main serrée. Juste un :

– Dépêche-toi ! On a du boulot.

– Quoi ? répliqua Zoé qui ne comprenait pas.

– On en a un deuxième, ajouta-t-il à bout de souffle, alors que le numéro de l'État-major de la police judiciaire s'affichait à son tour sur le cellulaire de l'enquêtrice.

– Un deuxième quoi ?

Question stupide.

– Un autre macchabée. Comme avant-hier, à l'intérieur du Palais de justice. Et il tient trois sucres dans une main...

– Un juge ?

– Non, un journaliste de la presse judiciaire, lâcha-t-il alors qu'il progressait
quelques mètres devant elle dans l'escalier
recouvert de linoléum noir. Il a été découvert, il y a une heure à peine, par une
femme de ménage.

Prise de panique, Zoé s'arrêta aussitôt.
Avait-il dit un ou une journaliste ? Elle
n'était sûre de rien. Sa sœur, Virginie, était
elle-même membre de l'association de la
presse judiciaire parisienne dont les locaux
étaient situés à hauteur de la galerie
Marchande, en face du perron qui couvrait
la cour du Mai.

– Attends-moi ! bégaya-t-elle.

Au deuxième étage, les deux policiers
s'engouffrèrent par une porte dérobée
dans une allée du Palais de justice.

– Suis-moi, dit-il en se retournant à peine.
Les autres nous attendent.

Une galerie puis une seconde, un gendarme devant l'accès des locaux de la presse
judiciaire, une grande porte en partie vitrée,
un petit vestibule, un escalier de chêne en
colimaçon desservant un couloir et diverses
petites pièces en enfilade. Andréani, Bonnot
et Turnier, contactés en priorité, se trouvaient déjà sur place, en rang d'oignons, en
face d'un bureau sur lequel gisait le buste

d'un homme qui n'avait guère plus de trente ans.

Pas un son ne sortait de la bouche du chef de service. Deuxième meurtre en trois jours, au cœur même du Palais de justice, il était en train de vivre ce que redoutaient tous les commissaires de police de la planète : des meurtres en série. Bonnot scrutait les lieux à la recherche de l'erreur, à la recherche d'un message. Un ordinateur portable était ouvert sur le plateau du bureau, en partie posé sur quelques feuilles manuscrites. Mais le chef de groupe fixait surtout les trois sucres de formats différents déposés dans le creux de la main droite entrouverte de la dépouille, et les deux recueils fermés que serrait la main gauche. Nouveaux indices, certes. Mais là aussi, pas de trace de fouille.

– Putain de merde ! souffla-t-il les dents serrées, tandis que le "Corse" s'était mis en retrait pour composer le numéro personnel du directeur de la police judiciaire.

Zoé et Desgranges se regardaient à peine. Il était inutile de palabrer. La veille, ils s'étaient trompés sur toute la ligne en filant interpeller François Prud'homme à son domicile. Encore en garde à vue, celui-ci ne pouvait être le tueur. Turnier, revêtu de sa combinaison de "spationaute", tenta une première approche :

– Il est dur comme de la pierre, état de *rigor mortis*, constata-t-il en cherchant à soulever le bras gauche.

Les cliniciens du crime savaient tous ce que cela signifiait. La mort remontait au moins à une douzaine d'heures.

– On sait qui c'est ? osa Bonnot, pourtant prévenu que les procéduriers n'aimaient pas être bousculés.

– Sois patient ! rétorqua Turnier qui s'emparait avec toutes les précautions d'usage des deux ouvrages tenus par la victime.

Aussitôt, le lieutenant de police présenta à l'assistance les deux documents : un recueil de poèmes de Paul Verlaine en format poche, et un vieux fascicule écorné intitulé *Poèmes de guerre*, signé Fernand Mouquin. Tous savaient qui était Paul Verlaine. Certains connaissaient sa relation ambiguë avec Arthur Rimbaud, d'autres avaient même étudié *Mon rêve familier* en classe. Mais aucun d'eux n'était en mesure de dire qui était ce Mouquin.

– C'est un avocat parisien qui a participé à la Première Guerre mondiale, répondit Zoé, l'œil rivé sur l'écran de son BlackBerry. Un poète-avocat, précisa-t-elle quelques secondes plus tard. Il est mort centenaire, il y a quelques années.

– Quoi d'autre ?

– C'est tout. Je ferai des recherches un peu plus poussées au service, dit-elle alors que Turnier forçait de tout son poids pour redresser le buste du défunt à la verticale. Quelques gouttes de sang coagulé apparurent sur le bureau tandis que les yeux noirs définitivement inertes fixaient sévèrement les enquêteurs hypnotisés par les deux orifices brunâtres qui lui avaient déformé la partie gauche du visage.

– Il s'appelle Matthieu Jacob, déclara enfin le procédurier après s'être emparé du portefeuille de la victime qu'il avait découvert dans une poche latérale de sa veste.

Matthieu Jacob. Inconnu au bataillon des langues de vipère. Les flics lisaient souvent les mêmes papiers, la même presse. Ils connaissaient de nom ou de renom trois ou quatre d'entre eux, neuf ou dix pour les plus assidus qui considéraient la lecture des faits divers comme un passe-temps. Mais ils ne pouvaient pas tous connaître le nom des quatre-vingts journalistes accrédités de la presse judiciaire parisienne qui arpentaient les couloirs du Palais à longueur de temps.

– Il bosse pour l'AFP depuis cinq ans, intervint une nouvelle fois Zoé après avoir consulté son outil favori.

Turnier avait besoin de calme pour poursuivre ses constatations. Zoé sortit la première, s'éloigna de quelques pas le long de la galerie Marchande où elle scruta les murs et les hauts plafonds. Il n'y avait aucune caméra de vidéosurveillance dans ce secteur. Elle avait un SMS à passer en urgence. Plus loin, un téléphone à la main, Desgranges trépignait d'impatience. Plus que jamais, il semblait agacé. Bonnot, lui, était tracassé, désemparé devant ce double meurtre commis par un assassin qui se jouait d'eux en égrenant des indices. Il s'empressa de rejoindre Andréani sur le perron et lui réclama des renforts. On ne pouvait décemment travailler sur deux meurtres à la fois avec si peu d'effectifs.

Décalons le repas à ce soir. Le message de Zoé à son père était bref. Mais elle savait qu'elle n'avait pas besoin de rentrer dans les détails, d'autant qu'il y avait du boulot en perspective.

Chapitre 20

Les locaux de la presse judiciaire étaient exigus. Pour rien au monde, aucun des journalistes accrédités auprès du Parquet et du Barreau n'auraient quitté cette enfilade de petits bureaux coincés entre le vestiaire des avocats, le cabinet du médecin et la cour de la Chapelle des Girondins. Il n'y avait pas lieu plus idéalement situé au cœur des activités du Palais. Créée sous forme d'association en 1887, la presse judiciaire rassemblait les journalistes habilités à suivre les audiences. Tous les quotidiens nationaux, toutes les agences de presse, toutes les chaînes audiovisuelles y avaient leur représentant.

Chose étrange, Zoé découvrait pour la première fois cet endroit où sa sœur l'avait souvent invitée. Mais le brigadier Dechaume n'aimait pas le mélange des genres. Flic et journaliste, c'est comme chien et chat, c'est comme flic et avocat aussi. Ça s'attire, ça se

respecte, ça se cajole ; jusqu'au coup de
griffe qui laisse des cicatrices. Elle n'avait
jamais répondu à l'invitation pour ces raisons, et puis parce qu'elle n'avait jamais
aimé Virginie.

Elle patientait en silence. Son père ne lui
avait pas encore répondu. Pourtant, elle ne
s'inquiétait pas. Elle savait que lui, mieux
que personne dans la famille, comprendrait
qu'elle repousse le repas dominical au soir.
Le devoir professionnel passait avant tout le
reste pour lui qui se donnait à plein temps
à son activité, joignable à toute heure du
jour et de la nuit en cas de coup dur. Le
sujet avait été débattu à de nombreuses
reprises autour de la table. Et, à chaque
fois, les mêmes arguments, les mêmes
répliques. Zoé vivait son métier comme un
sacerdoce, se lançait à corps perdu dans la
chasse aux dealers comme elle préparait sa
saison de badminton, tandis que Virginie,
devant un tel déballage, ne pouvait s'empêcher de protester, de dire qu'il était inconce-
vable qu'une administration autorise de
telles charges de travail. « C'est la PJ... »,
disait Zoé. « C'est probablement ce qui
explique le grand nombre de bavures »,
rétorquait Virginie. « T'es mal placée pour
les juger, nos bavures, vu qu'on t'a offert
ton boulot sur un plateau ! », répliquait une

Zoé ardente dans les joutes verbales. Leur père les laissait dire. Il savait qu'il était inutile d'intervenir, elles ne s'entendraient jamais. Une blonde, une brune ; une banlieusarde, une parisienne ; une policière, une journaliste. Tout les opposait. Mais, par respect pour leur mère qui avait la larme facile, personne ne quittait jamais la table.

Zoé sortit vite de ses pensées. Elle ne servait à rien sur la scène de crime, et il y avait mieux à faire ailleurs. Surtout, le commissaire divisionnaire Andréani avait du mal à supporter sa présence. Elle était arrivée contre son gré et, par un effet de miroir et une curieuse coïncidence, au moment où une affaire difficile s'abattait sur ses épaules.

– Empressez-vous de mettre fin à la garde à vue de Prud'homme, lui cria-t-il, plein de reproches dans le ton, au moment où elle s'éloignait, les mains chargées des premiers scellés constitués par le lieutenant Turnier.

Elle ne se retourna pas. Elle était aux ordres, elle devait agir en bon petit soldat, ne pas se rebeller, ne pas contester. Et pourtant, n'en déplaise à son chef de service corse, si c'était à refaire, elle recommencerait. Car la veille encore, elle croyait dur comme fer en la responsabilité de François Prud'homme dans la mort de Peltier.

Bonnot et Andréani avaient-ils eu tort de suivre le point de vue de Zoé Dechaume ? La garde à vue passée de Prud'homme présentait au moins un avantage : celui de l'exclure de la liste des suspects. Car à attendre, à monter inlassablement le dossier, à placer sur écoute un homme qui n'avait pas cinq contacts réguliers, ils seraient encore en train de tirer des hypothèses de travail et de réfléchir au bien-fondé de son mobile.

– Vous voulez que je vous aide ?

La douce voix de Thibaut de Bonchamps résonna derrière elle alors qu'elle gravissait pour la deuxième fois de la journée l'escalier du "36". Et les cloches de la Sainte-Chapelle n'avaient pas encore sonné les dix heures !

– Qu'est-ce que vous faites ici ? demanda Zoé.

– Je viens chercher M. Prud'homme. Votre chef de service m'a contacté pour m'informer qu'il allait être libéré sous peu. Il semblerait que la journaliste de *Paris-Matin* ait validé son alibi, ajouta-t-il jovial. Et vous ? Vous êtes bien matinale. Et particulièrement encombrée. Vous voulez peut-être que je vous aide à porter tous vos paquets ?

Hors de question. Ce n'était pas le rôle d'un avocat d'aider un policier à rapporter au service les premiers éléments d'une enquête. Zoé éluda :

– Suivez-moi dans mon bureau. Je rends sa fouille à votre client ; je lui fais signer son procès-verbal de fin de garde à vue et il est à vous, dit-elle sans perdre son flegme.

De Bonchamps n'insista pas. La situation l'amusait. Elle montait les marches devant lui, le pas hésitant parce que les scellés lui masquaient en partie la vue.

– Une nouvelle affaire, peut-être ? tenta-t-il, alors qu'il pénétrait derrière elle dans son bureau.

Elle y déposa ses affaires du mieux qu'elle put. Il y avait pêle-mêle l'ordinateur portable sur lequel semblait travailler Matthieu Jacob au moment de sa mort, son porte-feuille et divers objets personnels placés dans un petit sac en papier kraft, plusieurs hebdomadaires et quotidiens découverts sur le plateau du bureau sous le buste du journaliste, et les deux recueils de poèmes que l'on distinguait par transparence à travers une poche plastique. Libérée, elle se retourna enfin vers lui et lui intima l'ordre de s'asseoir dans le canapé élimé. Son regard ne prêtait pas à discussion. Devant tant de détermination, il finit par se taire.

– Je vais chercher votre client, dit-elle en se précipitant en direction des geôles où les

gardés à vue de la brigade criminelle et ceux
de la brigade des stupéfiants, sous l'œil avisé
de quelques garde-détenus, se mélangeaient
dans l'attente de leurs auditions.

Malgré tout, elle mit cinq bonnes minutes
à revenir. Malmené par une nuit sans sommeil, Prud'homme avait tenu à se rincer longuement le visage afin de faire bonne figure
devant son avocat. Les lacets de chaussures
et sa ceinture dans une main, il marchait en
canard. La tête basse, il salua à peine son
conseil en entrant dans le bureau de Zoé.

– Vous pouvez enfiler vos lacets, vous êtes
libre, souligna l'enquêtrice alors que le
jeune Thibaut de Bonchamps, debout, se
retournait enfin. L'air intéressé, il tenait un
scellé entre les mains.

Zoé resta bouche bée devant cette audace.
Avant même qu'elle s'en indigne, l'avocat
commenta :

– Je vois qu'on s'intéresse à la poésie...
Vous connaissez Fernand Mouquin !?

De Bonchamps avait carrément sorti le
recueil de poèmes de la poche plastique
transparente et le feuilletait sous ses yeux.

– Posez-ça ! cria-t-elle avec rage.

Prud'homme redressa la tête. Le brigadier
Dechaume était rouge pivoine. Mais le mal
était fait. L'avocat avait probablement
recouvert le scellé de ses empreintes digi-

tales. Il comprit trop tard sa méprise. Il reposa le recueil comme s'il lui brûlait les doigts. Tout alla très vite dans la tête de Zoé. À peine deux jours de présence à la Crim', et elle venait de commettre sa première bévue : laisser seul un tiers en présence de pièces à conviction, est une faute. Elle allait devoir en référer, elle allait devoir s'expliquer, en espérant que ni Bonnot, ni Andréani, ne la renvoient *illico presto* dans son service d'origine.

– Vous connaissez Fernand Mouquin ? osa finalement Zoé, reprenant ses esprits, après avoir donné lecture de la fin de garde à vue à François Prud'homme.

– Qui ne le connaît pas au Palais ? Sa statue est dans la salle des Pas Perdus. Il a servi de modèle à Bartholomé en 1922, celui qui a sculpté le monument aux morts du Palais, dédié aux avocats et aux magistrats disparus lors de la Première Guerre mondiale.

Zoé l'observa étrangement. L'homme s'intéressait à la poésie, il connaissait Fernand Mouquin mieux que personne. Il arpentait les allées du Palais de justice à sa guise, sa carte d'avocat valant probité à chaque point de contrôle. Que contenait véritablement la sacoche qui l'accompagnait partout ? Ne cachait-il pas une arme au fond de ce sac ?

– Et Verlaine, vous connaissez ?

– Bien sûr que oui. Je sais par cœur quatre ou cinq de ses poèmes saturniens. Mais je peux aussi vous réciter les trois premières strophes du poème que Mouquin a rédigé en l'honneur de sa statue. D'ailleurs, il est entouré en rouge dans votre recueil.

Dans la salle des Pas Perdus
On voit un drôle d'avocat,
Lourd, épais ou plutôt dodu,
Portant la robe et le rabat
Avec un casque sur la tête.

Depuis plus de soixante ans
Il persiste, ou mieux s'entête
À tourner le dos aux passants
Et à se tenir à genoux
Devant une justice de marbre,
À laquelle il se tient et noue
Comme le lierre tient à l'arbre
Je me demande si l'on est dix
À savoir quel est le confrère
Agenouillé devant Thémis
Qui l'arme d'un air dur et sévère.

Chapitre 21

Colère noire d'Andréani. Informé de la négligence du brigadier Dechaume, il était monté dans les tours et avait hurlé à faire vibrer le double vitrage des fenêtres de son bureau. Bonnot, le messager, ne savait plus où se mettre. Il attendit que l'orage passe et trouva finalement un créneau :

– Elle a besoin de trouver ses marques, patron. Il faut lui laisser du temps.

– Du temps ? Quel temps ? On n'en a pas à perdre ! C'est une brebis galeuse, cette gonzesse ! Je n'en veux pas dans mon service ! Faut qu'elle dégage !!! On n'est pas dans la pédagogie ou le scolaire, ici. Si elle n'est pas capable de surveiller deux maudits scellés, je ne vois pas ce qu'elle vient foutre chez nous !

– Elle était bien cotée au Stups', renchérit le chef de groupe. Et puis, hier, elle s'est vraiment donnée à fond...

– Ouais, sur une putain de fausse piste ! Résultat, on a foutu un type innocent en cellule pendant plus de trente-six heures. D'ici à ce que je doive rendre des comptes, il n'y a qu'un pas !

– Je vous trouve dur, patron. Je suis certain qu'elle va vite s'intégrer et montrer de grandes qualités...

– J'en suis également convaincu, embraya le capitaine Desgranges qui les avait rejoints. Et puis pourquoi n'aurait-elle pas droit à une deuxième chance, elle aussi ? suggéra-t-il en faisant ainsi référence à certains propos du président de la République.

Andréani n'en revenait pas. De mémoire, il n'avait jamais vu Desgranges monter au créneau pour défendre un collègue.

– Qu'est-ce qui vous arrive, Desgranges ? Vous vous sentez soudain l'âme d'un *manager* ? coupa-t-il de manière cynique.

– J'aspire juste à un peu de quiétude. Et je trouve que mademoiselle Dechaume en a à revendre. En plus, elle semble motivée.

– Ça vous arrange bien, comme ça elle fait votre part de boulot, ponctua un "Corse" bien décidé à vider son sac.

– Pensez ce que vous voulez. En tout cas, je suis convaincu qu'elle fera un très bon élément. L'audition qu'elle a menée face à Prud'homme était de grande qualité, tout comme l'annonce de la mort du juge Peltier à sa veuve, à Vernon. Je peux vous dire qu'elle a été brillante.

– Sauf que cette fille arrive de nulle part, sans avoir fait le stage d'immersion au sein du service, et sans mon aval...

– Ce n'est pas notre problème. Nous, on veut une enquêtrice qui apporte une plus-value. Et on pense l'avoir trouvée. Alors, ce n'est pas un petit impair qui doit tout chambouler, minimisa Desgranges qui avait rarement autant parlé en deux minutes.

– Ce n'est pas un petit impair que de laisser un avocat foutre ses paluches sur un scellé capital !

– Vous avez complètement raison. Je me charge de la recadrer, intervint Bonnot. Pour information, Zoé a remarqué qu'un poème était entouré de feutre rouge sur chacun des deux ouvrages. Elle a commencé à gratter sur les deux poètes, tout en essayant de faire des rapprochements avec Claude Monet et Adrien Dauzats. Je lui ai également demandé de filer à l'IJ pour y déposer les deux bouquins, au cas où l'assassin ait eu la bonne idée de laisser des traces...

– Bien. Et dites-lui de poursuivre son travail sur les vidéos. Qu'elle nous fasse des recoupements. Pendant ce temps, elle ne risque pas de faire des conneries.

– Très bien, patron, dirent de concert Bonnot et Desgranges, tout heureux de quitter le bureau sans trop de dommages.

Zoé attendait le verdict, dépitée, noyant son mal-être dans les recherches. Elle en savait plus sur Fernand Mouquin, mort au début des années 1990, à l'âge de cent quatre ans, après une vie bien remplie. Avocat depuis l'âge de vingt ans, cet officier de cuirassiers à pied avait reçu la Légion d'honneur sur le champ de bataille, durant le premier conflit mondial. Elle avait également retrouvé la trace de ce membre du conseil de l'Ordre, au détour d'un article évoquant la défense de vingt-trois membres d'un réseau de résistance en Franche-Comté durant l'Occupation, qu'il n'avait pu sauver de la mort. Puis, plus rien si ce n'est un essai publié en 1967 résumant sa position sur les guérisseurs et la médecine libre. Quelques liens rappelaient la vente de son recueil de poèmes sur des sites d'enchères ou de livres d'occasion.

Dans le recueil de poèmes de Verlaine, seuls dix vers étaient entourés de rouge :

Le bruit des cabarets, la fange du trottoir,
Les platanes déchus s'effeuillant dans l'air
noir,
L'omnibus, ouragan de ferraille et de boues,
Qui grince, mal assis entre ses quatre roues,

Et roule ses yeux verts et rouges lentement,
Les ouvriers allant au club, tout en fumant
Leur brûle-gueule au nez des agents de police,
Toits qui dégouttent, murs suintants, pavé
qui glisse,
Bitume défoncé, ruisseaux comblant l'égout,
Voilà ma route – avec le paradis au bout.

Poème très "révolution industrielle", pensa la benjamine du groupe. Elle le relut plusieurs fois, persuadée que, pour l'enquête, ces quelques vers étaient plus importants que son auteur lui-même. Mais elle ne releva rien de plus. Qu'est-ce qui reliait les deux peintures et les deux poèmes ? Trois des artistes avaient vécu au XIXe siècle, et l'avocat-poète Mouquin, le moins connu mais pas le moins honorable, avait traversé les heures sombres du XXe siècle avec beaucoup de bravoure. Elle n'insista pas. Ça ne servait à rien, elle ne se sentait pas de taille à venir à bout de ce puzzle. Et que penser des trois sucres de calibres différents, objets d'une banalité risible et confondante si la situation n'était à ce point tragique ? Elle n'en avait aucune idée. Vraiment aucune.

– Faut se recentrer sur les victimes, orienta Bonnot, après dix minutes de mise au point. Faut pas trop se fier à ces indices. Si ça se trouve, l'assassin veut nous berner en égrenant des éléments aussi disparates, rien que pour nous leurrer et nous faire perdre du temps. Il joue avec nous, il se joue de nous.

Zoé était en partie d'accord. Le tueur menait la danse. Mais elle était convaincue que chaque indice avait une explication. L'heure n'était pas à la contestation ! Bonnot avait raison quand il demandait de traiter séparément chaque scène de crime, à la recherche d'une piste qui les conduirait vers l'assassin. À défaut, il faudrait bien trouver le lien qui rapprochait un juge d'instruction du Palais de justice de Paris et un chroniqueur judiciaire. À qui profitaient les crimes ?

L'enquête devait être relancée : coups de fil à passer en urgence par le chef de groupe et son adjoint en prévision de plusieurs auditions, et poursuite de l'exploitation vidéo relative à la mort du juge Peltier pour Zoé, même si elle avait déjà collationné les clichés de plus de cent vingt personnes ayant quitté le Palais après 19 h 45, le vendredi précédent.

Guillaume Desgranges interrogeait le président de l'Association confraternelle de la presse judiciaire sur le fonctionnement de la structure et la personnalité de Matthieu Jacob, lorsque le brigadier Dechaume

décida de s'accorder une pause. Elle avait
besoin de souffler. Et surtout elle avait faim.
À côté, le clavier de Bonnot encaissait la
fébrilité de ses doigts alors que le chef de
groupe synthétisait les déclarations du directeur adjoint de l'AFP, complètement décon-
tenancé par la nouvelle du crime, et
incapable de dire sur quel sujet travaillait le
journaliste. Zoé récupéra sa veste en jean,
salua discrètement Desgranges qui détourna
à peine la tête de son écran, et gagna le pont
Saint-Michel où un commerce tenu par un
Pakistanais offrait une petite ristourne aux
fonctionnaires de police qui lui comman-
daient un Panini.

Le sandwich à peine terminé, elle se
retrouva devant la fameuse statue représentant, sur le modèle de Fernand Mouquin, un
"poilu" moustachu et casqué arborant une
robe d'avocat, agenouillé devant une déesse
de la Justice aux seins nus. Au milieu de
cette salle des Pas Perdus, l'immensité du
lieu lui faisait tourner la tête. Incendié à
deux reprises, l'endroit, constitué d'une
double nef séparée par neuf piliers, haut de
dix mètres, éclairé par des verrières gigan-
tesques, avait accueilli un banquet de près
de mille cinq cents avocats au début du
XXe siècle, pour fêter le centenaire du réta-
blissement du Barreau en France. Tout y

était beau, majestueux : l'architecture, la lumière, les dallages. Face à elle, à taille humaine, la statue de Malesherbes, le défenseur de Louis XVI. Et derrière elle, celle de Berryer, député royaliste et avocat de Chateaubriand, de Louis-Napoléon Bonaparte, mais aussi des révolutionnaires de 1848.

Elle en avait assez vu. Il ne fallait pas qu'elle tarde. Elle devait repasser au centre de vidéosurveillance du Palais afin de récupérer les bandes pouvant concerner le second meurtre, et poursuivre son fastidieux travail de recherche. Elle s'intéressa à peine à l'escalier à double révolution menant à diverses chambres du tribunal, et encore moins à l'exposition temporaire traitant du déménagement du Tribunal de grande instance dans le quartier des Batignolles, au nord-ouest de Paris.

De retour au service, il fallut à Zoé quatre bonnes heures de travail pour venir à bout des images. La journée avait laissé des traces sur les visages. Les bouches étaient pincées, les paupières lasses. Le silence avait envahi les deux bureaux du groupe Bonnot. Quatre longues heures de pénitence patiente jusqu'à ce qu'une bande retienne plus particulièrement son attention. Parmi tous les clichés visionnés, elle remarqua Thibaut de

Bonchamps, qu'elle observa sous toutes les coutures au moment où il sortait du Palais du côté de la place Dauphine, encore entouré par une nuée de journalistes. Il y avait aussi sur ces images, un homme d'âge mûr que Zoé n'était pas complètement certaine de reconnaître.

– Putain, Guillaume, viens voir l'écran, là ! cria-t-elle au moment où le capitaine enfilait sa veste et s'apprêtait à se carapater en douce.

– Quoi ? Qu'est-ce qu'il y a ?

– Viens voir... Tu ne le reconnais pas, celui-là !?

Desgranges s'approcha, faillit renverser le mug de café de Zoé au moment de s'emparer du cliché couleur. Mais l'image était faiblement pixélisée, et le visage pas tout à fait dans l'axe de la caméra.

– Fais voir la vidéo, s'il te plaît...

Zoé obtempéra. Avec la souris de son ordinateur, elle ouvrit une succession de dossiers et de sous-dossiers et avança le curseur de la vidéosurveillance de l'une des caméras couvrant le poste de garde du quai de l'Horloge, jusqu'à 21 h 37. Sur ces images, le rendu du visage était beaucoup plus net.

– Alors ? T'en penses quoi ? questionna Zoé après avoir fait défiler le passage à trois reprises.

Desgranges se raidit. Oui, il pensait comme elle. Il en était même convaincu. Même démarche pataude, même forme arrondie du visage, même tenue vestimentaire. Que foutait ce type dans les murs ? Quel lien l'unissait au Palais de justice ? Les deux flics s'observèrent un court instant.

– Ça ne fait pas de lui un coupable, lâcha l'adjoint de Bonnot qui semblait pressé de quitter les lieux. Attendons, soyons patients. Cette fois-ci, on monte un dossier, on cherche à comprendre, on gratte sur le bonhomme avant de le serrer. Ok ?

Zoé ravala sa salive. Elle savait ce que signifiait cette mise en garde. Implicitement, il lui était reproché d'avoir mis le groupe sur une fausse piste avec l'arrestation de François Prud'homme. Ne pas renouveler l'expérience, sous peine de se voir éjecter de la Crim'. Tout faux pas lui serait désormais fatal.

– On s'en va, alors ?

– Ouais. On a assez bossé pour aujourd'hui. Et demain il fera jour, conclut Desgranges d'une formule un peu décalée.

Chapitre 22

Le XVIᵉ arrondissement était couvert d'un épais manteau de brume lorsque Zoé arriva chez ses parents. On distinguait à peine le faisceau lumineux du sommet de la tour Eiffel, malgré les trois cents mètres qui séparaient le monument parisien du salon familial. L'appartement, situé sur les hauteurs du Trocadéro, avait été acquis par le grand-père maternel, un Aveyronnais arrivé à Paris après la guerre, sans un sou en poche et qui était décédé un demi-siècle plus tard, à la tête de la plus grosse société de pompes funèbres de France, après avoir distribué des franchises à tour de bras aux quatre coins de la métropole. Le cent trente mètres carrés ne laissait jamais les visiteurs indifférents. La magie du point de vue, le standing de l'immeuble, la profondeur des pièces et leur agencement en disaient long sur les moyens de la famille. Zoé et Virginie avaient grandi dans cet univers feutré, où chacune avait connu de beaux rêves dans des chambres dignes de princesses de contes de fée. Mais Zoé, contrairement à sa sœur, n'avait jamais rencontré le prince charmant.

Chaque repas de famille étaient l'occasion de règlements de comptes en coulisses entre les deux sœurs, que ce soit dans le hall de l'immeuble, au milieu du couloir ou encore dans un recoin de l'appartement, pour éviter à leurs parents et au conjoint de Virginie d'être témoins de cette guerre fratricide. Zoé s'était promis de ne pas entamer les hostilités. Mais c'était plus fort qu'elle. Une remarque à peine déplacée, un mot mal interprété transformaient n'importe quel propos en incident. Comme celui qui était arrivé quinze ans plus tôt quand, à bout de nerfs à force d'être prise en grippe par Virginie, Zoé avait planté une paire de ciseaux dans la main de sa grande sœur. Celle-ci gardait la cicatrice de cette hargne.

Zoé la frondeuse n'avait jamais daigné garder ses petites nièces, bien que Virginie le lui ait proposé à plusieurs reprises. L'aînée ne pouvait s'empêcher de reprocher à sa cadette d'avoir précocement abandonné ses études de Droit, pour s'engager dans un métier délicat et sans possibilité d'évolution. Elles étaient toutes deux sur le balcon, caparaçonnées dans leur manteau, pendant que Virginie fumait une Marlboro, lorsque cette dernière critiqua de nouveau l'orientation professionnelle de sa sœur.

– J'étais pas faite pour les études, coupa Zoé. Et puis les maîtres de conférences m'exaspéraient.

– De toute façon, tu n'as jamais su aimer quelqu'un, regretta Virginie. La preuve, c'est que tu n'as personne dans ta vie. À vingt-huit ans, il serait grand temps d'y penser…

– Qu'est-ce que tu sais de ma vie, toi ? riposta Zoé.

– Pas grand-chose. Tu passes ton temps à jouer les secrètes.

– Et alors ? Je ne risque pas de te faire des confidences. T'es pas fichue de garder un secret…

– Ah ! je vois, la "fliquette" n'aime pas les journalistes.

– Je ne parlais pas de ça. Juste de la fois où t'es allée baver à maman que j'avais un petit ami. Tu te souviens, Nicolas Dubois, le blond qui était en seconde B.

– C'est prescrit, ça !

– Ouais, peut-être, mais ça m'a valu une claque qui résonne encore dans ma tête.

– Parce que les ciseaux que tu m'as plantés dans la main, tu crois que je ne m'en souviens pas ?

– Fallait pas me chercher. T'avais passé la matinée à me tirer les cheveux sous prétexte qu'ils étaient plus beaux que les tiens.

– Ce serait bien qu'on fasse table rase du passé, tu ne crois pas ? Au moins pour maman, non ?

– Elle a bon dos, maman. Quoi que tu fasses, quoi que tu dises, on ne sera jamais copines, Virginie. C'est ainsi. On a grandi sous le même toit, mais pas dans le même monde.

Zoé poursuivit, malgré les premières larmes de sa sœur qui se détourna pour mieux les dissimuler :

– Il n'y a rien, absolument rien qui nous rapproche. T'es une femme du monde, mariée à un banquier, avec deux belles gamines que tu fais garder tous les samedis soirs pour aller ripailler en talons aiguilles chez tes amis bobos du quartier Bastille, avec lesquels vous refaites le monde pour mieux masquer votre bonheur. Moi, je vis seule, je ferme ma gueule parce que mon métier m'interdit de l'ouvrir, je marne soixante heures par semaine pour un salaire de misère, je fais pleurer des familles lorsque je leur annonce la mort de leurs proches, et parfois j'essuie leurs larmes. On n'a rien à se dire, Virginie. Ça me rend triste que ça te fasse pleurer, mais c'est comme ça. Quant à maman, elle ne m'a jamais aimée, elle non plus. Alors laisse-là où elle est, qu'elle continue de dorloter ses petites-filles chéries. Personnellement, ça ne me chagrine pas.

– T'as pas de pitié, t'es pas humaine.

– Je suis humaine avec les gens que j'aime !

Zoé gagnait souvent à ce jeu-là. Elle avait plus de vice et de répondant, était plus solide mentalement, et savait frapper fort sur les points névralgiques. Les défauts de son métier, probablement. Virginie recadrée, elle rentra dans le salon pour aider son père à mettre la table. Avec lui, les choses étaient plus simples. Ils n'avaient pas nécessairement besoin de se parler pour se comprendre. Était-ce le rapport à la mort qui les rapprochait ? Probablement. Mais pas seulement. Complices, il leur arrivait même de se retrouver pour déjeuner, en toute discrétion, autour d'une bonne table, en bordure du parc Montsouris, loin des affres de son "36". Récemment, elle lui avait offert l'une des rares photographies que Robert Doisneau avait réalisée au quai des Orfèvres. Il connaissait la valeur des choses et s'était empressé d'accrocher ce tableau dans son bureau.

Les banalités et les plats se succédèrent autour de l'immense table en teck. Virginie souriait à nouveau, sa mère aussi. Le Côtes de Bourg, débouché pour l'occasion en accompagnement d'une pièce de boucher sauce au bleu, avait fini par détendre l'atmosphère. Tous buvaient, sauf Zoé qui avait proscrit l'alcool de son régime sportif.

– Et tes compétitions de badminton, ça donne quoi ? questionna son beau-frère.

– On a fait une belle saison, répondit la jeune femme dont le visage s'éclaircit instantanément. On joue la montée sur un match de barrage, le week-end prochain. Mais avec la grosse affaire qu'on a sur les bras au boulot, j'ai bien peur de ne pas être très brillante.

– Faudra qu'on aille la voir un de ces quatre, hein ? suggéra-t-il en se tournant vers Virginie.

Cela faisait vingt fois que son beau-frère avançait de telles intentions sans que Zoé ne les ait jamais vus débarquer à la moindre compétition. Des mots en l'air, encore une fois. La grande sœur acquiesça mollement, alors qu'elle s'était emparée du plateau de fromages.

– C'est sur l'affaire Peltier que tu bosses ?

– Entre autres, répondit Zoé qui regrettait déjà d'avoir abordé le sujet.

– Ah ! Peltier ! Un sacré spécimen...

Zoé ne voulait pas répondre. Elle regarda son père un court instant, lequel penchait la tête sur son assiette, puis combla le silence :

– Pourquoi tu dis ça ?

– Il se dit qu'il débouchait systématiquement une bouteille lorsque l'un de ses clients était écroué. C'est limite comme comportement, non ?

– Il se dit que toutes les directions de presse ont sablé le champagne pour fêter la mort de Ben Laden, il y a deux ans. C'est pas un peu limite, ça aussi ? Faudrait penser à balayer devant ta porte avant de juger de la moralité des autres corporations, ma cocotte.

Nouveau duel entre les représentantes de deux professions rivales. Si l'enquêtrice louait le secret, avançait cachée afin de garder un temps d'avance, le métier de la journaliste consistait à vendre au plus grand nombre une affaire privée quitte à nuire au travail de police.

– N'empêche qu'il avait la réputation d'un juge jusqu'au-boutiste, d'un juge grisé par l'ivresse du pouvoir…, relança Virginie en portant son verre à la bouche.

– Papa ! Réponds ! Dis quelque chose ! intervint Zoé.

Non, il ne dit rien. Il se contenta de redresser la tête, de les regarder fixement en espérant que ça suffirait à les calmer. Jamais il n'intervenait, de peur de se fâcher avec l'une d'entre elles. Pourtant, il aurait tellement pu en dire sur les petits secrets du monde judiciaire.

– Le problème avec toi et tes amis, poursuivit Zoé après avoir regretté le mutisme de son père, c'est que si le juge ou le policier se contentent du minimum, vous criez systématiquement au complot, à une pseudo-collusion avec le pouvoir en place. On ne peut pas reprocher à un juge de vouloir faire son boulot, surtout quand celui-ci met en péril son couple en passant ses soirées à étudier les dossiers sur sa table de salon, pendant que Madame regarde *Les Experts* à la télé.

– Il se dit aussi que c'est ton groupe qui bosse sur la mort de mon confrère, se hasarda Virginie.

– Je vois que la nouvelle n'a pas traîné… À peine le deuil passé, tu veux déjà faire un papier sur sa mort ?

– Possible…   Pourquoi pas ?   répondit Virginie à la provocation.

– Tu le connaissais bien ? s'intéressa leur père qui ne supportait plus ces échanges tendus.

– Assez bien, oui. On a suivi pas mal d'affaires ensemble. C'était un gros bosseur. En plus de son taf à l'AFP, il alimentait un blog spécialisé sur les affaires criminelles, très bien référencé.

– C'est quoi le nom du site ? s'enquit Zoé qui s'était déjà saisie de son BlackBerry.

– *Seine Justice*, répondit Virginie, toute heureuse de renseigner sa cadette. **S**eine avec un **e**, précisa-t-elle, en constatant que Zoé se connectait sur le web.

Zoé faisait déjà défiler quelques pages. Puis tout alla très vite. Elle tomba sur un papier qui la foudroya. Un papier qui concernait, entre autres, le juge Peltier. L'enquêtrice releva la tête en direction de son père, le dévisagea longuement et se leva prestement de sa chaise au moment où il s'apprêtait à déboucher un vin pétillant.

– Je suis désolée, faut que j'y aille ! lâcha-t-elle.

– Ça ne peut pas attendre ? demanda sa mère.

Zoé ne répondit pas. Elle s'empara de son blouson et fila sans même saluer ses nièces. Sa place n'était décidément pas ici, surtout lorsqu'un tueur en série courait les rues. Sitôt sortie, elle n'espéra qu'une chose, que son nouveau binôme décroche son fichu téléphone.

Chapitre 23

Zoé y croyait dur comme fer. Une fois encore, elle n'eut pas de mal à convaincre le capitaine Desgranges, le temps de lui rappeler que Dubuisson, le conservateur du musée Carnavalet, se trouvait au cœur même du Palais de justice le soir de l'assassinat du juge d'instruction Peltier, et le temps de lui donner lecture de l'article que feu le journaliste Matthieu Jacob avait publié sur son blog, plusieurs mois auparavant :

L'affaire Dubuisson : suite et fin.
L'affaire Dubuisson n'est plus. Ainsi en a décidé hier la chambre d'instruction*, suite à trois années d'instruction du juge Ludovic Peltier à l'issue desquelles ce dernier a finalement requis une ordonnance de non-lieu. Cette décision, pour le moins hâtive, d'un magistrat instructeur réputé pour sa ténacité ne laisse pas sans réaction lorsque l'on connaît le fond du dossier.

Le 10 mars 2010, vers 20 h 15, la jeune
Marie Dubuisson, quinze ans, pilotait un
scooter 50 cm³ lorsqu'elle fut percutée de plein
fouet par le chauffeur d'un poids lourd sur
la Nationale 20 à hauteur de la Croix d'Arcueil
(Val-de-Marne), à quelques kilomètres de la
porte d'Orléans à Paris. Malgré l'intervention
rapide des premiers secours, l'adolescente qui
avait passé la soirée chez une amie sur la commune de Bagneux, décédait des suites de ses
blessures à l'hôpital Antoine Béclère de Clamart.
Les premiers témoins, entendus sur place par
la police, évoquaient à la fois un refus de priorité de la cyclomotoriste et la fuite du chauffard dans les cités environnantes. Ce dernier
roulait, semble-t-il, à une vitesse excessive sur
une portion limitée à 50 km/h.

L'examen du chronotachygraphe permettait
rapidement de valider les premières informations tandis que le gérant de la société, Luigi
Scotto, se présentait aux services de police au
petit matin en expliquant que son camion lui
avait été dérobé deux nuits plus tôt. Faute
d'un dépôt de plainte relatif au vol de son
véhicule poids lourd, les propos de l'entrepreneur étaient mis en doute, tandis que l'éplu-
chage des comptes de sa société et l'enquête
d'environnement révélaient diverses irrégula-
rités et l'emploi de personnel non déclaré.
Devant ces faits et ces diverses incohérences,

M. Scotto était dès lors placé en garde à vue pour complicité d'homicide involontaire et non-assistance à personne en danger. Conseillé par maître Nathan Zimmer du barreau de Paris, le gérant était mis en examen par M. Peltier sans avoir apporté aucune explication aux enquêteurs.

Qui se trouvait au volant du camion qui a percuté et tué la jeune Marie Dubuisson ? Pourquoi Luigi Scotto s'entête-t-il à dire que son véhicule poids lourd a été dérobé avant l'accident ? Qui protège-t-il ? Voici les grandes interrogations auxquelles la justice se refuse de répondre. Voici le dernier dossier qui s'en va de ce pas rejoindre l'immense cimetière des affaires classées.

Rest in Peace, Marie.

*Le non-lieu est définitif, l'appel de la décision fait par la partie civile ayant été rejeté.

– Ouah ! une plume sacrément acide, ce Jacob, commenta Desgranges au moment de monter côté passager dans la voiture de Zoé.

– C'est le moins qu'on puisse dire. En écrivant comme ça, il ne devait pas avoir que des copains, ce journaliste.

– Et tu tiens ça d'où ?

– J'ai trouvé le blog en fouinant sur internet, mentit Zoé. Je ne sais pas si Peltier et Jacob se connaissaient, mais ça nous fait déjà un lien.

– Ouais, je veux bien, répondit Desgranges qui s'apprêtait à se faire l'avocat du diable. Sauf qu'à t'écouter, si Jacob semble très critique à l'égard du travail du juge Peltier, il n'y a rien de scandaleux qui puisse compromettre le père Dubuisson. Qu'en dis-tu ?

– Moi, je suis convaincue que Dubuisson et Jacob se connaissaient.

– Tu vas un peu vite en besogne...

– Toi, quand tu mènes une enquête, tu t'intéresses à tous les acteurs, tu interroges tout le monde, non ? Eh bien, pour un journaliste, c'est la même chose. Ils cherchent à contacter, à interviewer tous ceux qui peuvent avoir des choses à dire, les parents, les voisins, les proches des victimes, les coupables, les avocats, etc. Je te rappelle qu'on fait à peu près le même boulot qu'eux. Il n'y a que la finalité et la déontologie qui diffèrent entre eux et nous...

– Mouais, répondit Desgranges qui n'aimait pas plus les journalistes que Zoé.

Les deux flics arrivaient à Vincennes, à quelques centaines de mètres du domicile de Dubuisson.

– Il y a d'autres éléments, aussi, insista Zoé. Je ne sais pas si tu as fait attention lorsque nous avons visité le musée avec Dubuisson, mais il y avait toute une galerie réservée au romantisme parisien du XIXe siècle.

– Et alors ?

– Et alors, il y avait un portrait de Verlaine accroché sur l'un des murs. Et puis, as-tu remarqué que lorsque nous sommes entrés dans son bureau, Dubuisson a aussitôt retourné un cadre. Je suis certaine qu'il s'agissait de la photo de sa fille. Le *Dauzats* et un portrait de Verlaine, ça fait beaucoup de coïncidences, tu ne trouves pas ?

Il ne répondit pas tout de suite. Le lien paraissait intéressant, mais il ne se sentait pas suffisamment armé pour y répondre. Cela faisait trop d'années que, chez lui, la réaction avait pris le dessus sur la réflexion. Sur ce point-là, il préférait laisser les autres penser à sa place.

– Et le lien avec Monet et Mouquin, t'en penses quoi ?

– Pour Monet et son tableau de la gare Saint-Lazare, j'ai une petite idée vu que Peltier prenait son train pour Vernon à cet endroit. Pour Mouquin, je n'ai pas encore trouvé, reconnut Zoé.

Le capitaine expira fortement. Cette affaire commençait à le fatiguer sérieusement. Il décida de s'affaisser un peu plus dans le siège de la Golf que Zoé venait de garer près du pavillon occupé par le conservateur du musée Carnavalet. Malgré la brume épaisse, les deux policiers de la Crim' perçurent de la lumière au travers d'une persienne située au premier étage de l'habitation. Dubuisson vivait-il seul depuis la mort de sa fille ? Avait-il d'autres enfants ? Le conservateur avait-il des liens particuliers avec d'autres membres du Palais de justice ? En fait, ils ne savaient pas grand-chose de lui. Mais cela n'empêchait pas Zoé d'avoir les yeux rivés sur la façade en pierre de taille.

– Je n'ai pas souvenir d'avoir déjà planqué avec une femme, songea tout haut Desgranges, au bout d'une heure.

La jeune enquêtrice ne répondit d'abord pas. Comme elle, certaines avaient réussi à intégrer ce monde policier trop longtemps réservé aux hommes. Une aînée était même restée chef de groupe de longues années avant de partir en retraite. Mais, si deux autres femmes avaient déjà dirigé la Crim', le nombre de celles qui y avaient été affectées, ne dépassait pas la dizaine. Un chiffre plus élevé que celui de la BRI certes, mais plus faible que celui des Stups' où Zoé, elle, en avait soupé des surveillances, tapie au fond d'un "soum" tagué et plaqué dans le 9-3. Marre de se lever aux aurores pour garer le fourgon, marre d'avoir trop chaud ou trop froid des heures durant, marre de se contenir, marre de se nourrir de *Twix* et autres barres de céréales, marre de se retourner lorsque ses collègues masculins remplissaient d'urine la bouteille en plastique, marre de régler le zoom et de prendre des photos, marre de relever les immatriculations, marre de scruter les visages des guetteurs et des drogués. Mais la planque la plus marquante avait eu lieu dans un appartement situé au quinzième et dernier étage d'une tour de Stains, trois semaines durant.

– Pourquoi ? s'enquit Desgranges qui avait connu son lot d'anecdotes.

– Parce qu'un jour des îlotiers ont fait du zèle et se sont retrouvés à contrôler deux camés qui étaient en train de se piquer, derrière la porte d'entrée de notre lieu de planque.

– Et ?

– Et l'un des camés avait la piquouze au bras, prêt à appuyer sur le piston. Et là, t'as l'un des deux flicards qui sort son tonfa et qui lui ordonne d'arrêter. Sauf que le camé, à 50 euros la dose, il n'avait qu'une envie : le fixe. D'autant qu'il savait qu'il allait se retrouver en garde à vue, alors autant s'y retrouver dans un état second. À partir de là, tout a dérapé. Le flicard avec le tonfa, entêté comme pas deux, s'est approché un peu plus, et le camé, de colère, a cassé l'aiguille qui était fichée dans la veine.

– Merde !!!

– Ouais, tu peux le dire. Le camé pissait le sang, il faisait des convulsions. Les flics avaient peur de le toucher à cause des risques de contamination. Comme on ne voulait pas qu'il cane, on a dû appeler les secours et prodiguer les premiers soins. Résultat, notre planque a été rapidement cramée.

– Et il s'en est sorti ?

– Celui-là, ouais.

– Pourquoi ? T'en as vu d'autres mourir ?

– Ouais, une fois. J'étais encore stagiaire au commissariat de Noisy-le-Grand, en Seine-Saint-Denis …

– Ouais, la cité des Camemberts, je connais.

– …Et à un moment, sur les ondes, la salle de commandement annonce qu'un fourgon conduit par un gamin vient de shooter une mamie porte de Gentilly.

Là-dessus, des motards de la compagnie périphérique se mettent en chasse et rattrapent
le véhicule à la jonction de l'A6 et de l'A86.
À ce moment-là, on était en train d'opérer
un contrôle alcoolémie sur le rond-point
qui dessert l'A4, pendant que la progression est annoncée. Le fourgon roulait à
toute berzingue, et les motards hurlaient
dans la radio. Jusqu'à ce qu'il prenne notre
embranchement. Les pneus ont crissé
méchamment, je revois encore les traits du
visage du gamin, un manouche de quinze
ans tout au plus. Sur le côté du véhicule,
dans l'encadrement de la porte latérale, un
autre gamin prêt à sauter pour s'enfuir au
plus vite au cas où... Sauf que le fourgon
a fait une embardée avant de se coucher
sur le flanc. On a couru sur place, ça criait
de partout. Je suis arrivée la première, le
conducteur avait l'air sonné. Puis il a
ouvert les yeux, il m'a vue, il s'est extirpé
par la fenêtre et s'est enfui à toutes
jambes.

– T'as pas cherché à le rattraper ?

– Non, son frère était en train de crever,
coincé au niveau du thorax sous la carcasse
du fourgon. Il avait douze ans. Son visage
est devenu rouge puis cramoisi, on voyait
bien qu'il ne pouvait plus respirer. Mais on
n'était que deux, et on a tenté de soulever le

véhicule sans pouvoir y arriver. Et les yeux du gamin se révulsaient ! On n'a rien pu faire. À la fin, il avait les lèvres bleues... Si ça se trouve, si son frangin était resté pour nous aider, on aurait peut-être pu le sauver.

Long silence gêné de Desgranges.

– Et toi ? J'imagine que t'en as vu des vertes et des pas mûres, aussi. Non ?

– Moi ! Rien. Rien de comparable, en tout cas.

– Si, vas-y, raconte ! Je suis sûre que t'as vu plein de morts quand t'étais à la BRI.

– Ben non, tu vois. Bizarrement, le seul mort en direct, si je puis dire, c'était un pur accident. Et je venais juste d'être muté à la Crim'.

– Dans le cadre du boulot ?

– Oui et non, répondit le vieux briscard de manière évasive.

Desgranges ne semblait pas en mesure de se confier comme l'avait fait Zoé.

– Tu t'intéresses au foot ? finit-il par demander.

– Pardon ?

– Est-ce que tu suis les résultats de l'équipe de France ?

– Un peu, oui, même si ce n'est pas mon sport de prédilection.

– Et l'équipe de France 1993 : Papin, Sauzée, Ginola, Blanc, ça te parle ?

– J'étais pas bien vieille, mais oui, j'en ai entendu parler, répondit Zoé qui ne voyait pas où il voulait en venir.

– Ben, le soir de la défaite de la France face à la Bulgarie, au Parc des Princes, j'ai ramassé dans les escaliers le cadavre tout chaud du concierge du "36".

– Un concierge ! Quel concierge ?

– À l'époque, il y avait encore un concierge dans nos murs. Il s'appelait Michel Roussin. C'est d'ailleurs notre groupe qui a hérité de son appartement de fonction. Voilà pourquoi on a du parquet au sol et une petite cheminée dans chacun de nos deux bureaux.

– Et il est mort de quoi ?

– Alors qu'une équipe traitait un gardé à vue dans un bureau voisin, le concierge est allé faire son tour de ronde pendant la mi-temps. Sauf que le GAV a profité d'un moment d'inattention pour tenter de s'enfuir. Michel, alerté par les cris des collègues, s'est mis sur son passage. Alors, le fuyard l'a chargé et l'a fait valdinguer par-dessus la rampe. Il a fait une chute de plus de vingt mètres.

Circonspecte, Zoé n'osait pas poser d'autres questions de peur de rompre le fil de ces confidences, bien qu'elle ne soit pas persuadée du sérieux de Desgranges.

– Ben oui, je sais, c'est pas terrible comme histoire pour un ancien de la BRI, sourit-il. Mais c'est la seule que j'ai en stock. À cette époque, on était plusieurs à avoir l'habitude de suivre les matches de l'équipe de France à la télé dans son petit appartement. Sa femme nous préparait des pizzas, et son fiston sautait de joie lorsque Cantona marquait un but. Une famille sympa, le cœur sur la main.

Desgranges se tut quelques secondes, le temps de suivre dans son rétroviseur le cheminement d'un noctambule qui courait le long du bois en se guidant d'une lampe frontale.

– Dans son malheur, reprit-il une fois que le sportif se fut éloigné, il a échappé au deuxième but de Kostadinov qui a privé la France de Coupe du monde aux États-Unis, l'année suivante.

L'histoire était effectivement assez fade. Mais Zoé se refusait à lui en faire la remarque. Elle savourait ces quelques révélations faites au milieu de la nuit, hors du temps, dans le huis-clos d'une voiture banalisée, en un lieu improbable, alors que la paire de menottes fixée à l'arrière de sa ceinture commençait à lui cisailler les

reins. Peut-être que ce secret en entraînerait
d'autres...

– On lève le camp ? suggéra Desgranges
qui semblait en avoir assez de cette surveillance stérile.

Chapitre 24

Il tourna près d'une demi-heure autour de la rue Monge. Du Panthéon au Jardin des Plantes, il n'y avait nulle part où se garer. Même la nuit, les emplacements « Livraisons » étaient occupés. Il décida finalement de se poser sur un bateau, le long de la rue Jussieu, les roues avant mordant allègrement sur un passage piétons. Les contraventions ne lui faisaient pas peur, même s'il lui était déjà arrivé d'aller chercher son véhicule en fourrière.

Le solide Desgranges sortit épuisé de l'habitacle. Cette virée à Vincennes, au cœur de la nuit, l'avait assommé même si le dynamisme de sa nouvelle collègue lui rappelait ses jeunes années. L'âge et les responsabilités l'avaient usé. Il longea les Arènes de Lutèce, masse sombre et informe emprisonnée dans la ville, là même où il avait appris à Victor à jouer au foot. Son immeuble semblait totalement endormi. Il gravit les étages,

tourna à peine la tête au moment de passer
devant la porte d'entrée de Sonia, sa voisine, celle qui le soutenait épisodiquement, celle qui avait joué la nounou
auprès de Victor encore bébé, celle qui avait
redoublé d'affection auprès de l'enfant et de
son père après la disparition de Sylvie
Desgranges. Puis, il pénétra discrètement
dans son salon. Surtout ne pas faire de
bruit, ne pas réveiller Victor. Tout était
éteint, hormis les veilleuses du téléviseur et
d'une console de jeux. Sur le comptoir qui
séparait le salon de la cuisine, il posa délicatement son trousseau de clés, puis bran-
cha l'halogène. Aucune trace de fringues
d'ado sur le canapé blanc. Sur la table
basse où Victor avait l'habitude de laisser
traîner une ou deux canettes de coca et un
paquet de chips vide, pas le moindre détritus ! Au fond du salon, la porte de la
chambre de Victor était fermée.

Guillaume Desgranges était las. Content
d'être rentré au bercail, mais vidé. À trois
heures du matin, il était trop tard pour
s'endormir. Il contourna le bar américain,
s'approcha de l'évier et se mit à laver les
quelques assiettes qui s'empilaient. La vais-
selle, peut-être le meilleur moyen de tourner
le dos aux problèmes, au monde, et à Victor
aussi...

Guillaume en avait terminé. Il passa un coup d'éponge sur le rebord de l'évier, se pencha sous le robinet pour boire un peu d'eau, puis fila s'asseoir sur le canapé en attendant le sommeil. Il allait éteindre l'halogène lorsqu'il comprit enfin que quelque chose clochait. Tout était trop bien rangé.

– Victor ! Victor, t'es là ? cria son père en s'approchant de la chambre de son fils.

Desgranges ne prit aucune précaution pour ouvrir la porte. Il sentait... il savait... Le lit était vide. Guillaume se mit à hurler. Dix ans après sa mère, Victor venait-il de disparaître ?

Chapitre 25

Aux dires de Bonnot, les heures défilaient toujours trop vite les premiers jours d'un flag'. Cette double affaire ne faisait pas exception à la règle. Le chef de groupe ne désirait qu'une chose, du renfort en urgence pour combler les trous judiciaires, pour travailler sur l'entourage des victimes, pour analyser la téléphonie, pour souffler aussi. Et Andréani lui avait promis : « Dès lundi, à la première heure, on fait le point sur le dossier et je vous adjoins plusieurs groupes ».

Les choses ne traînèrent pas. Le café n'était pas digéré qu'il y avait déjà plus d'une vingtaine de personnes réunies dans le bureau d'Andréani. Outre l'équipe Bonnot presqu'au complet, le "Corse", l'air grave, avait rassemblé chacun des neuf chefs de groupe de droit commun de la brigade. Pour l'heure, il était hors de question de toucher aux membres de la section antiterroriste occupés à traiter des affaires de menaces de mort visant le couple présidentiel. Tous debout, ils attendaient en silence que le chef de service prenne la parole. Certains souriaient encore, d'autres, dans une position de repli, restaient éloignés du divisionnaire, les mains dans les poches arrière du pantalon.

Bonnot, lui, n'était pas fier. Trois jours de travail, deux cadavres sur les bras. La faute à "pas de chance", la hantise de chaque chef de groupe. Même si Turnier, le procédurier, ne chômait pas, et que la dernière recrue, Zoé Dechaume, ne déméritait pas malgré une bourde monumentale susceptible de nuire à l'enquête sur la mort du journaliste, c'en était trop pour lui. Il s'affaiblissait à vue d'œil, lui qui, la veille, avait reçu les parents Jacob, un couple de commerçants en retraite résidant en Seine-et-Marne depuis une dizaine d'années, pour leur apprendre le décès de leur fils. Ce matin, parmi ses effectifs, seul Desgranges n'avait pas répondu à l'appel.

– Bien, messieurs, vous n'êtes plus sans savoir que deux homicides ont été commis durant le week-end au cœur du Palais de justice…

Les premiers mots étaient remplis de solennité. Pire qu'à l'occasion des minutes de silence, une dizaine de fois par an, pour honorer la mémoire de quelque gendarme ou policier mort en service. Tous s'étaient tus et attendaient la suite.

– ...La première victime, que certains d'entre vous ont probablement été amenés à côtoyer, est le juge Ludovic Peltier. La seconde est un journaliste de l'AFP qui occupait épisodiquement un bureau de la presse judiciaire, à hauteur de la galerie Marchande. Il se nomme Matthieu Jacob. Le mode opératoire semble approximativement le même. Calibre de 8 mm dans les deux cas, tir à bout portant en pleine tête, pas de douilles découvertes sur place, arme non répertoriée au fichier CIBLE. Comme vous le savez aussi, c'est le commandant Bonnot qui a pris à son compte ces deux scènes de crime. Son groupe a dégrossi le boulot durant le week-end, mais il s'avère qu'il a besoin d'un gros coup de main pour se remettre à flot, d'autant que le tueur nous complique sérieusement la tâche en égrenant des indices...

– Quelle sorte d'indices ? s'enquit un jeune chef de groupe facétieux qui avait coutume de faire sonner les portables de ses collègues durant les réunions de travail.

– Je vous laisse le soin de lire la feuille de route sur laquelle tout est résumé. Je compte néanmoins sur vous, commandant Tarasse, pour prendre en charge l'affaire Jacob et boucher les trous. Il reste beaucoup à faire. Mettez-vous en relation avec Bonnot et Turnier, ils vous feront un point précis de la situation.

– Très bien, patron.

Andréani, pour se donner une contenance, se leva de son fauteuil avant de poursuivre son monologue au cours duquel il fixa de longues secondes chacun des enquêteurs. Le groupe Bonnot se voyait soulagé de l'environnement des deux victimes et des recherches dans le domaine de la vidéosurveillance au détriment de plusieurs autres groupes, à charge pour lui de se consacrer exclusivement à l'étude et au rapprochement des indices.

– Monsieur Bonnot, vous voulez ajouter quelque chose ? lui demanda le chef de service à l'issue de sa prise de parole.

– Oui. Juste vous dire que le brigadier Dechaume, notre nouvelle recrue, s'intéresse sérieusement au conservateur d'un musée qui se trouvait au Palais vendredi soir, dans un temps voisin de l'assassinat de Peltier. Il serait souhaitable que le groupe chargé de la vidéosurveillance se rapproche d'elle pour voir si ce type n'a pas également traîné ses guêtres au Palais dans la journée de samedi.

– Et vous, Turnier ?

– Rien de plus si ce n'est que l'Identité judiciaire a isolé dans la nuit de belles paluches sur l'un des scellés.

– Lequel ?

– Sur la couverture d'un recueil de poèmes écrits par un avocat du Barreau de Paris, glissé par l'assassin dans les mains du journaliste, répondit-il alors que le "Corse" regardait méchamment Dechaume. Dans la matinée, on saura si elles sont répertoriées.

Le recueil de poèmes de Fernand Mouquin. Zoé rougit. Les empreintes ne pouvaient être que celles de l'avocat Thibaut de Bonchamps qui avait posé ses doigts sur la couverture avant de le feuilleter à l'insu de l'enquêtrice.

– Debriefing à 20 heures, ce soir. Allez, au boulot ! lança Andréani en forme de conclusion.

– Il est où, Desgranges ? souffla Zoé à Bonnot, alors que tous regagnaient leurs bureaux en file indienne.

– Au commissariat du Vᵉ. Son fils a fugué.

– Hein ?

– Ouais, il a pas mal de problèmes avec son gamin…

– Et on ne fait rien ? s'indigna Zoé.

– Qu'est-ce que tu veux qu'on fasse ? Quand le môme en aura marre de dormir sous les ponts et de crever la dalle, il rentrera…

Zoé était stupéfaite. Le fils de son binôme avait fugué et tout le monde s'en désintéressait. Elle s'empara de son BlackBerry, composa le numéro de Desgranges. Messagerie. Elle fit aussitôt demi-tour. Le chef de service, qui avait chaussé ses lunettes, consultait le résumé des nombreuses affaires judiciaires du week-end. Il examinait une affaire d'escroquerie à la TVA européenne lorsqu'elle débarqua sans frapper dans son bureau.

– Que puis-je pour vous, mademoiselle Dechaume ?

– Je viens vous voir au sujet du capitaine Desgranges. Je voulais savoir ce qui allait être fait pour retrouver son fils, lança-t-elle d'emblée.

– J'ai appelé le taulier du Ve arrondissement. Il va sensibiliser ses brigades.

– C'est tout ? s'emporta Zoé.

– C'est déjà beaucoup. Tous les fugueurs ne bénéficient pas du même traite…

– Sauf que c'est le fils d'un collègue, monsieur, coupa-t-elle alors que la colère la gagnait.

– Cette réaction est tout à votre honneur, Dechaume. Mais on n'a pas le temps de s'occuper des fugues. Même de celles des enfants des collègues, conclut-il en reprenant sa lecture.

Zoé sortit en claquant la porte. Elle s'empara aussitôt de son portable. Elle n'avait pas dit son dernier mot.

Chapitre 26

Desgranges avait tambouriné une bonne dizaine de minutes à la porte de Sonia avant qu'elle ouvre enfin. Sa voisine n'avait jamais eu d'enfant, mais elle avait la fibre maternelle. Et puis elle adorait Victor qu'elle avait élevé par intermittence, lorsque les relations entre son père et elle étaient au beau fixe. Guillaume avait cherché à joindre son fils à plusieurs reprises. Sur son téléphone, il avait laissé des messages d'inquiétude, de pleurs et de désarroi, jusqu'à saturation de sa messagerie. Avec Victor, les menaces étaient inutiles. L'adolescent était un rebelle dans l'âme, incapable d'affronter le monde extérieur, et insensible depuis plusieurs années aux remontrances et mises en garde.

Plus calme, plus sensée, Sonia avait d'abord cherché à réconforter un Guillaume effondré, avant de prendre la situation en main. Elle entreprit d'appeler tour à tour les hôpitaux les plus proches. Mais, à cinq heures du matin, alors que Paris s'éveillait, aucun Victor Desgranges n'y avait été admis, pas plus que dans les foyers d'accueil d'urgence.

À contrecœur, Guillaume se décida à joindre le commissariat central situé au pied de la montagne Sainte-Geneviève dans le Ve arrondissement. Mais, faute de renseignements, le chef de poste au ton débonnaire lui communiqua le numéro de permanence de la brigade des mineurs. Quai de Gesvres, on n'avait rien signalé, hormis deux fugueuses, contrôlées sans billets dans le TGV Lyon – Paris, et l'interpellation de trois mineures bulgares qui se prostituaient sur les Maréchaux.

– C'est rassurant, non ? lui signifia Sonia avec un sourire timide.

Desgranges resta muet. Il avait peur, peur du vide, peur de l'abandon, peur de la série noire. Après la mère, le fils. Pourquoi avait-il quitté l'appartement ? Guillaume s'en voulait de l'avoir laissé seul, surtout. Pourquoi avait-il cédé aux caprices de sa nouvelle collègue, désireuse d'aller planquer à Vincennes ? Les yeux cernés, le capitaine regagna son appartement en chancelant. Victor n'était toujours pas rentré.

Tournant en rond comme un chien fou, guettant inlassablement à la fenêtre, il attendit une demi-heure avant d'aller fouiller tous les recoins des Arènes et des jardins publics environnants. Plusieurs SDF emmitouflés dans des sacs de couchage, dormaient sur les bancs, un bonnet enfoncé sur la tête. Ils avaient tous l'air vieux. Vieux et fous, à force de boire pour oublier leur condition. À huit heures, las d'arpenter les rues, il se décida enfin à laisser un message à Bonnot. Il ne fallait pas compter sur lui, il ne fallait plus compter sur lui, il était devenu inapte à ce boulot. Il fallait qu'il pense sérieuse-ment à se recaser, voire même à démission-ner... Desgranges était au bout du rouleau, il n'en pouvait plus.

Il avait surtout peur des idées noires. Pas des siennes, de celles de Victor. Son fils n'avait jamais attenté à ses jours. Mais com-bien de fois avait-il proféré des menaces de ce type alors qu'il était en crise ? Guillaume ne comptait plus. Au début, pour le calmer, il le prenait dans ses bras puis-sants et le serrait contre lui pour faire taire ses sanglots, comme une mère protège son bébé en le berçant. Ni l'autorité, ni l'affec-tion n'avaient d'emprise sur lui. « Je vais partir comme maman », hurlait-il dans ses moments de démence. « Je vais me balancer d'un pont dans la Seine, et tu ne me retrou-veras jamais », ajoutait parfois le môme.

Victor savait nager. Mais son père savait pertinemment qu'une personne désireuse de mettre fin à ses jours ne s'arrêtait pas à ces détails.

Desgranges ne pouvait plus rester enfermé dans cet appartement. Il avait besoin de bouger, de sortir à la recherche de son enfant, la chair de sa chair, le seul lien qui le retienne encore à la vie. Il courut presque pour récupérer son véhicule. Par chance, la fourrière ne l'avait pas embarqué. Il démarrait lorsque le numéro privé d'Andréani s'afficha sur son cellulaire. Il laissa courir, grilla deux feux rouges et "enquilla" sur la voie de bus longeant les quais, avec la gare d'Austerlitz en point de mire. Sur la gauche, une rampe descendait vers la Seine et, en bas, la péniche de la brigade fluviale. Mais là non plus, pas de découverte funèbre durant la nuit, hormis celle du cadavre d'une femme dont le visage avait été probablement défiguré par les hélices d'un bateau dans le canal Saint-Martin. Desgranges n'était pas rassuré pour autant. Il savait mieux que personne que tout noyé restait deux ou trois jours immergé dans le lit du fleuve avant de remonter à la surface sous l'effet des gaz.

Assis sur le capot brûlant de sa voiture, il écouta le message de son chef de service :

Prenez le temps qu'il faut pour régler vos problèmes. Et n'hésitez pas à me contacter si vous avez besoin d'un soutien quelconque. Message sommaire mais rassurant, tout comme celui laissé par Bonnot quelques instants plus tard, alors que, sur l'autre rive de la Seine, le bâtiment de briques rouges où reposaient les dépouilles de Peltier et de Jacob le défiait. Jamais de la vie, il n'y remettrait les pieds ! Plus jamais, de peur d'y croiser le regard figé de son fiston de dix-sept ans.

Son téléphone se remit à sonner. Mais ce n'était pas son Victor. Juste Zoé Dechaume. Que voulait-elle encore ? Lui faire part d'une nouvelle piste ? Il ne décrocha pas. Pas le courage, pas l'envie. Elle insistait. Un deuxième appel, puis un troisième. Coriace, la gamine ! L'envie soudaine de tout lâcher, de partir loin, de balancer le téléphone dans la flotte, de dire merde à la vie.

Puis un appel de Sonia, cette fois-ci. « Non, Victor n'est pas rentré », « Oui, je vais bien », « Oui, j'ai pris une photo pour aller déclarer la fugue ». Marre d'être materné. Un nouvel appel, Andréani cette fois. Les coups de téléphone s'enchaînaient, le submergeaient. Il n'eut pas le courage de décrocher, avant de se reprendre quelques secondes plus tard et d'écouter les messages en attente. Il aurait eu tort d'effacer celui de Zoé sans même en prendre connaissance : *Bonjour Guillaume, c'est Zoé. Je suis désolée de ce qui t'arrive. Je voulais juste te prévenir qu'une dizaine de collègues sont d'ores et déjà chargés d'engager les recherches au sujet de ton fils. Essaie de me faire parvenir par mail une photo de Victor afin que je puisse la distribuer à ceux qui s'apprêtent à partir en voisinage. À bientôt.*

Le coup de fouet. Plusieurs policiers étaient déjà mobilisés, toute affaire cessante, pour investir le Ve arrondissement à la recherche de son Victor. Il écouta, à la suite, le nouveau message de son chef de service. Les propos étaient similaires à ceux de Zoé, la tendresse en moins.

Pour la première fois depuis de nombreuses années, il se sentait fier d'appartenir à l'institution policière.

Chapitre 27

De tout temps, ma famille a joué un rôle important. Le service de l'État est une constante chez nous. Quel est celui de mes aïeux qui a joué le rôle principal ? Les initiés s'arrêtent systématiquement sur le nom de mon ancêtre qui a coupé la tête de Louis XVI. Ils ont raison, Charles-Henri tient effectivement le haut du pavé avec ses trois mille têtes coupées dont celle aussi de Marie-Antoinette. Mais un autre que lui aurait fait de même. Il est tombé à la bonne époque, voilà tout. Bon, c'est vrai, il fallait une certaine dose de courage pour lâcher la « Veuve » sur le col d'une lignée royale qui avait fait la richesse de notre ascendance. Il fallait encore plus de courage pour « réduire » les révolutionnaires de tous bords qui avaient réclamé la tête des Bourbon. Danton, Saint-Just, Desmoulins et Robespierre sont passés entre ses mains. Quelle gloire ! En fait, je crois bien que Charles-Henri était un grand naïf. Il se dit qu'il éprouvait

*certaine aversion pour le métier de bourreau.
Il se dit qu'il hésita avant de lâcher la guillo-
tine sur Louis XVI. Il se dit aussi qu'il
n'était pas un grand sympathisant de la
monarchie. Moi, je dis surtout qu'il a bien
profité de l'époque, tout heureux de remplir
ses bas de laine de pièces sonnantes et trébu-
chantes à la mesure des litres de sang qu'il
avait fait couler de la place de Grève jusqu'à
la Seine.*

*Je ne cache pas qu'il y a bien eu des hauts
et des bas dans la lignée. Mais dans un métier
aussi délicat, les risques sont grands. Si
Charles-Henri a dû intervenir en deuxième
main pour décapiter à l'épée le militaire responsable des défaites de la guerre de Sept ans,
son fils Gabriel s'est tué en chutant du sommet de l'échafaud, au moment de présenter
une tête à une foule en liesse. Si le célèbre
prince des voleurs, le bandit Cartouche, est
passé entre les mains d'un autre de mes aïeux
sous le règne de Louis XV, l'honneur de la
famille a été en partie bafoué, au cœur du XIXᵉ
siècle, par Henri-Clément, amant du ministre
de la justice, lorsqu'il plaça son outil de travail chez un prêteur sur gages pour rembourser ses dettes. Chaque famille, aussi noble
soit-elle, comporte des brebis galeuses. Il faut
faire avec. Et puis revenir là-dessus, refaire*

l'Histoire, ne servirait à rien. D'autant qu'il y a eu déjà trop de livres écrits sur ma famille.

À choisir, une nouvelle édition augmentée pour traiter de l'histoire familiale depuis 1870, ne serait pas pour me déplaire. Les histoires de bourreaux, ça plaît... Alors du croustillant, ils en auront pour leur compte, les écrivaillons. Et puis ils pourront toujours puiser dans les articles de presse. Celui du jour, paru dans Paris-Matin, *est court mais riche d'informations. D'autres vont nécessairement suivre. À croire que le journaliste qui n'a laissé que ses initiales au bas du papier est bien introduit dans le monde de la PJ. Parce que, pour savoir qu'il y avait un livre de poésie de Fernand Mouquin glissé dans la main de Matthieu Jacob, il faut nécessairement connaître du monde dans la maison Poulaga.*

Mais moi, je sais qui a pondu ce papier. Ce n'est pas compliqué à deviner. Surtout quand on sait qui travaille à Paris-Matin, *au sein du service Presse Police. Qu'elle profite encore un peu de ses contacts, parce qu'il pourrait très rapidement lui arriver malheur. Pour l'heure, j'ai du travail en attente. Je vais profiter de ma pause pour filer chez un fleuriste. J'en ai déjà sélectionné un, en banlieue. Il y a bien le marché aux fleurs, à côté du tribunal de Commerce, mais je préfère m'éloigner.*

La semaine dernière, je suis allé en repérage. La boutique est tenue par un Chinois qui comprend à peine deux mots de français et qui vend de jolis chardons qui n'aspirent qu'à fleurir. Parfait !

Ça me plaît de les voir tous s'agiter, courir comme des canards sans tête derrière un fantôme, de voir ces gyrophares bleuter les jolies façades parisiennes, d'entendre les pneus qui crissent devant le quai des Orfèvres. Je leur souhaite bien du courage. D'autant qu'ils ne sont pas au bout de leurs peines. Car je leur réserve une nouvelle nuit blanche. Pas très loin d'ici, d'ailleurs.

Chapitre 28

Une fois n'est pas coutume, c'est Andréani qui s'était déplacé.

– Dechaume !!! Suivez-moi ! ordonna le "Corse" dans l'encadrement de la porte de son bureau du cinquième étage.

Zoé, bien assise à son poste de travail, en train de lire l'article rédigé par sa sœur et publié sur internet, obtempéra sur-le-champ. Dans la pièce d'à côté, Bonnot et Turnier, entourés d'une cohorte de collègues désireux de se "mettre au parfum", relevèrent la tête, ignorant tout des causes de cette nouvelle agitation. Le commissaire divisionnaire la conduisit au fond d'un long couloir, avant de refermer la porte d'une petite pièce sommairement meublée qui servait habituellement de salle d'entretien entre avocats et gardés à vue.

– Dechaume ! Je ne sais pas comment vous avez fait, mais sachez que vous allez me le payer, débuta le chef de service qui bouillait de colère.

– Je ne comprends pas, monsieur…

– Et en plus de ça, vous faites l'imbécile ! Ne me prenez pas pour un con !!! Je sais très bien que c'est vous qui êtes derrière tout ça ! postillonna-t-il.

Zoé plissait légèrement les yeux pour mieux manifester son incrédulité. Non, elle ne voyait vraiment pas, elle ne comprenait pas l'origine de sa fureur.

– Je suis à la limite de vous dégager du service, Dechaume ! Je vous jure que je suis à l'extrême limite. Sachez que vos jours à la Crim' sont comptés ! Et n'oubliez pas de contacter de Bonchamps afin de le désincriminer ! ajouta-t-il en claquant la porte.

Zoé ne surjoua pas. C'était inutile d'en faire plus. Placé devant le fait accompli, Andréani savait pertinemment qu'elle était à l'origine du décrochage d'une dizaine de fonctionnaires de police dans le but de retrouver le fils Desgranges. Mais ce qu'il n'était pas prêt à comprendre, c'est le levier ou le stratagème qu'elle avait utilisé pour informer et faire céder la direction de la police judiciaire. Andréani se sentait trahi, et à juste titre. Mais après tout, un petit écart paraissait bien peu par rapport à la disparition d'un gamin en rupture.

Zoé retourna à son poste, comme si de rien n'était. Bonnot franchit la porte de son bureau, lui demandant si ça allait.

– Ça va, *no problemo*. Faut juste que je relève les empreintes du "baveux" pour vérifier que les traces inconnues sur le recueil de poèmes de Mouquin lui appartiennent bien.

– T'es sûre que tout va bien ? s'enquit son chef de groupe, partagé entre le désir de se remettre rapidement au boulot et l'envie de connaître les raisons de la colère d'Andréani à son encontre.

– Tout va bien, confirma l'enquêtrice en mimant un sourire, avant de faire face à nouveau à son écran.

Enfin seule, Zoé s'enfonça dans son siège. Elle ne savait pas comment poursuivre. L'esprit obnubilé par la personnalité de Jean-Marc Dubuisson depuis la veille, elle désirait également lancer des recherches sur la vie et l'œuvre de Verlaine. Mais l'arrivée d'une pièce jointe sur sa boite mail l'orienta dans une autre direction. Venait de s'afficher le cliché en noir et blanc de Victor Desgranges, portrait craché de son père, avec des billes couleur noisette, encadrées par la même chevelure brune éparse.

Un beau garçon !

Était également indiqué le numéro de téléphone cellulaire de l'adolescent au travers d'un mot lapidaire conclu par la formule *Merci pour tout*. Zoé savait ce que ça voulait dire. Elle mit à peine dix minutes pour rédiger une réquisition judiciaire lui permettant d'obtenir le relevé détaillé des appels téléphoniques de Victor Desgranges pendant les dernières vingt-quatre heures. Moins d'une demi-heure plus tard, après avoir pris connaissance des premiers résultats, elle composa le numéro de son collègue de bureau :

– Guillaume ! J'ai le retour de la fadette sous les yeux !

– Alors, qu'est-ce que ça donne ?

– Ton fils a des attaches ou de la famille sur Montreuil-sous-Bois ?

– Montreuil ? À ma connaissance, non. Pourquoi ?

– Parce que depuis deux heures du mat', le téléphone de Victor "borne" là-bas.

– Y'a des appels ? demanda un Guillaume qui reprenait espoir.

– Aucun appel sortant. Le téléphone est allumé mais n'est pas utilisé. Tous les appels entrants sont dirigés vers le répondeur. T'es certain ? Vraiment aucune idée pour Montreuil ?

– Non. À première vue, rien. Qu'est-ce qu'il y a d'autre sur la fadette ?

– Pas grand-chose. Jusqu'à 23 h 30, le téléphone déclenche des impulsions sur le Ve. Et ensuite, il se déplace dans le XIIIe arrondissement, sur le boulevard de l'Hôpital jusqu'à 01 h 30 environ.

Desgranges n'était qu'à moitié rassuré. La localisation du téléphone dans la banlieue est de la capitale, ne prouvait pas que Victor ne soit pas en danger. Mais, à sa connaissance, la Seine ne passait pas sur cette commune limitrophe de Paris !

– Je rappelle les collègues chargés du voisinage et je leur dis de "riper" sur Montreuil, si tu le veux bien, proposa Zoé.

– Ok, parfait.

Desgranges avait à peine raccroché que son téléphone sonna à nouveau. Le portable de Victor, le coup de fil salvateur.

– Victor ? T'es où, là ? Victor !!!

Mais pas de réponse à l'autre bout du fil.

– Victor ? C'est toi ? Réponds, mon garçon, tu sais bien que je t'aime, c'est papa, papa qui t'aime…

Toujours rien.

– Allez, Victor, ne fais pas l'idiot… réponds…

– Allô ?

Un mot enfin. Voix nasillarde, voix d'outre-tombe, sévère, dans les graves, genre rappeur de cité.

– Allô ? Qui est à l'appareil ? insista Guillaume.

– Allô ? Ouais... allô ? T'es qui, toi ?

Tutoiement facile, pointe d'accent.

– T'es son daron ? poursuivit l'inconnu.

– Ouais. T'es qui, toi ? aboya Guillaume, en montant d'une octave.

– T'occupe ! Juste un conseil, bâtard : si tu veux revoir ton Totor en bonne santé, t'as deux heures pour trouver 100.000 euros. Sinon il est mort. T'as capté ?

Guillaume se retint contre un mur avant de s'effondrer au sol. Victor avait été enlevé. Un enlèvement avec demande de rançon.

– T'es toujours là, bâtard ? T'as capté ? insista la voix.

Desgranges ne savait plus quoi répondre. Mais il entendait distinctement des bruits sourds et les cris d'un adolescent en fond sonore.

– Ne lui faites pas de mal, bande d'enculés !!! hurla-t-il, inquiétant les passants dans la rue.

Chapitre 29

La donne avait changé. Il n'était plus question d'une fugue, mais d'un enlèvement. Guillaume Desgranges n'avait pas traîné pour retrouver le chemin du "36", et mit moins de temps que d'habitude pour gravir l'escalier. Dans les locaux de la PJ, l'information s'était répandue comme une traînée de poudre. Le fils de l'un des leurs avait été "arraché", une rançon était réclamée en échange de sa libération.

Mal à l'aise dans l'un des fauteuils club du bureau d'Andréani, Desgranges était entouré des principales autorités du quai des Orfèvres. Leurs mines graves ne tranchaient guère avec le visage défait du père de famille. Il y avait là le "Corse" et son adjoint, le directeur de la police judiciaire, Pierre Marigny, le chef de l'État-major et le patron de la BRI, le premier service de Desgranges. Les discussions allaient bon train, mais le moral était en berne. Et le

capitaine Desgranges le savait. Les enquêteurs préféraient mille fois travailler sur une
bonne vieille affaire d'homicide des familles
où il était question de démêler les nœuds
d'une pelote de laine, plutôt que de subir le
contre-la-montre imposé par des fantômes
avec lesquels il était interdit de rompre le
fil de négociations souvent ardues, sous
peine de retrouver un cadavre en guise de
prise de guerre. La BRI et la Crim' avaient
connu leurs heures de gloire dans les années
1970 avec les succès des affaires Empain et
Suarez. Celles-ci résonnaient encore dans la
mémoire de Pierre Marigny, alors jeune
commissaire à la tête de la section voisine
du Proxénétisme. Mais la libération des
otages n'était jamais un fait acquis. L'Italie
des années de plomb et l'Allemagne de la
bande à Baader en avaient connu de tristes
exemples.

– On va tout faire pour le sortir de là,
assura Marigny en se rapprochant de
Desgranges. Toutefois, on a besoin de certitudes...

– Comment ça ? De quelles certitudes ?
s'emporta le capitaine à l'adresse du directeur de la Police judiciaire.

– Je vais être clair avec vous, Guillaume,
coupa Marigny pour qui cette histoire
tombait au plus mauvais moment. J'ai pas

l'intention de mettre cinquante bonhommes sur l'affaire si je ne suis pas convaincu que Victor a été enlevé…

– Quoi ! Qu'est-ce que…

– Laissez-moi finir, Guillaume. Je veux juste être certain qu'il ne s'agit pas d'une blague de potache ou d'un coup monté dans lequel se serait rendu complice votre fils pour vous extorquer de l'argent. Vous savez très bien que ça peut arriver…

Marigny lui parlait comme à un fils, la main sur l'épaule. Desgranges, abasourdi, ne savait comment réagir. Tous les autres attendaient une réponse en fixant Marigny. Mais les mots laissèrent la place à des sanglots. Andréani se précipita à son bureau, arracha un papier mouchoir et le tendit à son enquêteur.

– Écoutez, monsieur le directeur, essaya-t-il de répondre enfin, après s'être mouché bruyamment. Mon fils n'est pas sorti de mon appartement depuis des mois. Il est à moitié agoraphobe, il ne supporte pas le monde, il est inadapté à la société. Pour tout vous dire, il est déscolarisé depuis des lustres. Cette nuit, quand je suis rentré de planque, j'ai mis une plombe à me rendre compte qu'il n'était pas là, persuadé qu'il dormait à poings fermés dans son lit. Et puis Victor n'a pas d'amis. Je vous l'ai dit, il ne sort pas. Et personne ne vient à la maison hormis une voisine, de temps en temps. Alors, pour la mauvaise blague, faudra repasser. Et Victor le sait mieux que personne, je n'ai pas un rond d'avance, pas d'économies. J'ai du mal à joindre les deux bouts à la fin du mois, alors pour ce qui est de lâcher 100.000 euros, l'idée ne vient certainement pas de lui.

– D'accord, d'accord, reprit Marigny d'une voix compréhensive. De toute manière, on va faire le boulot, Guillaume. Et j'entends qu'on le fasse bien. Plusieurs points à régler : une équipe de la Crim' va foncer chez vous pour inspecter la chambre de votre fils, tandis que les dix enquêteurs prévus sur Montreuil vont poursuivre leur travail de voisinage sur place, au cas où quelqu'un l'aurait vu ou aperçu. Une autre équipe va se charger de la téléphonie. On verrouille tout. On a même placé la ligne de votre fils sur écoute, en espérant que les ravisseurs l'utilisent pour contacter des complices. Et vous, Guillaume, vous restez avec nous, sous bonne escorte du négociateur de la BRI. Il va vous *briefer* de manière à faire durer les échanges. Dès qu'ils reprennent contact avec vous, je veux que vous suiviez au pied de la lettre ses recommandations, même si ça peut vous paraître difficile de parlementer avec ceux qui ont enlevé votre fils. C'est d'accord ?

Desgranges acquiesça. De toute manière, il n'avait pas le choix. La réunion était terminée. D'un geste assuré, le commissaire de la BRI le guida aussitôt dans les locaux sécurisés de l'Antigang, tandis que les autorités débattaient des mesures de renforcement de la sécurité dans le Palais de justice, de la manière la plus discrète possible.

Chapitre 30

Zoé, Bonnot et Turnier n'étaient pas insensibles au désarroi de l'adjoint du groupe. Elle, surtout, se sentait coupable d'avoir requis les services de Desgranges pour l'accompagner planquer devant chez Dubuisson, la nuit précédente. Cependant, les ordres étaient clairs, le groupe devait rester concentré sur la double affaire Peltier/Jacob. Mais, sans Desgranges, seule dans son bureau, l'enquêtrice n'arrivait pas à réfléchir, incapable de se concentrer sur les indices laissés sur la scène de crime. Rien ne venait, pas la moindre suggestion, pas le plus petit rapprochement. À défaut, elle tapait sur son clavier, au hasard de pensées vagabondes, lorsque la saisie de l'occurrence « Jean-Marc Dubuisson » la guida dans les méandres d'internet et d'un site consacré aux thèses à caractère juridique :

Dubuisson Jean-Marc, *Le Palais de justice de Paris, art, histoire et symbolique*, thèse de doctorat, 628 pages, Université Paris IV, 1989.

Une brève notice biographique précisait que son auteur, né en 1963, était Docteur en histoire de l'art et que sa thèse était disponible sur microfilm à la bibliothèque de la Sorbonne, et sous format papier à celle du Barreau de Paris. Zoé lança l'impression de la fiche avant de couper sa connexion. Son cœur battait la chamade. Elle venait de découvrir un lien supplémentaire entre le conservateur Dubuisson et le Palais de justice. Elle se précipita dans le bureau voisin et en référa à Bonnot. Mais le résultat ne fut pas celui escompté. Aucune réaction du chef de groupe qui se contenta d'un « Ce n'est pas suffisant ». Desgranges, à sa place, aurait foncé bille en tête, elle en était convaincue.

Furibonde, elle partit maugréer dans les couloirs du Palais. Que fallait-il de plus à Bonnot pour filer au musée Carnavalet et placer son conservateur sous les verrous ? Dubuisson avait toutes les raisons de s'en prendre à Ludovic Peltier, celui qui s'était empressé de classer un dossier d'instruction qui ne l'intéressait pas. Et Dubuisson, présent le soir de la mort du juge, connaissait bien le Palais de justice pour en avoir disséqué les moindres recoins pendant ses recherches en histoire de l'art. Qu'attendait-on ?

Sa colère la conduisit à hauteur d'une lourde porte en bois qui menait à la bibliothèque de l'Ordre des avocats qu'elle osa pousser pour la première fois. Surprise d'entendre la voix de Thibaut de Bonchamps amplifiée par des enceintes acoustiques, Zoé déboucha sur une bibliothèque majestueuse transformée en salle de conférence. Debout, derrière un pupitre, le jeune avocat, en qualité de secrétaire de la Conférence, s'adressait à une assemblée rieuse et décontractée, tout en rendant hommage à l'invitée du jour. Zoé reconnut Miss France à son écharpe en bandoulière, assise jambes croisées sur le côté de la salle à proximité d'un sexagénaire rachitique, en partie chauve, chaussé de baskets. Drôle d'impression que cet homme usé par le temps, malade peut-être, une canne posée à ses pieds, assis dans une pièce où la majesté du lieu se confondait avec la solennité du moment.

Des dizaines de familles, des parents, des amis, des étudiants, assis sur les bancs recouverts de velours bordeaux, attendaient l'exercice de leurs proches, des avocats ayant récemment prêté serment qui n'aspiraient qu'à devenir l'un des douze secrétaires de la Conférence élus par leurs pairs. De

Bonchamps, lui, avait un temps d'avance. Nommé quatrième secrétaire l'année précédente, il tenait le flambeau d'une institution ancestrale qui avait pris le nom de Conférence de Berryer en l'honneur de l'un des grands avocats parisiens du XIXe siècle. Il présentait les principaux concurrents du jour chargés de s'exercer tour à tour sur un thème lié à l'invitée de la séance. Il aperçut Zoé, plantée dans l'encadrement de l'un des trois accès de la salle, sous une coursive encombrée de livres poussiéreux. Le jeune orgueilleux en avait terminé. Il céda son micro à une Miss France fière que les jeunes avocats se disputent les faveurs du public et du jury sur un thème aussi essentiel et sensible que : *Talons aiguilles : aphrodisiaque ou instrument de torture ?*, avant de se rapprocher de l'enquêtrice, au moment où le premier candidat prenait la parole.

– Qu'est-ce qui me vaut votre visite, brigadier ? demanda-t-il tout bas.

– Deux choses, répondit-elle sèchement afin de ne pas lui laisser penser qu'elle était là pour ses beaux yeux. Primo, il faudrait que vous passiez au service pour que je relève vos empreintes, vu que vous n'êtes pas fichu de pénétrer dans un bureau sans toucher à tout…

– Et la seconde ?

– Pour vous faire pardonner, il faudrait que vous me sortiez de la bibliothèque une thèse sur le Palais de justice. Je vous ai noté les références. Vous en avez les moyens ?

– Bien sûr. Pour vous, tout est possible, sourit-il en montrant ses belles dents blanches. Ce *package* vaut bien un petit dîner en tête à tête, non ?

– Ce serait avec plaisir, mais en ce moment je n'ai pas trop le temps, je suis désolée.

– Un café, alors ? J'ai cru comprendre que vous l'aimiez bien fort…

– Va pour un café, céda-t-elle. Appelez-moi vers seize heures ! Et n'oubliez pas de m'apporter la thèse…

Chapitre 31

– Allô ! Allô ! C'est toi, bâtard ?

– Oui, c'est moi, répondit Desgranges, debout au milieu de flics qui retenaient leur souffle. Je vous écoute.

– T'as l'oseille ? hurla l'inconnu dans le téléphone de Victor.

– Pas encore, j'arrive pas à joindre ma banque, improvisa le capitaine de police alors que le négociateur, près de lui, l'encourageait en levant le pouce dans sa direction.

– T'as intérêt à te magner, sinon ton pisseux va finir dans un sale état. T'as compris ?

– Oui, j'ai compris, j'ai compris... Et comment je fais pour vous contacter quand j'ai récupéré l'argent, puisque vous ne répondez pas quand j'appelle ?

– T'occupe pas de ça. C'est nous qui gérons. Ne tarde pas trop à joindre ton "youpin", parce qu'il manque déjà quelques chicots à ton "babtou". T'as compris ?

Le ravisseur n'attendit pas la réponse. Il raccrocha aussitôt. Quarante-deux secondes de communication. C'était peu et beaucoup à la fois.

Le père de Victor se trouvait dans une grande salle de la BRI meublée d'armoires et de vestiaires métalliques. Guillaume Desgranges était devenu en quelques heures un véritable pantin. Il n'était plus maître de rien, plus maître de sa personne. Son appartement était actuellement visité par des collègues, la vie de son fils se trouvait entre les mains de voyous de banlieue qui n'hésitaient pas à lui taper dessus. Et ses faits et gestes étaient conditionnés au négociateur de la BRI, un officier de police d'origine chinoise qui ne comptait plus les situations conflictuelles qu'il avait contribué à désamorcer lors des quinze dernières années.

– Ils vont rappeler, assura le négociateur.
– L'appel a été passé de Montreuil. Pas de mouvement, enchaîna un homme musclé comme quatre qui faisait office d'opérateur.

Un casque audio sur les oreilles relié à un ordinateur portable, celui-ci contrôlait le bon fonctionnement de l'écoute et de la géo-localisation en temps réel du téléphone de Victor. L'appareil n'avait plus bougé de la commune de Montreuil depuis le milieu de la nuit précédente.

– Tu t'es bien démerdé, Guillaume, reprit le Chinois. Le vouvoiement, c'est bien, continue. Ça leur fait croire qu'ils ont l'emprise sur toi. La prochaine fois, fais-leur croire que tu es en route pour la banque, mais que t'auras du mal à rassembler la somme demandée. N'oublie pas, il faut que tu leur montres que tu désires absolument coopérer. Surtout, essaie de contrôler tes émotions, ne t'énerve pas, tente de les faire parler au maximum, de les pousser à la faute. Et évite les silences…

C'était beaucoup de conseils à la fois pour un homme dont le caractère était peu porté à la communication.

– Et mon fils ? s'inquiéta un Desgranges pas totalement docile.

– Ton fils, à mon avis, ils ne lui ont pas fait le moindre mal, sauf peut-être pour qu'il leur communique ton numéro.

Desgranges n'y croyait pas. Même s'il n'était pas certain d'avoir reconnu la voix de Victor lors du premier appel, il avait distinctement entendu les cris d'effroi d'un jeune homme que l'on frappe.

– C'est juste une question d'heure. Dès que les gars sur le terrain auront "rebecté" le portable, on les "serre" et on le libère.

– Sauf s'ils sont planqués dans les sous-sols d'une cité, souligna amèrement Desgranges.

– Ça prendra juste un peu plus de temps. C'est une question d'heure, j'te dis. Parole de flic !

– Y'a un problème, intervint l'opérateur en direct…

– Quoi ?

– Ils viennent de couper le téléphone.

Le seul lien entre les ravisseurs de Victor et les policiers était maintenant rompu. Desgranges s'effondra sur son siège, lâchant l'appareil des mains.

– Qu'est-ce qu'on fait ?

– Rien. Faut être plus patient qu'eux. À mon avis, tant que la nuit n'est pas tombée, ils ne prendront pas le risque de bouger de Montreuil, répondit le patron de la BRI.

– Putain ! Portable réactivé ! hurla l'opérateur en direct… Ils rappellent !

Trop d'émotions d'un coup pour un Guillaume malmené, fatigué, stressé.

– Réponds, Guillaume. Faut leur répondre, bon sang ! lui cria le Chinois alors que le père de Victor laissait vibrer l'appareil posé sur la table.

Il ne pouvait pas. C'était plus fort que lui. Comme lorsqu'il avait débarqué à Vernon, en compagnie de Zoé, pour annoncer la mort de Peltier à sa femme.

– Allez, Guillaume. Courage !

La voix était féminine, cette fois-ci. Zoé en personne avait pénétré dans les locaux de la BRI, accompagnée de Bonnot. Elle se précipita sur la table, se saisit du téléphone et appuya sur la touche verte avant de coller l'appareil dans la main de son collègue.

– T'es encore là, bâtard ?

Toujours le même timbre de voix. L'opérateur aurait juré qu'il s'agissait de celui d'un Black.

– Je suis là, je suis là…

– T'en es où ?

– J'arrive à ma banque. Mais il y a un petit problème, objecta Desgranges en se redressant et en essuyant ses larmes d'un revers de manche.

– Quel problème ? Me parle pas de problème, t'as compris ? Moi, j'ai aucun problème, c'est toi qui as des problèmes, et tu risques d'en avoir de plus pénibles encore…

– Sauf que j'ai pas 100.000. Tu comprends ça, j'ai pas 100.000 à dispo ! se révolta Desgranges alors que le Chinois s'étranglait à moitié.

Un silence comme réponse, puis des chuchotements derrière un téléphone sur lequel il imagina une main ferme repliée.

– T'as combien, bâtard ?

– Arrête de m'appeler bâtard ! lâcha Desgranges.

– T'es pas en situation de force, bâtard ! Si tu veux revoir ton fils, bâtard, je veux du blé. T'as compris, bâtard ? Alors t'as combien, bâtard ?

Le Chinois avait raison, ce n'était pas le moment de jouer au rebelle. Ces types étaient cinglés, ils n'avaient aucune règle, aucune morale.

– À peine 30.000.

– Quoi ! 30.000 ! Tu te fous de ma gueule ? hurla le voyou.

– Non, j'te jure. J'ai que ça… Comment on fait pour l'échange ? relança Desgranges.

Pas de réponse. En fond sonore, seulement des bruits sourds : des portes claquaient, des coups pleuvaient, un homme criait sous ce qui ressemblait à des assauts répétés.

– Putain ! Lui faites pas de mal ! hurla Desgranges qui se redressa avant de donner un grand coup de poing dans la porte métallique d'un vestiaire.

Mais personne ne répondait à l'autre bout du fil. Et les violences contre Victor se poursuivaient. Le Chinois et Bonnot se portèrent à hauteur de Guillaume et le ceinturèrent en silence pour l'empêcher de se blesser. Il était

au sol, effondré, lorsque le Black reprit
l'appareil.

– T'as entendu, bâtard ? C'est pas 30.000
que je veux. C'est 50.000. T'as qu'à prendre
un crédit. Et si tu préviens les flics, ton fils
est mort ! Quand c'est ok pour le blé, envoie-
moi un texto.

Fin de la communication.

Chapitre 32

Zoé aimait les hommes ponctuels. Thibaut de Bonchamps était l'un d'eux. Occupée à faire le point avec le groupe Tarasse qui s'intéressait depuis peu à la relation homosexuelle que le journaliste Matthieu Jacob entretenait avec un greffier de la Cour d'appel, elle fit patienter l'avocat un bon quart d'heure à hauteur du sas de sécurité de la PJ. Mais le jeune homme ne laissa rien paraître de son attente. Comme les fois précédentes, il la salua d'un sourire ravageur avant de la suivre dans son bureau qu'elle referma derrière elle.

– Votre collègue n'est pas là ?

Non, Desgranges était occupé ailleurs. Occupé à convaincre la hiérarchie de rassembler 50.000 euros en échange de la libération de Victor. Mais la chose était impossible. Le protocole, mis en place dans les années 1970, interdisait toute remise d'argent dans le cadre d'une demande de rançon. Le brigadier Dechaume qui s'emparait de son blouson, éluda :

– Vos mains sont propres, j'espère ?

Bien sûr que ses mains étaient propres !

– Alors, suivez-moi !

Ils redescendirent dans la cour du "36", franchirent un porche qui menait au Dépôt, traversèrent la cour Saint-Martin avant de se retrouver dans les locaux de l'Identité judiciaire, tout près de la tour Bonbec dont les murs étaient en partie occupés par la section Photographie.

– Laissez-vous faire, ça ne fait pas mal, dit-elle lorsqu'ils furent arrivés devant une petite table de travail sur laquelle elle apposa une noix d'encre noire qu'elle lissa à l'aide d'un rouleau.

– Entre vos mains, ça ne peut être qu'un doux supplice, sourit à nouveau le beau brun.

– Je vois que votre métier vous colle à la peau et que vous n'avez rien perdu de votre verve, rétorqua-t-elle mi-sérieuse, mi-joueuse, au moment d'encrer chacun de ses doigts et avant de dérouler chaque première phalange sur une fiche décadactylaire.

– Je ne joue pas, je suis très sérieux. Je manque peut-être de délicatesse ou de savoir-vivre, mais j'aime bien votre compagnie et cette petite moue... rebelle. Vous savez, ce n'est pas parce qu'on ne fait pas le même métier qu'on n'est pas fait pour s'entendre, ajouta-t-il alors que Zoé renseignait l'identité de l'avocat sur la fiche.

– Vous avez rapporté le document que je vous ai demandé ? dit-elle en changeant de sujet.

– Oui. Mais vous oubliez notre deal : le partage d'un café en échange de la thèse. Et puis j'ai besoin de savoir pourquoi la lecture de ce document vous intéresse tant. J'imagine que ce n'est pas dans une thèse sur le Palais de justice que vous allez apprendre à mieux bouger sur un terrain de badminton, n'est-ce pas ?

Thibaut de Bonchamps s'était renseigné sur son compte ! Il ne la laissa pas réfléchir plus longtemps.

– Ne soyez pas inquiète. J'aime bien savoir à qui j'ai affaire. Et internet regorge d'informations. Et d'après ce que j'ai lu sur vous, il semble que vous soyez au moins aussi douée sur un terrain de *bad* que dans une salle d'interrogatoire.

Championne de France juniors 2003, vice-championne d'Europe universitaire 2004, le nom de Zoé était référencé sur le site officiel de la Fédération française de badminton. Deux ans plus tôt, le club Lagardère avait même cherché à la recruter. Malgré d'âpres sollicitations et la promesse de primes de match substantielles, elle avait refusé l'offre, privilégiant finalement l'aspect "famille" de son club de Saint-Maur, où elle avait acheté, seule et à crédit, un F2, malgré les aides proposées par ses parents.

– Et en ce qui vous concerne, que vais-je apprendre si je m'intéresse à vous ? lui demanda-t-elle, alors qu'il était en train de se savonner les mains sous un jet d'eau chaude.

L'avocat lui répondit sur le chemin de la Buvette située dans l'enceinte du Palais de justice, sur la droite des marches de la cour du Mai.

– Je suis issu d'une famille de serviteurs de l'État. Mon grand-père était receveur des Postes. Il a reçu la Légion d'honneur des mains du général de Gaulle pour s'être battu contre les Allemands à la Libération.

– Et la particule, elle vous vient d'où ?

– D'un aïeul, François de Bonchamps de la Baronnière, qui a combattu les Républicains à la tête des armées catholiques et royales lors des guerres de Vendée.

Attablés dans le fond du bar, ils avaient approximativement le même âge, et Zoé crevait d'envie de le tutoyer. Hors du cadre professionnel, elle n'hésita pas :

– Et tes parents ? Tu n'en parles pas ?

– Ma mère est décédée. C'est mon père qui m'a élevé.

– Et il fait quoi, ton père ?

– T'es coriace, dis donc !

– C'est toi qui as commencé. Fallait pas aller fouiner sur le web, blagua-t-elle.

Le jeune avocat inspira profondément après avoir reposé sa tasse. Visiblement, ça le peinait de répondre :

– Mon père est archiviste en chef du Barreau de Paris. C'est lui qui a organisé le tricentenaire de la bibliothèque des avocats, en 2008, là où tu es venue me chercher cet après-midi. L'année suivante, il s'est également occupé de l'émission d'un timbre-poste à la demande du Bâtonnier afin de célébrer le bicentenaire de la restauration de l'Ordre décidée par Napoléon en 1810. Il m'a beaucoup guidé. Mais actuellement, il est malade, souffla-t-il.

Zoé ne rebondit pas. Elle le laissa poursuivre le récit des visites impromptues qu'il rendait à son père au Palais lorsqu'il était scolarisé au lycée Henri-IV. Elle eut droit aussi, à un exposé décalé sur la hargne et l'humanisme de Denzel Washington dans le magistral *Philadelphie*, un film dont il connaissait les dialogues par cœur. Elle l'écouta patiemment. Puis le sens des réalités reprit le dessus :

– C'est drôle que tu m'aies demandé de te sortir la thèse rédigée par Jean-Marc Dubuisson...

– Pourquoi ?

– Parce que c'est mon père qui l'a préfacée, répondit-il, en lui tendant le document par-dessus la table.

Chapitre 33

La vie de Verlaine était un roman à elle toute seule. « Une vie riche, une œuvre considérable », avait noté Zoé Dechaume dans un coin de sa tête lorsqu'elle avait lu et relu la biographie du Prince des poètes sur Internet. Tout le contraire de celle de Fernand Mouquin qui n'avait, semble-t-il, laissé à la postérité qu'un seul recueil de poèmes.

Ces considérations poétiques en tête, elle assistait à la confrontation qui opposait le commandant Tarasse à Yann Le Goff, greffier à la Cour d'appel, qui s'était amouraché du défunt Matthieu Jacob. Yann Le Goff, fils unique, trente ans, né dans les Côtes-d'Armor, était arrivé quatre ans plus tôt à Paris où il louait un studio d'une douzaine de mètres carrés lui coûtant la moitié de son salaire. Il avait débarqué de sa province natale pour vivre dans l'anonymat une homosexualité qu'il avait du mal à reconnaître, y compris devant un flic qui n'en avait rien à foutre.

– Monsieur Le Goff, expliquez-moi pourquoi nous avons retrouvé votre photographie dans le portefeuille de Matthieu
Jacob ?

– C'était un ami, c'est tout.

– Monsieur Le Goff, expliquez-moi aussi
pourquoi vous êtes, et de loin, le principal
interlocuteur téléphonique de Matthieu
Jacob ?

– On était très liés, répéta le Breton qui
semblait tétanisé sur sa chaise.

– Expliquez-moi, monsieur Le Goff, pourquoi, lorsque nous analysons vos déplacements grâce à l'étude de votre téléphonie,
nous constatons que vous passez plusieurs
nuits par semaine au domicile de Matthieu
Jacob ?

En d'autres temps, Zoé se serait amusée
de la scène. En d'autres temps seulement,
car, au même moment, le fils de Guillaume
Desgranges croupissait vraisemblablement
dans une cave de banlieue, et un tueur en
série s'en prenait au monde judiciaire. Le
Goff n'osait bouger, de peur que ses manières
ne le trahissent. Mais il ne tarderait plus à
craquer, elle en était convaincue. Les grands
sensibles finissaient toujours par pleurer à
chaudes larmes. Un peu comme Paul
Verlaine, se morfondant en prison pour
avoir blessé son amant, Arthur Rimbaud.

Il y avait désormais urgence, la journée s'éternisait, Tarasse s'agaçait. Le coup de poing sur la table renversa les dernières barrières. Réactions en chaîne, flots de larmes et de paroles, Le Goff vivait un véritable cauchemar depuis la mort de Matthieu. En quelques secondes, de comique la situation devint tragique. Tarasse en profita pour l'attaquer sur son alibi, alors que Le Goff n'aspirait qu'à rendre visite à la dépouille de son ami. Il insista sur leur dernier rendez-vous, tandis que Le Goff ne pensait qu'à se rapprocher des parents de Jacob. Puis le commandant Tarasse laissa le brigadier Dechaume conclure par toute une série de questions dont les réponses furent systématiquement négatives. Non, Le Goff ne connaissait pas Fernand Mouquin. Non, il ne savait pas quel était le poète préféré de son amant. Non, il ne connaissait pas le recueil de Verlaine intitulé *La bonne chanson*, composé en 1870 alors que le poète demeurait rue Lécluse à Paris, ni le seizième poème dont elle ne manqua pas de lui lire les vers. Non, il n'avait jamais visité le musée Carnavalet, et ne connaissait pas plus Ludovic Peltier dont on parlait dans les journaux, que Jean-Marc Dubuisson dont Zoé lui présenta une photo.

– Avez-vous des questions, monsieur Le Goff ? ajouta le commandant Tarasse au moment de lui faire relire le procès-verbal.

– Oui. Matthieu désirait être incinéré. Vous savez si des démarches ont été entreprises par la famille ?

Personne ne savait. Paul Verlaine, lui, détruit par l'alcool, était mort en novembre 1891, avant d'être inhumé dans le XVIIe arrondissement.

Chapitre 34

Zoé était tendue. Chaque piste aboutissait à une impasse, chaque fil tiré finissait par se rompre. Bien que les recherches aient été confiées aux neuf groupes de droit commun de la brigade, malgré le grand nombre de personnes auditionnées durant la journée, rien n'avançait. Et puis Zoé, tout comme les autres flicards présents autour de la table ovale du bureau du chef de service, était tracassée. Elle ne savait rien de ce qui se tramait dans les locaux de la BRI où gambergeait Guillaume Desgranges. Le commissaire Andréani en avait conscience. D'emblée, avant même de faire le point sur le double meurtre, il tenta de rassurer ses effectifs :

– Je veux que vous sachiez que les négociations pour la libération du fils Desgranges avancent. La BRI est en contact avec les ravisseurs pour une transaction prévue à 23 heures selon un *modus operandi* qui leur sera communiqué dans la soirée.

– Et le môme, il va bien ?

– On n'a aucune preuve de vie, seulement la parole des ravisseurs. D'autant qu'ils refusent de transmettre une photo du gamin... Mais on n'a pas le choix. On espère juste qu'ils vont libérer Victor rapidement.

– Et Guillaume, comment il réagit ? s'inquiéta un collègue.

– Il est bien encadré par la BRI. Pour le moment, il n'a pas craqué.

– J'espère seulement pour eux qu'ils ne vont pas faire de mal au gamin. Parce que si Guillaume les pince, ils vont passer un sale quart d'heure, remarqua un autre policier qui connaissait les coups de sang de Ravaillac.

Les questions, les remarques s'enchaînaient. Zoé, elle, restait muette. Elle n'était pas dans les petits papiers d'Andréani, et elle n'entendait pas se faire rabrouer gratuitement pour une remarque jugée inopportune. Elle patientait en grisant à petits coups de crayons les boucles du titre de la thèse de Jean-Marc Dubuisson qu'elle avait apportée avec elle. Car elle était convaincue qu'il avait joué un rôle dans le double homicide. D'autant plus convaincue qu'il évo-

quait Mouquin dans son *Mémoire sur l'art,
l'histoire et la symbolique du Palais de justice.*
« Cela ne fait pas de lui un assassin », lui
soufflait une petite voix. Mais, par ce document, le conservateur du musée Carnavalet
dévoilait une connaissance passionnée du
Palais de justice.

. Qui plus est, Zoé n'ignorait rien, désormais, des signatures des Compagnons bâtis-
seurs, découvertes sur le mur d'enceinte
gallo-romain lors de fouilles effectuées
sous le Tribunal correctionnel, rien des
emblèmes des rois de France, ornant l'escalier de la Chambre des comptes, des nombreuses statues enrichissant les façades du
quai des Orfèvres et de la rue de Harlay, du
cadran de la Grande horloge composé de
rayons solaires sagittés et ondés, des aigles
impériales dominant la place Dauphine, des
bonnets phrygiens et autres symboles de la
République, peints aux plafonds ou sculptés
dans la pierre.

Rien ne lui avait échappé. Pas même l'origine du double rabat porté par les hommes de
justice de l'Ancien régime, pas même les
explications des dizaines de têtes de lions
incarnant puissance et sagesse, de coqs, de
chouettes, d'abeilles et de colombes, de cou-
ronnes érigées au sommet des lampadaires

de la salle des Pas Perdus... Un Palais aux mille visages.

L'enquêtrice avait également pris le temps de lire la préface de l'archiviste du Barreau de Paris, Yves de Bonchamps. La plume du père semblait valoir l'élocution du fils. Sur deux pages, il n'était question que de « devoir de mémoire », de la « pierre qui parle », de « boiseries qui se lisent comme un livre d'histoire ». À sa relecture, Zoé se prit à sourire. Un sentiment amoureux, peut-être. Un sourire malvenu, en tout cas.

– Mademoiselle Dechaume, on peut savoir ce qui nous vaut un tel... une telle joie ? l'interpella le "Corse".

– Pardon... J'étais ailleurs, bafouilla-t-elle, alors que tous l'observaient.

La mâchoire crispée, Andréani la fixa sévèrement avec l'envie de la tancer en public. Il s'en abstint, finalement. Le tour de table ne fut qu'un long calvaire. Zoé, elle, n'avait rien à déclarer. Déférente, elle laissa le commandant Tarasse prendre la parole alors que des mouettes jouaient à se pourchasser au-dessus du Pont-Neuf. Rien d'intéressant dans les propos jusqu'à ce que "Jeannot" Turnier clôture les débats :

– J'ai reçu le rapport définitif de la Balistique. C'est confirmé, le calibre utilisé est du 8 mm, et la même arme est à l'origine des deux meurtres. Il s'agit vraisemblablement du revolver d'ordonnance modèle 1892. L'Armée française en a longtemps été dotée. Jusque dans les années 1930.

– C'est tout ? interrogea Andréani.

– C'est à peu près tout. C'est une arme qu'on peut utiliser en simple ou double action, et le barillet contient six cartouches, ajouta-t-il en distribuant un cliché noir et blanc du revolver d'une longueur totale de vingt-quatre centimètres.

– Et la production ?

– Environ 350.000 exemplaires, essentiellement distribués en France, en Espagne et en Belgique. Faut savoir que cette arme a surtout équipé les FFI à la Libération, et a même été utilisée par la Police jusqu'en 1962.

– Des défauts ?

– Oui. Son poids, près d'un kilogramme. Et surtout sa faiblesse de feu. Pour tuer, il y a nettement mieux, grimaça le procédurier.

Quelques mots de réconfort du commissaire divisionnaire sonnèrent le glas de cette

journée. Son cliché et sa thèse sous le bras,
Zoé quitta au plus vite la salle. Elle se précipita dans son bureau, jeta sa paperasse en
vrac près de son clavier, puis s'enfonça dans
son fauteuil. La tête en arrière, les avant-
bras sur les accoudoirs, elle cherchait le
repos, le calme. Que pouvait-elle entre-
prendre ? Elle ne savait plus comment agir,
plus comment orienter ses recherches. Dans
le bureau voisin, Bonnot et Turnier ne ces-
saient de s'engueuler au sujet d'une brou-
tille. Ils étaient tous les deux sur les nerfs,
comme elle. Ayant vérifié le journal de ses
appels, elle fut peinée de constater que
Thibaut n'avait pas cherché à la joindre.
« Probablement occupé par la visite d'un
gardé à vue, ou par ses activités de secrétaire de la Conférence », se dit-elle.

Sur son ordinateur, apparurent les lignes
de la facturation détaillée du numéro de
téléphone de Victor Desgranges. Des lignes
sombres, des lignes claires, des numéros
techniques, des adresses de cellules. Paris
V^e, Paris XIIIe, Montreuil-sous-Bois, itinéraire d'un fugueur en colère qui se retrouvait séquestré. Se sentant inutile ici, elle
vérifia que la clef de son véhicule de permanence se trouvait bien dans la poche de son
blouson, arracha une radio "storno" du râte-
lier et fila en douce.

Chapitre 35

Le talkie-walkie posé sur le siège passager avant, elle écoutait en direct les ondes de la PJ lorsqu'elle stationna à hauteur de la rue Monge. Pas d'écho de l'opération imminente de la BRI. Comme à leur habitude, les hommes de l'Antigang avaient probablement obtenu le brouillage de leurs communications via un canal réservé. Elle coupa l'appareil et le planqua dans la boite à gants avant de sortir de l'habitacle.

Elle se colla quelques instants contre l'immeuble de Desgranges, puis se connecta sur la fonction GPS de son mobile. Le XIIIᵉ arrondissement se trouvait derrière elle, à six cents mètres à vol d'oiseau. Et surtout, le boulevard de l'Hôpital où avait été localisée la borne-relais activée par le téléphone de Victor au moment où son répondeur avait été consulté à 1 h 34, la nuit précédente. Par qui ? Par Victor lui-même ou par ses ravisseurs ? Soit Victor ou ses ravisseurs, soit Victor et ses ravisseurs étaient passés par là.

Sans pouvoir sereinement évaluer les priorités, elle regrettait désormais de s'être sauvée du service. Au moment de quitter le "36", elle avait aperçu la présidente de la cour d'assises et l'avocat général qu'elle avait croisés lors du procès de Sadjo Fofana. L'air grave, ils discutaient au fond d'un couloir feutré du troisième étage avec le bras droit du directeur de la police judiciaire. Zoé savait qu'il était désormais question d'attribuer à chacun d'entre eux une protection rapprochée, même si François Prud'homme avait été mis hors de cause. Signe d'inquiétude et de fébrilité, les idées, les pistes fusaient de toutes parts, brouillonnes, au siège de la PJ et polluaient l'enquête. Un groupe entier travaillait sur un appel anonyme qui révélait que les deux victimes étaient membres de l'église de scientologie, pendant que trois autres limiers épluchaient le tuyau d'un service de renseignement précisant qu'un oncle de Ludovic Peltier, président d'une communauté de communes, était impliqué dans une vague histoire de pots-de-vin.

Elle devait aller au bout de son idée. À pied, elle emprunta les quelques ruelles du quartier Saint-Marcel sous la lumière blafarde des lampadaires, avant de déboucher sur l'avenue d'Italie en face d'un sex-shop perdu au milieu de boutiques de fringues. Sur sa droite, la place d'Italie. À l'opposé, le boulevard descendait vers la Pitié-Salpêtrière et la gare d'Austerlitz.

Malgré la pluie, elle leva la tête vers le ciel, scrutant le toit des immeubles, cherchant à repérer les bornes-relais des opérateurs de téléphonie mobile. Elles étaient installées sur le garage central de la Préfecture de police, où l'essentiel des véhicules de police parisiens étaient conduits pour vidange ou réparation. Elle y rejoignit un collègue en tenue qui bâillait sévèrement dans sa guérite. Elle s'approcha tout en lui présentant sa carte de police et la photo de Victor qui s'affichait sur son BlackBerry.

– Salut, je bosse à la PJ et je cherche ce gamin qui est susceptible d'être passé par là, la nuit dernière...

– Désolé, j'étais de repos, répondit le gardien de la paix qui ne prit pas la peine de jeter un œil sur le cliché de Victor Desgranges.

– Tu peux peut-être me renseigner, alors, rebondit Zoé. Il y a des squats de jeunes, dans les parages ? Ou des lieux de rendez-vous particuliers ?

– Par là ? Non, c'est super calme. À la rigueur, t'as le cinéma à côté, et le Mac Do, aussi. C'est tout ce que je vois...

Zoé le gratifia d'un joli sourire puis fila un peu plus loin. Elle s'arrêta devant l'affiche du cinéma. Quand les portes libérèrent sur la rue son flot de cinéphiles, Zoé observa les visages complices, joyeux et rieurs. Ces gens-là imaginaient-ils qu'un adolescent vivait des heures sombres quelque part dans Paris ? Ils semblaient si sereins, enthousiastes et insouciants à la sortie d'une séance qui les avait éloignés de leurs problèmes quotidiens pendant une heure et demie. Jalousait-elle cette légèreté ? Mais elle n'avait pas le choix. Après tout, elle s'était engagée dans cette voie en conscience, elle était payée chaque fin de mois pour masquer, pour gommer au mieux les vices et turpitudes de la capitale.

Elle détourna finalement les yeux en direction du commerce voisin dont la porte vitrée était étoilée, après avoir été sans doute percutée par un gros caillou. Sur les vitrines, un cheeseburger débordant de frites volait la vedette à tout un assortiment de desserts. Et, malgré le temps maussade et l'heure avancée, l'établissement tournait à plein régime. Au bout de deux minutes d'attente, elle commanda un soda.

– Sans glaçon, s'il vous plaît…, précisa-t-elle avant de demander à parler au responsable du magasin.

– Il y a un problème ? s'enquit la jeune étudiante qui faisait probablement office de serveuse pour payer sa chambre de bonne.

Renfort de la carte de police. Pas de problème. Juste un renseignement. Zoé patienta cinq minutes de plus entre deux files d'attente avant de ressortir son Black-Berry.

– Vous le connaissez ? demanda-t-elle au directeur venu enfin à sa rencontre.

L'homme grimaça. Zoé était incapable d'interpréter ce rictus.

– Tidiane ! Venez voir par là ! cria-t-il pour se faire entendre à travers le brouhaha.

L'ordre s'adressait à un Africain d'une quarantaine d'années, petit, trapu, chauve. Les pans de sa veste, sur laquelle était épinglé un badge mentionnant sa fonction, lui mangeaient les cuisses. L'agent de sécurité s'approcha.

– Vous le reconnaissez ?

Les deux hommes s'observèrent. Que devaient-ils répondre ?

– C'est bien lui, non ? insista le gérant auprès de son agent.

Tidiane acquiesça d'un léger mouvement de tête avant que le patron ne reprenne le dialogue.

– Qu'est-ce que vous lui voulez, exactement ? Parce que j'ai déjà passé tout mon après-midi au commissariat du XIIIe à cause de ce gosse...

Zoé sentit son corps se tendre comme lorsqu'elle s'apprêtait à jouer un coup gagnant. Avait-elle retrouvé la trace du fils de son collègue ?

– On le recherche, déclara-t-elle, en restant le plus vague possible.

– Vous le recherchez ! Vous êtes sûre que vous êtes de la police ? Vous êtes de quel service, exactement ? questionna-t-il, l'air soupçonneux.

Elle ressortit sa "brème" et la lui colla sous le nez.

– Brigade criminelle de Paris. Ça vous va comme réponse ? balança-t-elle, sévère et pressée.

Les cartes de police avaient récemment changé. Désormais, elles avaient le format d'une carte à puce. La présence de cryptogrammes le rassura, finalement.

– Le gars que vous recherchez, il est en garde à vue au commissariat du XIIIe. La nuit dernière, c'est lui qui a fracassé à grands coups de pied la vitre de notre porte d'entrée.

Zoé resta incrédule.

– J'ai le nom de votre collègue qui a pris ma plainte, si vous voulez, ajouta-t-il pour finir de la convaincre.

Chapitre 36

Perdu dans ce quartier populaire de Montreuil qui changeait d'âme au rythme de l'arrivée toujours plus massive de Chinois de la province du Zhejiang, Desgranges patientait à deux pas d'une fontaine Wallace, tenaillé par l'angoisse et les incertitudes, dépendant du bon vouloir de ceux qui détenaient son fils.

Car les dernières consignes, de nouveau transmises par texto, avaient été très explicites : *Totor = Porte de Montreuil à 22 h 30 avec le blé. Je t'aime*. Le *Je t'aime* était superflu et provocateur. De quoi montrer que les ravisseurs menaient la danse, après trois heures sans nouvelles. De quoi attiser la haine de Desgranges qui ne supportait plus que ces types se permettent d'affubler son fils d'un sobriquet.

La BRI avait alors sorti du garage une belle Audi A3 qu'un enquêteur avait balisée, et Desgranges avait été muni d'un "discret" qu'il glissa dans une oreille afin de recevoir les consignes en direct. Mais il n'avait pas d'arme. Et pourtant, l'ex-flic de la BRI savait que les armes les plus performantes au monde étaient enfermées dans les armoires fortes du service. Mais le Chinois, de peur d'un carnage en plein Paris, avait refusé.

Le téléphone en main, l'adjoint de groupe de la Crim' n'en pouvait plus de poireauter, désespérant de revoir un jour sa progéniture en un seul morceau. Mais rien ne venait. Le crâne lourd, les muscles atrophiés par la peur, il frottait convulsivement sa barbe, zieutant partout, à la recherche d'une trace de son fils. En vain. Des jeunes en pagaille arpentaient la rue. Des Blacks, des Nord-Afs, des yeux bridés, quelques chevelus tatoués aussi. Tous suspects possibles à ses yeux. Surtout celui qui ne cessait de le fixer, planté devant l'étal de fruits et légumes qu'un vieux Maghrébin tenait de jour comme de nuit. Mais le patibulaire, une cigarette qu'il recouvrait entièrement de sa main lorsqu'elle quittait son bec, semblait plus fou que dangereux. Même dans le XXe, les shiteux se méfiaient des flics en civil. Pas trace non plus des collègues de la BRI. Où s'étaient-ils embusqués ? De son temps, ils montaient sur les toits ou planquaient dans les "soum". De son temps, ils pouvaient se déguiser en balayeurs, en agents EDF, voire même requérir les services de quelques jeunes administratives de la PJ, fières de jouer à l'amoureuse en s'accrochant aux bras puissants de ces flics adeptes du coup de force. Mais là, il ne reconnaissait plus personne. Et ceux qui auraient pu passer pour les gentils couples du quartier étaient rentrés chez eux depuis belle lurette.

Un coup de téléphone ! Plein d'espoir, le capitaine redressa le bras. Fausse alerte ! Seulement le numéro de Zoé Dechaume. Que voulait-elle encore ? Ne comprenait-elle pas qu'il y avait des priorités ? Sa ligne ne devait-elle pas rester totalement disponible au cas où les ravisseurs chercheraient à nouveau à le joindre ? Il s'en voulait tellement de s'être laissé embarquer à ses côtés pour aller planquer inutilement à Vincennes devant chez Dubuisson. Il s'en voulait tout simplement de s'être investi dans ce dossier de trop. Il laissa courir, ne décrocha pas. L'heure n'était pas à la mansuétude, ni à la pitié. Il n'avait même plus la force de répondre aux messages de soutien. C'en était trop pour lui. Il coupa l'appel au bout de trois sonneries.

Il clignait des yeux lorsque son téléphone bipa. Un texto, cette fois-ci. Son cœur se

serra. Il manquait d'air. Il souleva difficilement l'appareil pour y prendre connaissance
de la dernière consigne : *prent le metro
jusqu'o terminus direxion mairie de Montreuil.*
Rien de plus, pas d'insulte cette fois-ci. Le
métro, le monde souterrain, l'univers de
tous les dangers, celui où les communications avaient des difficultés à passer.

– Le téléphone de Victor a bougé,
entendit-il dans son oreillette. Les types sont
dans ton secteur, ils doivent te pister, précisa le négociateur de la BRI qui avait pris
connaissance du texto en direct.

Guillaume ne releva pas la tête. Inutile. Il
rangea son téléphone dans sa poche et
serra un peu plus fort la poignée de la mallette vide.

– Tu peux descendre, on n'est pas loin
derrière toi. Tout va bien se passer, poursuivit le Chinois.

Sauf que cette plongée dans la ligne 9 du
métro n'augurait rien de bon. Guillaume
savait pertinemment que son fils ne s'y trouvait pas. Trop de voyageurs, et des caméras partout. Et sans son fils, pas d'échange
possible. Desgranges s'avança et descendit
tête baissée les premières marches de la station en direction des tripodes. Comme un
voyageur banal, il s'arrêta à hauteur d'un
guichet automatique, acheta un billet qu'il

composta aussitôt, puis s'aventura sur le quai. Son oreillette se mit à grésiller, son téléphone ne captait plus. Guillaume Desgranges se trouvait seul au monde. Au beau milieu d'une faune hétéroclite qui attendait le prochain train pour rentrer au plus vite en banlieue. *Durée d'attente : 01 mn*, affichait le panneau signalétique pendu au plafond.

Chapitre 37

Le brigadier Dechaume avait d'abord pris le gérant du *Mac Donald's* pour un fou. Mais M. Delalande ne semblait souffrir d'aucun trouble mental. Elle l'avait suivi dans un petit réduit faisant office de bureau, avait pris en main le récépissé de dépôt de plainte pour dégradations volontaires qui permettrait au *manager* de se faire rembourser par son assurance, puis elle s'était à nouveau entretenue avec l'agent de sécurité qui sortit la fiche événement de l'incident.

– L'énergumène est arrivé alors qu'on s'apprêtait à fermer les portes, vers une heure du matin, il s'est approché des comptoirs et a réclamé un Big Mac. Une serveuse lui a dit que le service était terminé, mais il voulait absolument manger. C'est à ce moment-là que je suis intervenu pour lui dire de se calmer, pour lui dire d'essayer de trouver une sandwicherie encore ouverte.

– Et ? s'impatienta Zoé devant le débit de l'employé qu'elle jugeait trop lent.

– Et il n'a rien voulu entendre. Il s'est pris la tête avec les trois derniers clients, le ton est monté, et j'ai dû le raccompagner jusqu'à la porte. Alors, au moment de la franchir, de colère, il a donné un grand coup de pied dans la vitre.

– Et ensuite ?

– Ensuite, on a appelé la police...

– Qui « on » ?

– M. Delalande.

– Et pourquoi il s'est énervé comme ça ? questionna Zoé, suspicieuse et quelque peu surprise par ces déclarations.

– Il avait bu. Il avait l'haleine chargée, intervint à nouveau le *manager* qui les avait rejoints.

L'alcool suffisait à expliquer n'importe quel coup de sang. Pourtant, Zoé refusait d'y croire. Et, surtout, elle ne comprenait toujours pas comment Victor, en garde à vue dans un commissariat, pouvait faire l'objet d'une demande de rançon à l'aide de son téléphone cellulaire. Quelque chose clochait, il lui manquait des éléments. Elle poursuivit l'interrogatoire de l'agent de sécurité.

– Et qu'a-t-il fait après avoir abîmé la vitre ? Il s'est laissé arrêter sans broncher ?

– Il a tenté de fuir, madame, s'étrangla Tidiane.

– Et vous lui avez couru derrière et l'avez rattrapé, c'est ça ?

Zoé se sentait près du but. Pourtant, elle imaginait mal l'agent de sécurité courir derrière un gamin de dix-sept ans. Et encore moins lui confisquer son téléphone. Tidiane regarda à nouveau son responsable qui reprit la parole :

– Le môme s'est effectivement enfui. Mais ce n'est pas nous qui lui avons couru après.

– C'est qui, alors ?

– Ça ne me semble pas très important, ça ?

– Pour moi, ça l'est ! coupa sèchement Zoé.

– Ben, ce sont les trois adolescents avec lesquels il s'était embrouillé. Ils lui ont couru derrière, ils l'ont rattrapé à une centaine de mètres et nous l'ont ramené. Ça ne change rien pour vous, de toute manière ?

Pour Zoé, ça changeait beaucoup de choses. Elle venait de comprendre. Le *manager* lui expliqua finalement que Victor s'était surtout énervé parce que les trois consommateurs s'étaient moqués de lui lorsqu'on avait refusé de le servir. Devant sa fuite, Delalande avait vivement réagi en promettant aux trois jeunes quelques menus gratuits s'ils acceptaient de rattraper celui qui venait de fracasser sa vitre. Sauf qu'il ne les avait pas vus profiter de la poursuite du gamin alcoolisé pour lui dérober son téléphone.

Chapitre 38

La rame était bondée de voyageurs. Aux heures tardives, se mélangeaient dans une totale indifférence, les employés soucieux de rentrer chez eux après une journée de travail harassante, et les nuisibles, les parasites, ceux qui ne sortaient de leur nid qu'à la tombée de la nuit afin d'échapper aux contrôles ou de profiter pleinement de l'obscurité pour chercher de nouvelles sources d'enrichissement.

La mallette à la main, Desgranges faisait tache dans le paysage. Debout, accroché fermement à une barre métallique, il suait à grosses gouttes, coincé entre une mamma ghanéenne et deux gamins boutonneux qui faisaient bénéficier l'ensemble des voyageurs du wagon d'un tube d'Orelsan. Tout autour, les visages étaient cernés, fatigués. Y compris chez les plus jeunes, ceux qui avaient traversé la Méditerranée sur une barcasse au péril de leur vie et qui cumulaient les petits boulots au black pour envoyer un maximum d'argent au pays.

Guillaume n'avait pas pris le métro depuis bien longtemps. L'odeur, l'humidité, le sifflement strident des portes qui se referment et l'oppression des sous-sols parisiens lui étaient devenus insupportables. Tête baissée, il n'osait bouger. Impossible de se retourner, de toute manière. Il était entouré d'ennemis potentiels, il avait surtout peur de croiser le regard de ceux qui détenaient son fils. Où devait-il se rendre ? Allait-on lui transmettre un nouveau SMS à hauteur de "Mairie de Montreuil" pour un prochain rendez-vous ? Ce n'était pas impossible. Allait-on le guider vers une cité malfamée ? Et Orelsan, à deux pas, qui continuait d'éructer ses conneries sexistes alors que la rame était arrêtée à hauteur du métro "Robespierre".

Plus que deux stations avant le terminus, et toujours pas de nouvelles.

– Eh ! Poto ! Elle est belle, ta valoche ! C'est du cuir ?

Un gamin ! Pas plus de quatorze ans, le maillot de l'équipe de football du Portugal sur le dos, un peu de duvet en guise de moustache, et déjà des traces d'acné. Guillaume le regarda à peine.

– Eh ! J'te cause, mec ! C'est du cuir, ta valoche ?

Le flic ne pipa mot. Dans d'autres circonstances, Desgranges aurait plaint les enseignants qui se coltinaient ces guignols à longueur de temps. Mais là, il restait concentré sur sa seule mission, celle de retrouver son fils au plus vite.

– Y'a quoi dedans ? demanda un autre ado qui avait deux kilos de muscles et une dose d'insolence en plus.

– Tu nous montres ou faut qu'on se serve ? reprit le fan de Cristiano Ronaldo sur le ton de la menace.

– Dégagez de là ou je vous file une trempe ! gronda Desgranges qui s'impatientait tandis que le conducteur annonçait l'arrivée imminente à la station "Mairie de Montreuil".

Mais les deux gamins restaient en plan. Les pneumatiques de la rame crissaient à l'approche du terminus. L'oreillette discrète de Guillaume se mit à nouveau à grésiller tandis que plusieurs téléphones cellulaires bipèrent dans le wagon, signe que l'on se rapprochait de la surface. Les deux jeunes, à moins d'un mètre, continuaient de l'observer comme une bête étrange alors qu'il plongeait sa main libre dans la poche de son jean à la recherche de son téléphone. Un MMS en attente. Zoé à nouveau, Zoé l'emmerdeuse.

Pas d'autre appel, pas de nouvelles des ravisseurs. Il ouvrit le seul message sur un cliché extrait d'une vidéosurveillance. Trois gamins étaient attablés dans un *Mac Donald's*, et l'un portait un maillot de foot grenat à col vert. Les couleurs du Portugal. Quelques mots de réconfort accompagnaient la photo. Des mots qui le libéraient de sa souffrance, le rassuraient et le soulageaient d'un coup. Il redressa aussitôt la tête en direction des deux importuns.

– Ça serait bien que tu nous la donnes, cette valise, si tu veux revoir ton petit Victor..., osa le plus audacieux pendant que le second scrutait les alentours.

Il leur tendit la mallette. Mais les deux pré-pubères n'eurent pas le temps de vérifier son contenu que leur nez explosa au contact de ses poings vengeurs.

Chapitre 39

Ombragée, discrète, protégée par les bras de la Seine, la place Dauphine était habituellement un endroit calme et charmant à souhait, où seuls les oisillons osaient rompre la sérénité de cet ensemble d'habitations. À midi, quelques restaurants offraient leur terrasse aux conseillers juridiques et à leurs clients les plus fortunés, avant que l'endroit ne soit rendu aux quelques privilégiés qui résidaient dans les deux ailes s'ouvrant sur l'entrée monumentale du Palais de justice. Pour se loger, on ne pouvait guère trouver mieux. Mais ce soir, tout était différent. La terrasse de *Chez Paul* – là même où ténors du barreau et cols blancs avaient coutume d'entretenir leurs relations – avait été évacuée, tandis que des badauds avaient investi la terre meuble de la place. Ces derniers, retenus à l'écart par de la rubalise fixée entre les marronniers, assistaient au manège de la police qui avait investi l'immeuble où habitait Yves Montand à la fin de sa vie, au n° 15.

Zoé était garée devant le "36", tout à côté. Elle avait d'abord pensé déposer Victor en bas de chez lui. Mais il aurait pu prendre à nouveau la tangente. Finalement, elle décida de ne pas s'en séparer. Le mutisme à tout crin du jeune homme et son visage ombrageux cachaient mal une grande colère. Recroquevillé de longues heures sur son banc de bois, il s'était même offert le luxe de refuser de sortir de sa cellule et de décliner son identité devant l'officier de police judiciaire de permanence. Silencieux durant tout son séjour dans les sous-sols du commissariat du XIIIe arrondissement, Victor n'avait pas plus décroché la mâchoire durant le trajet. La rancune tenace, il avait la haine contre ce père qui l'avait abandonné une fois de trop au milieu de la nuit, contre ce flic incapable de lui rendre une mère qui ne lui avait jamais fait signe, pas même par l'envoi d'une carte d'anniversaire.

– Viens, suis-moi ! lui dit-elle lorsqu'elle coupa le contact.

Le surveillant de près, elle bifurqua sur la rue de Harlay vers l'attroupement contrôlé par plusieurs gardiens de la Paix. Au-delà, alors qu'elle fixait son brassard "Police" orange et noir, elle aperçut son procédurier avant de franchir le cordon de sécurité. Le lieutenant Turnier, planté sur le trottoir pavé de la place Dauphine, était en train de se délester de sa combinaison blanche. Il redressa la tête à son approche. La bouche pincée, les traits tirés, il fit un réel effort pour lui parler sans même prendre soin de vérifier la présence d'une oreille indiscrète :

– C'est le même...

– Pardon ! Le même ? réagit Zoé qui se doutait maintenant qu'il y avait un nouveau macchabée quelque part dans cet immeuble.

– C'est le troisième. Une balle en pleine tête et toujours les morceaux de sucre. Cette fois-ci, la victime est un "baveux", ajouta-t-il alors qu'une chanson de Barbara tournait en boucle quelque part dans l'immeuble.

– Il est où, Bonnot ? s'enquit-elle.

– À l'intérieur, avec le Proc' et Andréani. Il y a même le directeur. Il paraît que tu as fait des merveilles..., ajouta-t-il en donnant un léger coup de tête en direction du fils Desgranges, resté quelques mètres en retrait.

Zoé sourit. Elle était fière d'elle, fière d'avoir fait la lumière sur la disparition du fils de son binôme. Mais elle savait déjà que la période ne serait pas propice à l'auto-satisfaction. Elle devait se replonger sans attendre ni sourciller, sur cette nouvelle affaire.

– Hormis les sucres, il y a d'autres indices ?

– Ouais, un chardon déposé sur le cadavre. Un nouveau message, probablement...

Le chardon, symbole de la brigade criminelle : « Qu'y s'y frotte, s'y pique ». Les premiers intervenants avaient tous effectué le rapprochement. Zoé, qui avait lu en diagonale la thèse de Dubuisson, n'avait pas le même point de vue. Le chardon, symbole végétal par excellence, décorait à de nombreux endroits les murs du Palais de justice.

– Rien d'autre ? insista-t-elle.

– Non, pas que je sache.

Zoé tiqua, pensive. Ça ne collait pas tout à fait avec les autres assassinats.

– Je te montre, si tu veux, lui proposa Turnier qui rallumait déjà son appareil photo numérique avec lequel il avait saisi la scène de crime sous plusieurs angles.

Sa jeune collègue s'approcha de l'écran alors que le rouquin à la bouille d'enfant zoomait sur le chardon. Un chardon en fleur. L'image suivante se figea sur le crâne du défunt qui reposait à vingt centimètres d'un meuble-bibliothèque. Puis, le procédurier lui présenta une vue large de la pièce sur laquelle on distinguait la présence d'une vieille chaîne posée au milieu de l'une des

étagères, coincée entre des séries de classeurs et de codes juridiques.

– À mon avis, il a dû tenter de se raccrocher à la chaîne hi-fi en s'affaissant, commenta Turnier ; ce qui explique que le volume
de la musique ait alerté le voisinage.

– Un seul indice, c'est pas normal, insista
Zoé qui était obnubilée par la présence de
l'unique élément végétal. T'es sûr que rien
n'a été déplacé avant ton arrivée ?

– Hormis le voisin et les collègues en tenue,
personne d'autre n'est intervenu. Maintenant,
tout est toujours possible.

– Et son nom ? demanda-t-elle.

– Nathan Zimmer.

À cette annonce, Zoé blêmit.

– Tu le connais ?

Bien sûr qu'elle le connaissait. À double
titre, même. Nathan Zimmer, ténor du
barreau surnommé l'Architecte, avait assuré
la défense de l'entrepreneur acquitté dans le
cadre de l'homicide involontaire de la fille
Dubuisson. Et surtout, son nom apparaissait sur la carte de visite que Thibaut de
Bonchamps lui avait remise : *Cabinet
Zimmer & Associés*.

Le passage, sirènes hurlantes, d'un convoi
de police sur le quai des Grands Augustins
finit de réveiller le quartier. Probablement
les flics de la BRI, fiers de la réussite de leur

opération, bleutant la nuit parisienne au son du deux-tons de manière à impressionner leurs détenus d'un soir, au retour de Montreuil. Desgranges n'allait plus tarder. Zoé se retourna, mais ne le vit pas.

Attirés par le drame, sa sœur et d'autres journalistes étaient déjà sur le pied de guerre, à guetter chaque mouvement, à chercher à comprendre, à se renseigner. Une première caméra figeait les abords tandis qu'une antenne parabolique était dépliée sur le toit du fourgon d'une chaîne télévisée, stationné le long de la rue de Harlay. Pierre Marigny et le procureur de la République sortirent au même moment. La mine des mauvais jours, ils évoquaient en catimini l'opportunité d'une conférence de presse, dès le lendemain, afin d'atténuer les risques d'emballement, de rassurer et de faire taire les fausses rumeurs. Les médias, tels des charognards, n'allaient pas manquer de se jeter sur l'affaire comme des morts de faim.

– Turnier ! Retournez dans le cabinet et coupez-moi cette musique. Je n'en peux plus de Barbara, gronda Andréani qui venait de sortir à son tour.

– Patron ! Je…

– Plus tard ! Plus tard ! l'interrompit le "Corse", alors que Zoé désirait lui faire part du lien entre Zimmer et Dubuisson.

Andréani avait mieux à faire. Il attendait l'arrivée imminente du bâtonnier du Barreau de Paris. Zoé se retourna et fixa la façade du Palais, ses aigles impériales et ses lions monumentaux dont la blancheur perçait la nuit. Elle observa à nouveau la façade du n° 15, et leva la tête à la recherche d'éventuelles caméras de vidéosurveillance. Mais elle se doutait qu'il n'y en avait pas. Elle savait que le tueur était un homme réfléchi, un homme qui ne laissait rien au hasard et qui avait dû faire de longs repérages. Peut-être même connaissait-il les lieux ? Et, contrairement à plusieurs de ses collègues persuadés que le tueur les guidait sur des fausses pistes, elle était convaincue de la logique des indices.

Perdue dans ses pensées, elle ne remarqua pas Victor qui, l'air renfrogné, piétinait à l'écart depuis un bon moment lorsque son père se porta à sa hauteur. Les mains dans les poches pour l'un, les bras ballants pour l'autre, ils étaient côte à côte, à la fois immobiles et distants, incapables d'oser le moindre geste d'affection. Lequel des deux était le plus angoissé par ces retrouvailles ? Elle les plaignait l'un comme l'autre, ce père qui ne savait plus communiquer, et ce fils en colère rageant de se sentir abandonné. Peut-être aurait-elle des enfants, elle aussi, un jour ? Elle y pensait parfois, avec le sentiment que l'éducation était un combat qu'elle était prête à affronter.

Son sourire de contentement s'effaça rapidement lorsqu'elle entendit la voix étranglée de Thibaut prononcer son nom au beau milieu de la foule.

Chapitre 40

J'ai hésité à revenir. Mais à bien y réfléchir, je ne risque pas grand-chose. Comment les flics peuvent-ils imaginer un instant que le tueur qui leur mène la vie dure se trouve derrière les rubans protégeant la scène de crime ? Ils ont d'autres chats à fouetter, ça se voit à leurs mines graves. Et puis je ne suis pas seul. On doit être au moins deux cents à guetter les mouvements des policiers de la Crim'. Je pense d'ailleurs qu'il n'y a pas eu un tel rassemblement à cet endroit depuis la mort d'Yves Montand. Novembre 1991, ça fait un bail. J'avais dix ans. Ça m'en donne la chair de poule. Je me souviens encore des roses déposées le long de la façade en hommage à l'acteur. Il y en avait tellement que ça sentait très fort. A contrario, le chardon, ça sent moins fort. Mais ça, c'est une autre histoire.

En tout état de cause, les flics du "36" sont beaux à observer. Les jours de permanence, ils sont tous costumés. Mais le "trois-pièces" *ne masque pas leur trouble. Certains semblent perdus, cherchant un réconfort en prenant des notes, d'autres semblent plus empennés avec leur téléphone à la main pour se donner une contenance. En tout cas, ils paraissent nettement moins triomphants que le mois dernier, lorsqu'ils étaient rassemblés en rangs serrés sur les marches du Palais pour la photo annuelle de leur brigade.*

J'ai longuement cherché Guillaume Desgranges dans le lot. Au début, j'ai pensé qu'il avait peut-être été mis sur la touche. Faut dire que l'homme ne semble pas simple à gérer avec son air sévère. Et puis non, il est arrivé en toute discrétion. Comme quoi, il gravite toujours autour du "36". Mais j'ai surtout trouvé qu'il n'avait pas l'air très impliqué. Il est resté deux minutes, et puis il a filé sans demander son reste en compagnie d'un môme. En tout cas, il n'a pas changé. La même tête de voyou qui vous ferait peur si vous le croisiez au cœur de la nuit dans une rue déserte. Mais lui, je ne lui en veux pas. C'est un pion dans toute cette histoire. Il ne décide de rien. Pas comme Ludovic Peltier, Matthieu Jacob ou Nathan Zimmer, ces sbires d'un système qui ont commis l'erreur de pactiser avec le diable. Et ce ne sont pas les seuls. Qu'ils crèvent tous !

J'ai même aperçu Pierre Marigny qui sortait de l'immeuble. Il a dû aller faire un tour sur la scène de crime, dans le bureau de Zimmer, tout de blanc vêtu à la façon des spécialistes de l'Identité judiciaire pour « éviter de polluer la scène de crime », comme on dit dans les reportages. À l'extérieur, il y avait déjà du beau monde. En particulier la journaliste de Paris-matin, *un carnet à spirales à la main, qui tentait d'établir le contact avec un policier en tenue qui sécurisait la zone. Je la trouve sacrément bandante avec ses talons aiguilles. Mais le gardien de la paix détournait la tête, piétinant sur la terre battue de la place, là même où l'époux de Simone Signoret aimait retrouver le Premier président de la Cour des comptes pour jouer à la pétanque. Le policier semblait refuser de la regarder, de peur peut-être d'être piégé par cette professionnelle de la communication.*

Ce qui est sûr, c'est qu'ils ont fini par éteindre la musique. La chanson Perlimpinpin *en boucle à cent décibels, ça a dû vite fatiguer les premiers intervenants.*

Chapitre 41

Un voisin avait contacté le commissariat du Ier arrondissement. À 22 h 14 précisément, d'après l'appel enregistré au standard. Gêné par la musique, il était descendu sonner à la porte du cabinet d'avocats. Mais personne n'avait répondu. Il avait alors ouvert, avait pénétré dans les lieux avant de découvrir le corps inerte de Nathan Zimmer qu'il connaissait pour l'avoir croisé à plusieurs reprises lors des assemblées générales de copropriété. Puis, de fil en aiguille, la police judiciaire avait été avisée. Chirurgien à l'hôpital américain de Neuilly-sur-Seine, l'inventeur du corps n'avait pas été spécialement secoué par la vue du cadavre étendu dans l'une des pièces du cabinet. En bon professionnel, il avait porté la main à hauteur de la jugulaire avant de pencher la joue à quelques centimètres de la bouche entrouverte de la victime. Aucun pouls, pas le moindre souffle. Pris en charge par Police secours, il avait été entendu dès la saisine de la brigade criminelle. Aucun élément notable n'avait été retenu contre lui. Pour le reste, faute de concierge, il n'y avait pas d'autre témoignage, si ce n'est celui d'une voisine du rez-de-chaussée qui avait probablement confondu le coup de feu avec un claquement de porte, peu de temps avant que la musique se mette à résonner à travers les étages.

Zoé ne servait à rien sur la scène de crime. Inutile de rester au milieu de cet attroupement. D'emblée, elle s'occupa de Thibaut de Bonchamps qui chialait comme un gamin, et le conduisit dans son bureau. Un Perrier et un mouchoir en guise de consolation, il semblait aller mieux lorsqu'elle recueillit sa version.

– C'est mon père qui m'a permis d'intégrer le cabinet Zimmer. En fait, je connais Nathan depuis longtemps. Mais c'est lors de ma période de "stage cabinet", que j'ai véritablement fait sa connaissance.

– "Stage cabinet" ? demanda-t-elle en fronçant les sourcils.

– Oui, après le concours, chaque élève-avocat débute un parcours de vingt mois de scolarité qui se termine par un stage rémunéré en cabinet d'avocat. Et à l'issue, après avoir obtenu le CAPA, Nathan m'a trouvé une petite place au sein de son cabinet.

– C'est quoi, le CAPA ?

– Le Certificat d'Aptitude à la Profession d'Avocat. C'est un examen formel, il y a quasiment 100 % de réussite. Mais, pour ne rien vous cacher, ajouta Thibaut de Bonchamps, je me suis engagé auprès de lui à participer à la Conférence du stage et surtout à remporter l'un des douze postes de secrétaire.

– Et votre situation au sein du cabinet ? demanda Zoé qui avait rétabli le vouvoiement avec ce beau brun dont le visage était secoué de spasmes et la voix remplie de trémolos.

– Au début, simple collaborateur. Et depuis un an, depuis que j'avais réussi la Conférence du stage, il m'avait proposé de m'associer.

Le jeune homme qui se trouvait devant Zoé, assis dans son bureau, un casque de moto sur les cuisses, était brillant. L'association avec un ténor du barreau, qui avait été bâtonnier au cours des années 1990, l'avait placé sur de bons rails. Mais sa réussite tenait surtout à une lecture acharnée des dossiers et à un sens inné de la rhétorique.

– Vous suiviez des affaires ensemble ?

– Oui et non. En fait, il avait ses clients, et j'avais les miens. Mais, comme son emploi du temps surchargé l'empêchait parfois de se consacrer pleinement à ses détenus, il arrivait que je me déplace pour les visiter à sa place, ou que j'assiste aux débats ou à certaines confrontations chez les juges d'instruction.

– Et la dernière fois que vous l'avez vu…

– Ce matin. Je suis passé au cabinet vers 8 h 15 chercher un dossier, et j'ai filé en scooter à la maison d'arrêt de Bois-d'Arcy pour m'entretenir avec un détenu.

L'enquêtrice connaissait bien l'endroit. Elle s'était souvent rendue dans ce secteur boisé des Yvelines pour y rendre visite à l'un de ses anciens collègues des Stups' "tombé" pour une histoire alambiquée de corruption passive.

– Il paraissait dans quel état ?

– Comment ça ?

– Stressé, inquiet ? Peut-être vous a-t-il fait part de menaces, non ?

– Pas du tout. Au contraire, je le trouvais particulièrement serein. On a même passé un bon moment à blaguer sur les femmes. Vous savez, Nathan était veuf depuis de nombreuses années et, dernièrement, il fré-quentait à nouveau…

Thibaut de Bonchamps utilisait parfois des expressions désuètes. Probablement un reste de ses origines aristocratiques. Mais Zoé n'y attachait pas d'importance.

– Je peux savoir comment il a été tué ? demanda-t-il en la fixant de son regard redevenu ténébreux.

– Oui, mais j'aimerais d'abord que vous me disiez comment vous avez été avisé de sa mort, répondit-elle du tac au tac, plus froide qu'elle l'aurait voulu.

– François Lévy, l'un des quatre autres associés, m'a contacté. Il l'a su par un résident de l'immeuble. Vous voulez que je vérifie l'heure de l'appel sur mon portable ?

Pas la peine. Sourire timide. Elle lui faisait pleinement confiance. Toutefois, elle poursuivit :

– Et après Bois-d'Arcy, vous avez fait quoi ?

– Je suis rentré chez moi, pour travailler.

– Et c'est où, chez vous ?

– À Marne-la-Coquette, derrière La Défense.

– Vous n'êtes pas revenu sur Paris ?

– Non.

– Et votre associé connaissait-il Ludovic Peltier ?

– Bien sûr qu'il le connaissait. Tout le monde se connaît au Palais ! Surtout lorsque l'on pratique la même matière...

Il faisait référence au "pénal", cette matière réservée aux éboueurs de la société ; des avocats soutiers qui facturaient, pour certains, leurs services à plus de cinq cents euros de l'heure.

– Des dossiers en commun, j'imagine ?

– Forcément. Mais c'est à vous de faire le lien, je n'ai pas le détail précis des affaires traitées par Nathan.

– Faire le lien n'est pas un problème. Par contre, jeter un œil dans chaque dossier va vite en devenir un. On risque de soulever pas mal de lièvres...

– Si ça doit vous permettre de trouver celui qui a fait ça...

– C'est gentil. J'espère seulement que le bâtonnier aura le même point de vue lors de la perquisition du cabinet, et qu'il ne mettra pas systématiquement son veto sur les saisies de documents, comme il l'a fait dans d'autres occasions...

La pique fit son effet. Les avocats étaient condamnés à collaborer avec les policiers s'ils voulaient que ces derniers mettent un terme aux agissements du tueur.

– Et Luigi Scotto, ça vous dit quelque chose ?

– Pourquoi ? Ça devrait ? C'est qui ?

– Il y a trois ans ?

– Trois ans ! Je faisais encore mon Droit, il y a trois ans.

De Bonchamps s'agaçait. Tout comme son interlocutrice, il était fatigué. L'émotion, la perte d'un être cher, de son mentor à qui il devait en grande partie son nouveau statut. Et puis cette manière qu'ont les flics d'avancer par petites touches, de tourner autour du pot, de tirer les vers du nez du témoin récalcitrant, de douter de l'innocent, de chercher à faire trembler le suspect.

– Luigi Scotto a été défendu par maître Zimmer, précisa Zoé. Lequel Scotto a fait l'objet d'un non-lieu de la part de Ludovic Peltier, bien qu'il ait tué une adolescente qui circulait en scooter. Vous ne voyez toujours pas ?

Le jeune avocat s'étrangla, ce qui rassura Zoé. Outre une réponse affirmative, elle attendait une réaction, voire un commentaire.

– Oui, ça me revient. C'est le type qui a été suspecté d'avoir percuté et tué la fille de Jean-Marc Dubuisson.

– Surprenant que Zimmer ait défendu un type de cet acabit, non ?

– Pourquoi donc ?

– Vu les liens amicaux entre votre père et Zimmer d'un côté, et entre votre père et

Dubuisson de l'autre, je trouve cela surprenant...

– Sauf que vous oubliez un élément essentiel. Il y a quelque chose de plus fort que l'amitié, ce sont les affaires. Et en particulier, les affaires médiatiques qui font parfois la publicité d'un cabinet et la réputation d'un avocat. Pour ce qui est de la défense de Scotto, je peux vous dire que Zimmer n'avait pas le choix. D'après ce que je sais, la période était compliquée pour le cabinet. Il y avait moins de clients, moins de rentrées d'argent, il fallait rebondir.

– Il aurait très bien pu assurer la défense de Dubuisson, non ?

– Pour quel résultat ? Vous oubliez un autre élément. De qui se souvient-on au final ? Du malingre qui terrasse l'ogre, du chevalier qui dompte les dragons, de David qui abat Goliath, de la frêle Jeanne d'Arc qui boute les Anglais hors de France ! Il n'y a pas de gloire à défendre une partie civile. La difficulté, voilà ce qui motivait Nathan. Il s'est cassé les dents de nombreuses fois en défendant des causes désespérées, perdues d'avance. Mais ses quelques victoires resteront gravées dans le marbre. Et ce sont elles qui ont fait sa notoriété et celles de son cabinet.

L'enquêtrice buvait ses paroles. La démonstration était intéressante. Zoé n'avait pas envisagé d'elle-même cet aspect des choses. Penchée sur son clavier pour rédiger son procès-verbal, elle s'en voulait de ne pouvoir croiser son regard. Elle n'eut pas le temps d'y penser plus, son interlocuteur reprenait la parole :

– Si je suis bien votre raisonnement, vous suspectez Jean-Marc Dubuisson, non ?

– Vu votre état émotionnel, il n'est peut-être pas conseillé que vous rentriez à Marne-la-Coquette… ?

– Vous avez raison. Mon père possède une petite chambre de bonne sur le boulevard du Palais. Je pense que je vais y passer la nuit.

– C'est mieux, répondit une Zoé soulagée qui rêvait également de s'allonger dans un grand lit douillet.

Chapitre 42

De Bonchamps parti, le brigadier Dechaume avait poussé la porte du bureau de son chef de groupe, une copie du procès-verbal d'audition du jeune avocat dans une main. Elle ne s'attendait pas à trouver Bonnot, rivé sur son fauteuil, le regard inexpressif. Pas de combiné à l'oreille, pas de lecture en cours, il paraissait abattu, incapable du moindre mouvement, de la moindre initiative, alors que l'heure devait être à la réactivité absolue.

Zoé, figée dans l'encadrement, hésita à s'avancer vers lui. Fallait-il le laisser seul ? Devait-elle le secouer ? En tout état de cause, le capitaine du navire ne semblait plus en mesure de guider l'équipage. Elle s'avança pour déposer le PV sur le sous-main du commandant. Bonnot n'eut pas un geste, pas un mot. C'est à peine s'il arrêta de triturer les trois morceaux de sucre de calibres différents qu'il avait alignés devant lui ; trois marques et trois formats distincts qui ne menaient nulle part.

Un groupe entier bossait sur ce dossier depuis vingt-quatre heures. Mais les recoupements opérés et les premières auditions n'avaient rien apporté de positif. Personne, que ce soit au Palais ou dans le monde de la commercialisation du sucre blanc, ne semblait en mesure de faire un rapprochement sérieux entre les deux univers. Le juge Peltier ne s'était jamais intéressé, ni de près ni de loin, au droit commercial. Quant à Jacob, le journaliste, s'il prenait un malin plaisir à traiter de la vengeance, de la jalousie, de la passion, voire de l'amour vénal en marge de récits sordides, jamais il n'avait évoqué les ravages du sucre sur la santé. Non, pour l'heure, en France, personne n'avait eu le courage, ou tout au moins l'audace de s'attaquer aux géants du marché du sucre. La brigade financière et ses services satellites de la rue du Château des Rentiers ne connaissaient pas de scandale financier dans cette industrie.

Ressortie du bureau de son chef de groupe, Zoé ne tenait pas à se laisser abattre ou contaminer par l'ambiance. Malgré le froid, malgré l'adversité, redescendre sur la place Dauphine donner un dernier coup de main. Il manquait des bras pour distribuer les "collantes" dans les boites aux lettres des immeubles voisins afin que les résidents du quartier pensent à contacter le service pour signaler un quelconque incident. Les badauds et les journalistes avaient tous disparu, même sa sœur Virginie. Les huiles aussi avaient quitté les lieux. Sauf Andréani, la mine des mauvais jours avec l'œil acéré et le nez pointu. Ne restaient autour de lui que quelques flics et techniciens de scène de crime à la recherche du moindre indice, de la plus petite empreinte.

– Patron ! Je peux vous déranger ?

– Allez-y, mais faites vite !

– Jean-Marc Dubuisson, le conservateur du musée Carnavalet, il est "beau comme un camion", monsieur, dit-elle pour parler avec les mots des vieux flics de PJ convaincus d'être sur la bonne piste.

Le chef de la Crim' se tourna enfin vers elle et attendit la suite.

– Il connaissait les trois victimes, patron, poursuivit une Zoé qui cherchait à le convaincre. Et il avait des raisons d'en vouloir au moins à deux des trois : Peltier, parce qu'il a prononcé un non-lieu suite à l'accident qui a coûté la vie à sa fille, et Zimmer, parce qu'il a défendu le suspect de l'affaire.

– Et pour le journaliste ?

– Je sais juste que Matthieu Jacob a évoqué cette affaire sur son blog en remettant en cause le travail de Peltier.

– Donc, Dubuisson n'a pas de motifs d'en vouloir à Jacob, alors ?

La remarque était sensée, le taulier avait raison. Mais Zoé avait d'autres arguments.

– Sauf que Dubuisson fait partie de la centaine de personnes qui étaient au Palais vendredi dernier, au moment où Peltier a été tué.

– On sait pourquoi il était au Palais ?

– Je n'ai pas eu le temps de gratter plus. Par contre, ce que je peux vous dire, c'est qu'il connaît les lieux comme sa poche. Il...

– Est-ce qu'il est sur les vidéos du second meurtre ? la coupa-t-il sèchement.

– Je ne crois pas. Mais ça ne veut rien dire, il a peut-être échappé au champ des caméras.

– Impossible !

Zoé savait que c'était impossible. Toutes les entrées du Palais étaient contrôlées. Mais elle comptait quand même aller au bout de sa démonstration.

– Il a surtout écrit une thèse, il y a une vingtaine d'années, où il étudie l'architecture et l'histoire du Palais. Il y évoque Fernand Mouquin et aussi le chardon, symbole de longévité, sculpté dans le bois ou la

pierre de certaines salles d'audience. Des
types qui connaissent aussi bien le Palais, il
n'y en a pas légion...

– Vous l'avez "gammé", ce type ?

– Voilà ce que j'ai trouvé, répondit Zoé qui
lui tendit une fiche de renseignements sur le
personnage en même temps qu'un résumé
de sa thèse. Il est inconnu de nos services.
Mais ça ne veut rien dire. Vous savez, la vengeance, ça peut vous faire faire des choses
imprévisibles.

Andréani le savait mieux que personne. Il
ne releva pas la réflexion de sa subalterne.

– Et vous avez reçu son suivi téléphonique ?

– Pas encore.

– Dès que vous l'avez, vous me faites
signe. Si ça "matche", j'envoie une équipe
l'interpeller.

– Sauf qu'il faut faire vite, patron !

– Pardon ?

– En fait, il y a un problème, se risqua Zoé
à moitié penaude. C'est la journaliste de
Paris-Matin qui nous a contactés téléphoni-
quement pour nous informer du lien entre
Dubuisson et Matthieu Jacob, mentit-elle.
Et comme elle a probablement lu le blog de
son collègue défunt où il est aussi question
de Zimmer, elle risque vite d'en faire un
papier...

Chapitre 43

– Zoé ! Réveille-toi ! Zoé ?

Rêve ou réalité. Le cœur de la nuit l'avait emportée dans un sommeil cotonneux qu'elle ne voulait plus quitter. Douce dépression, elle s'y trouvait bien, éloignée de toutes contingences. Contrairement à la famille Desgranges, Zoé n'était pas rentrée chez elle. Elle avait jugé, malgré la fatigue, qu'un aller-retour dans son appartement du Val-de-Marne pour trois heures de repos n'était pas rentable. Elle avait fini par s'étendre de tout son long sur le canapé du service, les chaussures encore aux pieds. Comateuse, elle s'était finalement endormie comme une masse, malgré l'air frais qui s'engouffrait par le vasistas resté entrouvert, et les coups de balais de la femme de ménage dans les pas de portes.

– Réveil, Zoé ! On a du boulot !

La voix, autoritaire, se faisait plus forte. Une voix puissante, comme la main qui la secouait légèrement au niveau de l'épaule, celle de Guillaume Desgranges. La tête lourde, la bouche pâteuse, les muscles endoloris, elle mit de longues minutes à ouvrir les yeux. À deux pas, la cafetière encrassée régurgitait son breuvage douteux. Agressée, elle était condamnée à se lever.

– T'as dix minutes, Zoé. On décolle dans dix minutes ! lança à son tour un Bonnot ragaillardi dans le bureau d'à côté, alors qu'il approvisionnait le chargeur de son arme.

Pour aller où ? Que se passait-il encore ? Qu'y avait-il de si urgent ? Comme un zombie, elle se redressa puis erra à la recherche d'une serviette de toilette qu'elle dégotta dans un sac de sport abandonné par Turnier, avant de filer vers les douches.

Pour la première fois, elle avait raté le briefing du matin. Une réunion de crise plutôt. Car les prédictions de Zoé s'étaient avérées exactes. La presse écrite dans son ensemble révélait avec justesse les difficultés rencontrées par des enquêteurs parisiens démunis face à un homme désormais qualifié de tueur en série. Et surtout, trois quotidiens, dont *Paris-Matin*, évoquaient en marge du triple homicide, l'accident de la circulation qui avait coûté la vie à la fille Dubuisson. Investigateur jusqu'au bout des ongles, à la Rouletabille, l'un des journalistes avait même cherché à joindre Jean-Marc Dubuisson pour obtenir, à défaut d'une confession, ses impressions. Mais le conservateur était resté aux abonnés absents.

Ayant retrouvé de la vigueur, Zoé descendit quatre à quatre les marches avant de sauter à l'arrière de la voiture conduite par Desgranges.

– On n'attend pas la BRI ?

– Pas le temps ! T'es équipée ? répondit Bonnot tout en baissant la vitre pour fixer l'aimant du gyrophare sur le toit.

Sig Sauer et menottes à la ceinture, gilet pare-balles fixé sous la veste, elle était parée. Grand silence dans l'habitacle, tension énorme, envie d'en finir. À l'extérieur, les passants se retournaient sur ce véhicule qui hurlait la mort. Zoé crevait d'envie de demander à Desgranges des nouvelles de Victor. Mais l'heure était à la concentration. Un homme, peut-être armé, les attendait. Un homme traqué.

Rue des Archives, les pneus crissèrent. À proximité du musée Carnavalet, un camion de déménagement cabossé bloquait la voie à sens unique devant un commerce d'antiquités. Desgranges perdit patience. L'abattement de la veille avait disparu. Mais la colère grondait toujours sous la carapace.

Il fondit sur le conducteur en l'attrapant par le colback.

— T'as trois secondes pour bouger ta merde, connard ! entendit Bonnot qui se faisait tout petit sur son siège.

Apeuré, le livreur obtempéra dans l'instant. Ils arrivèrent sur place trente secondes plus tard. Pas le temps de s'intéresser aux pierres et aux statues, cette fois-ci. Pas même à l'arc de l'ancienne rue de Nazareth dont Zoé avait appris, à la lecture de la thèse de Dubuisson, que cette arcade construite à proximité du Palais de justice au milieu du XVIe siècle, avait été démontée après l'incendie de la Commune pour être transférée le long du musée. Pas un instant à perdre. Ils foncèrent à travers la cour, pénétrèrent dans l'hôtel particulier, passèrent en coup de vent devant trois employés qui tenaient conciliabule, pour se camper devant la porte du bureau de Dubuisson.

— Toi, tu restes en retrait ! souffla Desgranges à Zoé.

Le capitaine s'apprêtait à pénétrer en force lorsqu'un gardien l'interrompit.

— Si c'est le conservateur que vous cherchez, il n'est pas encore arrivé. Vous pouvez vérifier, c'est ouvert.

Les trois policiers se regardèrent, interloqués. La main sur la poignée, l'adjoint pénétra dans la pièce, suivi comme son ombre par Bonnot qui avait sorti son arme. Il n'y avait personne.

– Ça arrive souvent qu'il soit en retard ?

– Non, jamais. Monsieur Dubuisson est toujours très ponctuel.

– Vous avez cherché à le contacter ?

– Ben non, inutile, vu ce qui se dit dans la presse. En tout cas, si vous voulez mon avis...

– On se fout de votre avis, rétorqua Desgranges qui venait de réapparaître.

La sagesse aurait voulu que l'un des trois enquêteurs reste sur place pendant que les deux autres fonçaient à Vincennes, au domicile de Dubuisson, là même où Zoé et Guillaume avaient planqué trente-six heures plus tôt. Mais aucun d'eux ne voulait abandonner cette chasse à l'homme, surtout pas Zoé qui, la première, avait "fléché" sur le conservateur. Ils verrouillèrent le bureau et conservèrent les clés dans l'attente d'une perquisition des lieux en bonne et due forme.

– S'il s'est mis en cavale, il ne va pas faire long feu. Il n'a pas l'envergure d'un voyou, commenta Bonnot alors que Desgranges fonçait en direction de la porte de Saint-Mandé.

Mais Jean-Marc Dubuisson ne s'était pas mis en cavale. Le visage serein, il patientait sagement dans le garage de son pavillon. Pendu à une corde fixée à une poutre métallique, les pieds se balançant au-dessus d'une chaise renversée, une photo de sa fille au sol.

Chapitre 44

LE JUSTICIER DU PALAIS EST MORT

*Le tueur présumé de trois person-
nalités du monde judiciaire parisien,
qui a semé l'effroi au cœur même de
Paris depuis vendredi dernier, dans
et aux abords du Palais de justice
situé sur l'île de la Cité, a été
découvert sans vie à son domicile de
Vincennes dans le Val-de-Marne, en
début de matinée, par la police judiciaire, a-t-on appris de source policière.*

*Jean-Marc Dubuisson, 53 ans, conser-
vateur en chef du musée Carnavalet
situé dans le quartier du Marais à
Paris (IIIe arrdt.), est mort, pendu
à la charpente de son domicile « dans
des circonstances qui restent à
déterminer », a précisé le service de
communication de la préfecture de
police.*

Des investigations menées par la brigade criminelle du quai des Orfèvres sont actuellement en cours au domicile de Dubuisson afin de retrouver l'arme susceptible d'avoir été utilisée pour assassiner le juge d'instruction, Ludovic Peltier, le journaliste de l'AFP, Matthieu Jacob, et tout dernièrement le célèbre ténor du Barreau de Paris, Nathan Zimmer.

Débutée vendredi dernier, la folie meurtrière supposée de Dubuisson qui a laissé sans réaction les enquêteurs de la Crim', trouve vraisemblablement son origine dans la mort de sa fille, Marie Dubuisson, victime à l'âge de 15 ans d'un accident de scooter provoqué par le chauffeur d'un poids lourd, ayant pris la fuite. Un temps mis en examen par le juge Peltier, Luigi Scotto, défendu par Nathan Zimmer, a fait l'objet d'un non-lieu. Notre confrère, Matthieu Jacob, avait couvert l'affaire sur son blog Seine Justice où il qualifiait le non-lieu de Scotto d'erreur judiciaire. La mort de Dubuisson pose question. La police judiciaire parisienne, dont le directeur Pierre Marigny a récemment fait valoir ses droits à la retraite

après sept années passées à la tête
de la « Maison », devra y répondre.

Virginie M.

La sœur de Zoé n'avait pas chômé. À
11 h 47, le site internet de *Paris-Matin* avait
mis en ligne son papier. Le titre choc,
l'information essentielle, le rappel des faits,
une petite biographie de Dubuisson, le mobile
de la vengeance, tout était dit en moins de
deux cents mots, trois petits portraits des
victimes et une photo de la famille Dubuisson
à l'appui, pour charger l'article en pathos.
Et toujours cette signature en partie anonyme, lorsqu'elle concluait un papier évoquant la police judiciaire parisienne. Mais
ça n'empêchait pas les initiés de savoir.

Chapitre 45

Il y a quelques années, j'ai lu que, sous l'Ancien régime, tout espoir d'ascension sociale était vain. Grosso modo, j'ai compris que la lutte entre des nobles titulaires de charges et de rentes acquises par le sang au Moyen âge, et des bourgeois enrichis par le négoce et l'esprit d'entreprise, ne laissait que peu de place aux autres. En bref, les premiers avaient pourchassé les seconds au moment des guerres de religion, mais les notables, avec le peuple comme allié, avaient fini par se venger en renversant la Monarchie, deux siècles plus tard.

Finalement, c'est avec la République que l'ascenseur social s'est véritablement mis en marche. Sauf que, pour ma famille, le levier n'a pas fonctionné. Pourtant, Charles-Henri avait gagné le statut de citoyen dès 1789, glanant au passage la reconnaissance d'une fonction difficile et haïe. Au contraire, dans les quatre-vingts années qui ont suivi, tout a

périclité. *La faute à une chute des condam-*
nations à mort, probablement. Mais aussi et
surtout au manque de professionnalisme des
héritiers de Charles-Henri. Et puis il y a eu la
fameuse loi de 1870 avec l'institution d'un
seul exécuteur pour tout le pays. Ma famille
a alors été mise sur la touche au profit d'un
bourreau d'origine allemande qui avait fait
ses armes dans le Lyonnais et le Dijonnais.

La bascule s'est opérée du temps d'Auguste.
Fils du dernier bourreau familial, c'est vrai-
semblablement lui qui nous a sauvés de
l'oubli. J'ai conservé ses boutons d'uniforme
sur lesquels sont gravées les armes de la Ville
de Paris. J'ai même une photo en pied de lui,
moustache et barbichette, la main gauche
gantée de blanc et pliée sur la garde, le tri-
corne à la main droite, et surtout la Légion
d'honneur fixée sur le cœur. Il avait fait la
guerre de Crimée dans sa jeunesse, Auguste.
Lui, il la méritait sa breloque. Pas comme tous
les promus d'aujourd'hui qui la reçoivent
parce qu'ils pensent comme le Président ou
qu'ils sont potes avec un ministre d'État. Ce
qui fait que, vu ses états de service et son
grade à la fin de sa carrière, on lui a offert
une place en or : surveillant général du greffe
du Palais de justice. Et je peux vous dire qu'il
s'y est accroché à ce poste. Il a même réussi
à refiler le boulot à mon arrière-grand-père,

Henri. Un type alcoolisé du matin au soir qui battait sa femme, paraît-il. Il est mort l'année de l'exécution de Christian Ranucci à la prison des Baumettes à Marseille. Pour ma part, je suis né cinq ans plus tard, le jour même de l'abolition de la peine de mort. Badinter, je l'ai croisé souvent. Des fois, quand je regarde un reportage sur la peine capitale, je me dis que ce qu'il a fait est bien. Mais quand j'apprends qu'un enfant a été enlevé, violé et tué par un pédophile, je me dis que c'est mal. En fait je n'en pense pas grand-chose de cette abolition. Je me dis juste que mon aïeul Auguste a peut-être été un peu visionnaire, qu'il a bien géré la reconversion. Pourtant, par la suite, on n'a eu que des misères. Comme si la famille, victime d'un lourd héritage, était condamnée à être persécutée.

Aujourd'hui, il fait beau. Et quand il fait beau, j'aime bien la Buvette du Palais pour boire un café en terrasse. C'est pas que le lieu soit séduisant, mais les huit marches que compte l'escalier sont un passage obligé vers la Conciergerie, là même où Marie-Antoinette est restée enfermée avant son procès devant le tribunal révolutionnaire et sa condamnation à mort. Et puis surtout, j'aime bien écouter les conversations des flics en civil qui assurent la sécurité des juges antiterroristes et qui viennent parler de tout et de rien au comptoir,

tout en draguant la serveuse. Il y a toujours
plein d'informations croustillantes à glaner
qu'on ne retrouve pas dans les articles de
presse. Au passage, j'en profiterai pour récupérer un sucre de calibre deux. Je n'en ai plus.
Car ce soir, j'en aurai besoin.

Chapitre 46

Bonnot ne comptait plus les cadavres. Il en avait ramassé plus de deux cents au cours de sa longue carrière. Des vieux, des pas beaux, des nourrissons, des noyés, des pourris gonflés par la putréfaction, des types victimes d'un AVC découverts sur leurs chiottes… Il avait des dizaines d'anecdotes à raconter sur la mort violente. Mais le temps jouait en sa défaveur. Certains souvenirs parfois lui échappaient, mais cette fois-ci, il n'y avait aucune chance qu'il oublie. Dubuisson le hanterait jusqu'à la fin de sa vie. Car il ressemblait désormais à une œuvre d'art éphémère, baigné dans un rai de lumière agité de fines particules de poussières en suspension.

Soulagement, perplexité, travail inabouti, confusion des sentiments… Pourtant, ils avaient donné le meilleur d'eux-mêmes. Mais l'homme pendu au milieu de son garage ne leur avait pas laissé de répit. Les yeux grands ouverts, Dubuisson semblait les regarder de haut, dans un mélange de contentement et d'orgueil. Pour le reste, une flaque de pisse tapissait le sol, à l'aplomb du cadavre. Au moment ultime, celui du trépas, Dubuisson s'était vidé. Il s'était soulagé de l'absence de sa fille, il s'était libéré de cette vie de souffrance.

L'Identité judiciaire et le commissaire Andréani furent les premiers à rejoindre le trio. Mais Desgranges n'avait pu patienter. Muni de gants fins, il s'était permis de faire un premier diagnostic. Dubuisson était totalement froid et, selon la loi de la gravitation, la tête et le haut du corps s'étaient vidés de leur sang pour remplir les jambes lorsque la pompe s'était arrêtée. Surtout, le cadavre était complètement rigide. Dubuisson s'était pendu la veille, probablement peu de temps après avoir commis son dernier forfait.

Zoé, elle, se précipita dans le pavillon. Frappée par le silence des lieux, elle en oublia toutes les consignes de sécurité. Elle débuta seule sa visite par le salon, poursuivit dans la cuisine et termina dans les chambres situées à l'étage. Tout y semblait en ordre. Aucune trace de fouille nulle part, et, à première vue, pas d'arme ou de lettre explicative.

– Vous pouvez "décrocher", Zoé, lui souffla Andréani qui l'avait rejointe. Je vous

libère tous les trois pour la journée. Vous
méritez bien un peu de repos. D'autres
groupes vont prendre le relais.

Sévérité et humanité n'étaient pas incompatibles. Le chef de la Crim' venait de le
prouver. Sur le coup, Zoé faillit refuser,
s'offusquer, dire qu'elle désirait à tout prix
retrouver l'arme du crime avant de rentrer
se reposer. Sur le coup seulement, car elle
rêvait également de rentrer chez elle pour
compléter sa toilette, changer ses fringues
qui lui collaient à la peau, se laver de cette
histoire qui avait hanté ses dernières nuits.
Elle souhaitait aussi aller courir une petite
heure sur les bords de Marne pour préparer
sa finale de badminton, puis, au retour, se
pomponner pour retourner au quai des
Orfèvres, assister au pot de départ du directeur Pierre Marigny auquel elle était conviée
comme des dizaines d'autres flics du "36".
Elle tenait surtout à se rendre désirable
avant de contacter Thibaut de Bonchamps.

Chapitre 47

Signe de jours meilleurs, les marches du Palais étaient baignées de soleil lorsque Zoé l'aperçut, attablé. Elle se précipita à sa hauteur avant de se planter devant lui, vêtue d'un chemisier blanc, d'une jupe courte, et chaussée de ballerines.

– Tu es… vous êtes ravissante, réagit l'avocat qui ne savait plus s'il devait la tutoyer ou la vouvoyer.

Zoé piqua un fard. Elle n'avait pas l'habitude de montrer ses gambettes, devenues longues et puissantes à force de faire des sauts de cabris dans les gymnases. D'autorité, elle déplaça le casque de Thibaut et s'assit en face de lui.

– Tu es motard ?

Question bête. Manière de briser la glace.

– Oui, ça me permet de me déplacer plus vite, comme je passe mon temps à naviguer de centrales en maisons d'arrêt, pour visiter les clients du cabinet. Je t'avoue que ce n'est pas ce que je préfère, et de loin...

Contrairement aux recherches en bibliothèque et aux prises de parole en public, il détestait effectivement la réception des clients dans son cabinet de la place Dauphine, et encore plus la tournée des maisons d'arrêt où il jouait les assistantes sociales, essuyait les reproches, soupçonnait les non-dits, et ne cessait de réclamer ses honoraires. Le jeune avocat semblait aller mieux que la nuit précédente. Son visage était triste, mais son regard avait retrouvé la vivacité de ses trente ans.

– Dubuisson est mort. On l'a retrouvé pendu chez lui.

– Oui, j'ai appris ça. L'info tourne en boucle, répondit-il en prenant son appareil téléphonique sur lequel il était connecté en permanence. Drôle d'histoire... Vous êtes certains que c'est lui, au moins ?

– Qui veux-tu que ce soit d'autre ? Pour nous, l'affaire est carrée. Il reste juste à retrouver son flingue. Ça ne devrait plus tarder.

– Ça va remuer mon père, tout ça...

– Il s'en remettra. *The show must go on.*

Il sourit. Thibaut de Bonchamps doutait que son père se remette de quoi que ce soit. Lui, comme d'autres, avait conduit des batailles durant toute sa vie ; il en avait gagné certaines, en avait perdu d'autres. Le dernier combat que menait Yves de Bonchamps était bien mal engagé.

– Mon père m'a dit que Dubuisson était venu lui rendre visite au Palais en fin de semaine dernière.

– Quel jour ? demanda-t-elle en plissant les yeux.

– Vendredi dans la soirée, il me semble…

Zoé ne manifesta pas son étonnement. Elle le laissa poursuivre.

– Mais, comme sa visite était impromptue, mon père a dû couper court à cause d'une réunion qu'il avait à la mairie du XVIIe arrondissement.

– Il est conseiller municipal, ton père ?

– Non, sourit l'avocat. Juste à la tête d'un groupe de riverains du XVIIe, il a monté une association pour lutter contre la construction du futur Tribunal de grande instance en bordure du périphérique. Mais c'est bien mal engagé. On commande ? proposa-t-il. Ils font de très bonnes salades, précisa Thibaut avec le sourire.

– Va pour une salade.

Zoé semblait renaître. Elle buvait chacune des paroles de Thibaut chez qui la douleur causée par la mort de Nathan Zimmer, son mentor, semblait s'atténuer. De Bonchamps évoqua même, en long et en large, sa passion du cinéma. Enfin un point commun ! Jusqu'à ce qu'ils s'amusent, tour à tour, à citer des titres de films ou de séries où l'image du flic et celle de l'avocat étaient systématiquement écornées. Bien que Zoé ait évoqué l'alcoolisme de Raimu dans *Les inconnus dans la maison* ou la morale douteuse de Roschdy Zem dans *Commis d'office*, elle céda avant lui à ce jeu-là. Dans le domaine de la fiction, les policiers ripoux tenaient le haut du pavé. Jamais battue, elle osa alors un trait d'humour :

– Tu sais à quoi on reconnaît un avocat qui ment ?

Thibaut connaissait la réponse. La blague était vieille comme le métier d'avocat. Il décida de se taire et d'attendre, le sourire crispé.

– Quand ses lèvres bougent, compléta une Zoé fière d'elle.

– Le métier n'a pas bonne presse dans la police, s'exclama-t-il en se saisissant de la bouteille d'eau minérale.

– Vous nous le rendez bien, non ?

C'était reparti ! L'éternel conflit entre le flic et le "baveux" resurgissait, l'un cherchant à remplir les prisons, l'autre à les vider. Mais, au-delà de ces guéguerres stériles, Thibaut de Bonchamps en avait marre que le métier pour lequel il avait prêté serment, soit systématiquement dénigré.

Il y avait du répondant de chaque côté. Coups droits et revers ! Toutefois, Zoé s'arrêta. Elle sentait qu'elle aurait d'autres occasions de le titiller. Et puis elle ne voulait pas rompre le charme de ce rendez-vous qui avait été si difficile à décrocher. Mais le mal était fait.

– Ça ne va pas ? Tu ne dis plus rien…, s'inquiéta-t-elle au moment de vider sa tasse de café.

– Non, c'est rien. Je suis juste un peu fatigué. Et en plus, tout à l'heure, je dois prendre la route de Vernon pour assister aux obsèques de Ludovic Peltier.

– Pardon ! Tu le connaissais ?

– Ben oui. J'ai fait mon PPI chez lui, sourit de Bonchamps devant son air stupéfait.

– Tu ne me l'avais pas dit…

– Tu ne me l'a pas demandé, rétorqua-t-il.

– Et c'est quoi un PPI ?

– Un projet pédagogique individuel. Durant six mois, chaque élève-avocat doit faire un stage hors d'un cabinet d'avocat, de préférence au sein d'une juridiction, de manière à voir l'envers du décor. Tu sais, le monde est petit, tout le monde se connaît au Palais, précisa-t-il, alors qu'elle semblait encore sonnée par la nouvelle.

Chapitre 48

Zoé avait marché une bonne heure sans but précis. D'un coup, elle se sentait comme libérée d'un poids énorme. L'esprit mais aussi le cœur léger, car le baiser qu'elle avait échangé avec Thibaut, au moment de le quitter, avait la saveur des promesses.

Rive gauche, elle avait remonté le boulevard Saint-Germain, traîné devant les vitrines de quelques boutiques de fringues. Elle était même rentrée dans un commerce de matériel hi-fi. Puis, elle avait continué son chemin, les mains vides. Il lui fallait trouver un cadeau, pourtant. Mais elle n'avait aucune idée. Le sacro-saint stylo plume de marque ne la contentait guère, pas plus qu'un Bordeaux grand cru ou un énième ouvrage sur l'histoire du "36".

Elle était rentrée en bus, finalement. Chose surprenante, Desgranges était présent lorsqu'elle pénétra dans le bureau.

– Tu n'es pas resté te reposer avec ton fils ?

– Non, le taulier tenait à me voir.

– À quel sujet ?

– Mon affaire, à l'IGS. Le dossier est clos, ils ont finalement retenu la légitime défense. Maintenant, faut que j'aille récupérer mon arme.

– Tu veux que je t'accompagne ? proposa Zoé.

– Non, t'en as déjà assez fait comme ça. Je vais me démerder tout seul. Et puis après, je rentrerai directement chez moi.

– Tu ne vas pas au pot de départ du directeur ?

– T'es pas folle ! Ça fait deux ans qu'il bloque mon passage au grade de commandant. C'est pas maintenant que je vais commencer à lui cirer les pompes...

Zoé releva la tête de la paperasse qui s'était empilée sur son bureau depuis sa prise de fonction. Elle aurait dû ne rien dire, mais elle ne put s'en empêcher.

– Sauf que t'oublies une chose importante. Lorsqu'il a été question de "voisiner" pour retrouver Victor, c'est Marigny qui a commandé à Andréani de mettre dix bonhommes sur le terrain.

– Comment tu sais ça, toi ? T'es dans le secret ?

Elle ne répondit pas. Elle le laissa cogiter.

Chapitre 49

La salle Bertillon, toute en longueur, était pleine à craquer. Située au cœur du Palais, face au Dépôt et à proximité immédiate des services de l'Identité judiciaire, cette pièce voûtée qui portait le nom de l'homme qui avait révolutionné les méthodes d'investigation un siècle plus tôt, servait parfois de salle de conférence ou de réception. Aujourd'hui, elle rassemblait le gratin de la police parisienne. Marigny, tout sourire, avait bien fait les choses. Des tables disposées sur les deux longueurs supportaient diversement petits fours et vins pétillants commandés à un traiteur de renom. À proximité, des serveurs et serveuses attendaient les ordres. Zoé et Desgranges patientaient dans le fond de la salle, à l'opposé de l'estrade sur laquelle Pierre Marigny ne tarderait plus à monter pour s'approcher du micro et se lancer dans son dernier discours. Mais, si le Préfet de police était déjà

arrivé, le Directeur général de la police nationale se faisait désirer. Impossible de débuter
sans lui.

Desgranges salivait déjà à la seule vue des
douceurs. Sa collègue, elle, dévisageait les
têtes. Mais, excepté sa sœur qui discutait
depuis de longues minutes avec le directeur
de la communication de la préfecture, hormis les quelques flics du "36" qu'elle croi-
sait régulièrement, elle ne connaissait pas
grand monde parmi les invités.

D'un coup d'un seul, les murmures s'estom-
pèrent. Le DGPN, accompagné de son directeur de cabinet, traversa l'assistance. À la
manière d'un homme politique qui prend un
bain de foule, il serra la main de plusieurs
personnes avant de faire une accolade
majestueuse au futur retraité. Puis il laissa
la parole au Préfet de police qui débuta un
discours retraçant le parcours d'un homme
qui avait consacré toute sa carrière à la
police judiciaire. Ponctuée de réussites, la
vie professionnelle de Pierre Marigny était
un modèle du genre : « l'un des noms qui
resterait ancré dans les annales de la PJ »,
ajouta-t-il, au moment d'évoquer le futur
transfert de la direction du quai des Orfèvres
dans des locaux modernes du quartier des
Batignolles. Tous applaudirent chaleureuse-
ment quand le préfet remit à titre personnel

à Marigny une plaque de rue en émail *Quai des Orfèvres*, que l'un de ses collaborateurs avait réussi à commander à titre exceptionnel au fournisseur officiel de la Mairie de Paris.

À son tour, Marigny prit la parole pour remercier. Un mot pour un sénateur qui avait fait l'effort de répondre à l'invitation, un autre pour son prédécesseur à la tête de la PJ, et bien sûr, quelques conseils teintés d'humour à son adjoint à qui il laissait sa place et quelques dossiers compliqués, bien en ordre dans le célèbre bureau d'angle. Puis, l'émotion le submergea au moment d'évoquer la mort brutale de l'un de ses enquêteurs, trente ans plus tôt, alors qu'il n'était qu'un tout jeune commissaire. Vinrent les derniers mots qui portaient sur l'amour du "36", du lieu, mais surtout de cette deuxième famille qui se trouvait contrainte de déménager dans des locaux tout neufs et plus adaptés. Les applaudissements fournis redoublèrent alors que Marigny rejoignait la table sur laquelle de nombreux cadeaux étaient posés. Desgranges, lui, se rapprochait inexorablement du buffet tandis que Zoé versait une larme.

– Arrête de chialer et viens manger ! Tout ça, ce ne sont que des mots, contesta le bougon. Faut pas oublier que de tous autant

qu'ils sont, aucun d'entre eux n'est monté au
créneau pour contester le déménagement.

– Pourquoi ? Tu crois qu'il avait le choix ?
riposta Zoé.

– Pourquoi tu prends tout le temps sa
défense, comme ça ? Y'a un truc entre vous ?

Chapitre 50

Guillaume Desgranges était repu. Chose inhabituelle chez lui, il était resté très tard au pot de départ du directeur. Les plateaux de petits fours salés et sucrés l'avaient durablement enchanté avant qu'il ne se mette à discuter avec l'un de ses anciens collègues de la BRI qu'il n'avait pas revu depuis de nombreuses années. Il était plus de minuit lorsqu'il se décida à partir. De toute manière, il était grand temps, la salle Bertillon s'était en partie vidée. Par grappes de trois ou quatre, les convives avaient peu à peu quitté les lieux. Jusque-là, Ravaillac n'avait jamais fait partie de ceux qui restaient jusqu'au bout, pris par ses responsabilités de père de famille qui lui interdisaient de faire la fête, tard.

Seules une dizaine de personnes étaient encore présentes, dont Andréani et... Zoé. Le taulier, grisé par l'alcool, discutait à voix forte de la dernière réforme de la garde à vue avec le directeur-adjoint, tandis que Zoé pianotait convulsivement dans son coin sur son smartphone.

– L'échange de SMS au milieu de la nuit, ça respire l'amour, ça ? suggéra Desgranges qui s'était rapproché d'elle pour la saluer avant de partir.

Pour réponse, elle sourit avant de lui faire la bise.

– Je crois que je n'ai pas eu le temps de te remercier.

– Me remercier de quoi ?

– De tout ce que t'as fait pour moi, hier... Pour Victor, je veux dire.

Marigny les interrompit :

– Vous passez par la cour du "36", Desgranges ?

– Oui, pourquoi ?

– Vous pouvez me donner un coup de main pour transporter les cadeaux dans ma voiture ?

– Pas de problème.

Deux bras supplémentaires ne seraient pas de trop, d'autant qu'il y avait des paquets lourds ou encombrants comme la plaque de rue et surtout le téléviseur Plasma, offert par son état-major. Ensemble, les deux hommes longèrent la façade du Dépôt avant de franchir le porche mal éclairé donnant sur la cour. La berline de fonction de Marigny

l'y attendait, stationnée sur les pavés luisants. Le directeur déclencha l'ouverture
du coffre à distance, puis libéra Desgranges.

– Votre petite fête était très réussie, monsieur le directeur.

– Merci, capitaine. Ah ! Au fait, je vous ai
placé en tête de la liste d'avancement au
grade de commandant. Ça ne devrait plus
tarder.

Vaut mieux tard que jamais !

– Merci, monsieur. Je vous souhaite une
bonne retraite.

Mais Desgranges, intérieurement, tiqua
très vite. Ce nouveau grade allait nécessairement le projeter à court ou moyen terme
à la tête d'un groupe. Un groupe qui porte-
rait son nom. Et de ça, il n'était pas sûr d'en
vouloir, même si le grade de commandant
allait lui permettre d'y voir plus clair à la fin
du mois.

À pied, il franchit la grille du porche
commandée par deux plantons gagnés par
le sommeil. Il en sourit. Lui aussi avait
besoin de dormir. Il traversa le quai à hauteur de la tour pointue. Il eut un regard
pour les clochards allongés avec leurs
chiens dans des sacs de couchage sous une
arche du pont Saint-Michel. Il n'avait pas
fait cinquante mètres qu'un coup de feu
retentit derrière lui. Il se pencha sur le

parapet, pour s'assurer de l'origine de la détonation. Quelques désœuvrés étaient rassemblés sur le quai autour d'une guitare sèche et d'une ou deux barrettes de cannabis. Trois secondes plus tard, un second coup transperça la nuit. Il comprit aussitôt, fit demi-tour et se mit à courir comme un dératé.

Chapitre 51

Les plantons avaient déserté leur poste. Son cœur battait à tout rompre lorsqu'il pénétra en trombe dans la cour, l'arme à la main. Pierre Marigny était étendu sur le dos, devant sa Citroën, sa chemise blanche maculée de sang. L'un des deux adjoints de sécurité tentait de défaire sa cravate, tandis que l'autre policier restait figé, totalement spectateur.

– Bouge-toi ! Va appeler les secours, nom de Dieu ! hurla Guillaume qui se porta à hauteur du directeur.

Les yeux clos, la bouche entrouverte, Marigny semblait sans vie. Il respirait très légèrement, pourtant.

– Arrache sa chemise ! commanda Guillaume au jeune flic, alors que lui s'employait à desserrer la ceinture. Qu'est-ce qui s'est passé ? T'as vu quelque chose ?

– Non, rien, monsieur. On a juste vu une ombre filer en direction du Dépôt.

Desgranges, soudain dégrisé, constata les dégâts. Un orifice, à deux centimètres du téton droit, saignait abondamment.

– Pose tes mains sur la blessure !

Arrêter l'hémorragie à tout prix, faire qu'il perde le moins de sang possible d'ici l'arrivée des secours. Et pas de deuxième blessure apparente. Pourtant, il y avait eu deux coups de feu qu'il avait distinctement entendus.

Au loin, Zoé et Andréani accouraient.

– Qu'est-ce qui se passe, bordel ? hurlait la jeune enquêtrice. Papa ! Papa ! sanglota-t-elle lorsqu'elle reconnut la silhouette allongée sur le sol humide.

Un second impact avait effectivement traversé le tissu. Mais le projectile avait été stoppé par une vieille médaille de la brigade criminelle, celle que Zoé avait acquise chez un antiquaire, quelques heures plus tôt, et discrètement offerte à son père pour son départ en retraite.

Desgranges et Andréani n'eurent pas le temps de se poser des questions et de s'indigner. La filiation entre Pierre Marigny et Zoé Dechaume s'imposait brutalement comme une évidence. La concernant, beaucoup d'interrogations et de coïncidences allaient trouver une explication, en particulier son transfert des Stups' à la Crim', sans l'aval du "Corse".

– Ne t'approche pas, Zoé ! Reste à l'écart, s'il te plaît.

Mais elle n'était plus en état d'entendre, pas même le deux-tons du camion des pompiers qui se rapprochait. Tremblante, elle s'effondra sur les genoux, à l'écart, les mains sur le visage parcouru de spasmes.

– Dis-moi qu'il va bien, Guillaume ! Dis-le-moi ! implora-t-elle.

– Il va s'en sortir.

Des mots en l'air. Il n'y connaissait rien en médecine. Il s'approcha d'elle alors que l'urgentiste franchissait le porche. Il s'accroupit pour la prendre dans ses bras.

– Je te jure qu'il va s'en sortir, Zoé… Et le type qui a fait ça, je vais te le ramener, lui dit-il tout bas à l'oreille, alors qu'Andréani ramassait au sol trois morceaux de sucre et deux ouvrages : l'un de Simenon, l'autre de Gaboriau.

Chapitre 52

Panique à tous les étages. Le "36" était sous le choc. Celui qui avait été son chef pendant sept ans, était plongé dans un coma profond à l'hôpital Georges Pompidou, après deux heures et demi d'intervention chirurgicale. Un projectile de 8 mm de diamètre lui avait été retiré du poumon droit au petit matin.

Desgranges, lui, s'était résolu à réveiller sa voisine Sonia au milieu de la nuit, pour lui demander de veiller particulièrement sur son fils. Bien que Victor paraisse échaudé par sa fugue et ses conséquences, Guillaume n'était pas complètement rassuré de le laisser seul. Pour l'heure, une autre que lui avait besoin de soutien.

Avec Zoé, il patientait dans les couloirs de l'hôpital du XVe arrondissement, guettant le moindre signe, le moindre commentaire du personnel. Mais le chirurgien n'avait pas été très loquace : « L'opération s'est bien passée, on lui a retiré le corps étranger de la cage thoracique. Il se trouve actuellement en réa ».

– Et il va s'en sortir ? avait demandé Desgranges, alors qu'il soutenait amicalement Zoé par l'épaule.

Un pincement de bouche pour tout commentaire. Il était trop tôt pour se prononcer. Le couple d'enquêteurs finit par s'asseoir sur un banc métallique vissé au mur, à l'abri des regards, dans un couloir perdu. Le téléphone à la main, Zoé ne trouvait pas la force d'appeler sa mère. Elle finit par se recroqueviller comme un fœtus, et posa sa tête sur les genoux de Desgranges. Ses larmes avaient laissé la place à des sanglots qu'elle tentait de dissimuler dans les plis de la veste de son collègue, tandis qu'il lui caressait les cheveux avec tendresse.

Ils s'étaient plantés sur toute la ligne. Jean-Marc Dubuisson n'avait tué personne, bonne raison pour qu'aucune arme n'ait été retrouvée à son domicile ou sur son lieu de travail. Pas plus coupable que François Prud'homme. Qui, alors ? Et pourquoi ? Mais ni l'un ni l'autre n'étaient en mesure d'y répondre. Trop de fatigue, trop d'émotions, ils étaient de nouveau dépassés.

Guillaume Desgranges réalisait seulement que cette fille était formidable. Jeune et belle, dynamique et dévouée, elle avait abandonné son patronyme pour s'engager anonymement au cœur d'une institution composée de plus de deux mille fonctionnaires dirigés par son père. Elle était surtout intervenue auprès de Marigny, au risque de se brûler les ailes, pour obliger Andréani à mettre une dizaine de personnes sur le terrain lors de la fugue de son fils, alors que la PJ parisienne était déjà mobilisée sur les traces d'un tueur en série.

Zoé finit par se redresser. Il était six heures du matin. Assise, la tête penchée, le visage en partie masqué par des mèches de cheveux, elle consulta son répertoire. Son premier appel fut dirigé vers la boite vocale de sa sœur pour lui demander de la rappeler en urgence. Puis elle adressa un SMS à Thibaut de Bonchamps :

Mon père s'est fait tirer dessus cette nuit. Il est à l'hôpital. Appelle-moi, j'ai besoin d'entendre ta voix.

Zoé n'avait plus rien à cacher. Guillaume ne perdit pas une miette du contenu du message.

– Tu veux bien me déposer chez ma mère, s'il te plaît ?

Chapitre 53

Quelque chose avait changé dans le regard de Desgranges. Habituellement taciturne et bougon, son visage s'était transformé durant la nuit. Toujours crispé certes, mais il y avait maintenant quelque chose de neuf, d'indéfinissable. Une lueur que ni Turnier ni Bonnot n'avaient jamais connue chez lui : un mélange d'orgueil et de détermination.

Au sein du groupe, jamais il n'était arrivé le premier au service. Alors que Paris s'éveillait, il avait déposé Zoé chez sa mère, filé chez lui prendre une douche et se changer, et était retourné dans les murs de la Crim' pour se remettre au boulot. Lui qui n'avait plus le feu sacré depuis dix ans, se sentait soudain revivre. Marigny le méritait bien, et sa fille aussi.

Comment avaient-ils pu se faire balader sur autant de fausses pistes ? Même affectée par ce dernier drame, l'équipe était devenue ridicule à force d'être leurrée, avec sa collection de morceaux de sucre, indices solubles dans leur amateurisme. L'heure n'était plus à fréquenter les recueils de poésie. Vérité devait rimer avec efficacité. L'assassin, lui, n'était pas un poète... Il ne jouait pas avec les mots, mais avec la vie des gens, et... impunément !

Il fallait repartir de zéro, tout remettre à plat. Il fallait se concentrer sur les éléments matériels, recouper les informations, lire, relire, s'imprégner des procès-verbaux de constatations, traquer le mensonge, le non-dit, la faille au travers des recoupements de comptes rendus d'auditions. Mais Desgranges ne s'intéressait pas à ces constructions intellectuelles, aux enquêtes en chambre. Trop fougueux, sans doute, il ne se sentait efficace que sur le terrain, à planquer dans un "soum", à "chouffer", à "renifler le marlou" qui s'apprête à "arracher" le sac d'une grand-mère. Là, c'est le patron des flics qui avait été atteint, et il avait la souffrance de sa fille à venger.

Il était donc redescendu dans la cour avant de se planter à proximité des quelques taches de résiné qui marquaient l'endroit où le directeur avait été agressé. La voiture avait été remorquée dans un garage de la préfecture de police sous bonne escorte. L'Identité judiciaire était en train de couvrir de poudre la carrosserie à la recherche d'éventuelles empreintes laissées par l'assassin. Mais Desgranges doutait du résultat. L'homme qu'ils traquaient était prudent, réfléchi, intelligent. Discret, comme il l'avait été la nuit précédente. Desgranges n'avait rien remarqué au moment de remplir le coffre de la voiture du directeur. Où avait-il pu se cacher ? Où avait-il pu faire le guet ? Le capitaine tourna la tête en direction des arcades qui faisaient face au porche du "36", là même où les policiers stationnaient leurs deux-roues de fonction à l'abri de la pluie. Il imagina l'assassin accroupi et tapi derrière l'une des cylindrées, guettant sa proie. Desgranges s'approcha, scruta le sol à la recherche d'un indice. Mais il n'y avait rien que de vieilles taches d'huile qui ne disparaîtraient jamais complètement. Pas le moindre mégot.

Il était sec. Rien à "gratter". À distance, il aperçut Andréani qui pénétrait par le porche en tenant dans ses mains un sac d'une librairie de la place Saint-Michel où il semblait avoir raflé tout ce qui concernait Simenon et Gaboriau. Guillaume chercha à se rappeler les témoignages des deux plantons pour mieux comprendre l'itinéraire de fuite du criminel. Il redescendit les quelques marches qui menaient en direction de la salle Bertillon. Il n'y avait pas plus de caméras ici que dans la cour du "36". Face à lui, au loin, la sortie possible en direction du quai de l'Horloge. Sur la gauche le Dépôt, sur la droite une autre porte battante qui pouvait permettre de rejoindre la cour de la Sainte-Chapelle ou, mieux encore, les galeries du Palais par un escalier non surveillé.

Putain de gruyère !

Il remonta dans le bureau de Zoé où tout était bien rangé. Chacune de ses recherches, chacune de ses réflexions étaient annotées et datées sur une sorte de main courante papier. Desgranges ne mit pas longtemps à trouver ce qu'il cherchait. Dans l'attente du traitement vidéo par un nouveau groupe d'enquête de toutes les sorties du Palais dans les heures qui suivirent la tentative d'assassinat de Marigny, il ne lui restait que la consultation des images filmées au moment du meurtre de Ludovic Peltier, et celles correspondant à l'heure de la mort du journaliste Matthieu Jacob.

– Le taulier veut qu'on les identifie tous, mentionna Bonnot qui l'observait fouiner dans les affaires de Zoé. C'est le groupe Tarasse qui en a la charge.

– Des têtes identiques ressortent sur les deux créneaux ? lui demanda Desgranges tout en continuant d'éplucher les clichés.

– Ouais, trente-cinq au total. Principalement des matons qui bossent à la souricière, des gendarmes de la Garde républicaine, une dizaine d'agents d'entretien, quelques magistrats de permanence, trois avocats, plus quatre ou cinq inconnus.

Guillaume s'était arrêté sur la photo de Thibaut de Bonchamps qui avait pénétré dans l'enceinte du Palais un peu avant dix-neuf heures, le soir de la mort du journaliste. Il en était ressorti une demi-heure plus tard en compagnie d'un homme courbé, maigre, fatigué. Ce vieux se déplaçait à l'aide d'une canne, en costume, et portait des baskets aux pieds. Il apparaissait déjà sur la première série de clichés.

– Et lui, on sait qui c'est ?

– Non. Il fait justement partie des inconnus. Mais avec son handicap, il y a peu de chances que ce soit notre homme…

L'adjoint de groupe leva la tête vers Bonnot. Sa réponse le surprit. Ils avaient tous deux connus tellement de bizarreries durant leur carrière qu'ils savaient qu'ils ne pouvaient se permettre d'exclure un suspect au seul prétexte qu'il paraissait bancal et peu vaillant.

– On sait quand on aura le retour des vidéos, pour Marigny ?

– Pas avant demain…

Andréani n'avait pas eu de mal à trouver de nouveaux collègues pour visionner les bandes. Tout comme il avait trouvé facilement des volontaires pour éplucher les deux livres abandonnés par le tueur. Desgranges, lui, rangea les photos et s'empressa de récupérer la copie des procès-verbaux que Zoé avait dressés. Un seul l'intéressait : l'audition de Thibaut de Bonchamps.

Chapitre 54

Zoé connaissait le risque et la fatalité de la mort depuis son enfance. Très jeune déjà, elle insistait pour accompagner son grand-père maternel, patron des Pompes funèbres parisiennes, à certaines réunions de travail. Pierre Marigny, lui, avait toujours fait en sorte de cloisonner travail et famille. Il refusait d'évoquer à la maison les affaires qu'il traitait. Il en avait fait un principe. Mais les coïncidences des non-dits, les faits divers au cours desquels sa bouille apparaissait à la télévision, ou encore les nombreux mystères qu'il échangeait avec ses hommes au téléphone derrière la porte du salon, n'avaient fait qu'aiguiser la curiosité de sa fille. Au début de son activité d'enquêtrice, Zoé avait déjà vécu la mort en direct. La cadette de la famille était devenue la plus solide, la plus forte mentalement. Même s'il s'agissait de son père touché gravement par cet attentat, dont le communiqué de presse de la préfecture de police évoquait « un état grave et stationnaire », elle refusa toute prise d'antidépresseurs, contrairement à sa mère et à sa sœur.

Guillaume Desgranges ne fut pas surpris de la voir débarquer alors que la grand-messe allait débuter. Cette fille avait une force de caractère hors du commun et de l'audace, comme elle l'avait prouvé en retrouvant son fils avant tout le monde. Personne ne pipa mot lorsqu'elle entra, pas même Andréani. Les chefs de groupe, tous présents, se serrè-rent un peu plus pour lui faire une place autour de la table ovale. Coûte que coûte, elle entendait poursuivre cette enquête avec ses collègues. Elle ouvrit son cahier à spi-rales sur une page pleine d'annotations, et sortit son feutre. Sa présence redonnait de l'énergie à tout le monde, même si tous doutaient qu'elle soit véritablement en état d'apporter sa pierre à l'édifice. Tous, secrè-tement, rêvaient de lui rendre justice. Desgranges le premier.

Le résumé de l'enquête ne tarda pas à démarrer. Andréani n'avait pas dormi plus qu'elle. Sans note, il rappela ce qu'on savait déjà. Un tueur en série courait les rues de Paris et, en particulier, celles de l'île de la Cité. À l'aide d'une arme de calibre 8 mm, il ciblait des victimes choisies dans le monde judiciaire parisien. Tous écoutaient avec attention. L'heure n'était plus aux facéties ni aux sourires, et encore moins aux critiques. Le chef de service, l'air grave, refit la chronologie des meurtres tout en dressant le portrait des trois premières victimes. Même si les dossiers étaient bien avancés, il restait beaucoup à faire sur l'environnement à la fois personnel et professionnel du ténor du Barreau de Paris, aspect délaissé par les enquêteurs dès l'annonce de la mort du conservateur Jean-Marc Dubuisson.

Zoé, elle, patientait en griffonnant sur son cahier. Pour mémoire, elle avait relevé sur l'une des feuilles, les principaux indices collectés sur chaque scène de crime. Outre les trois sucres de calibres différents qu'elle avait dessinés en 3D, elle avait listé :

Tableau représentant *la Gare Saint-Lazare*, de Claude Monet (1877)

Tableau représentant *le Palais de justice*, d'Adrien Dauzats (1858)

Recueil de poèmes intitulé *Dans la mêlée*, de Fernand Mouquin (1963)

Recueil de poèmes intitulé *La bonne chanson*, de Verlaine (1870)

Le chardon en fleur

Elle n'avait trouvé aucune cohérence dans les dates. Le lien était ailleurs. Zoé, la première, avait remarqué qu'il y avait sur chaque scène de crime un indice lié au Palais de justice de Paris : le tableau d'Adrien Dauzats, le poème de Fernand Mouquin qui se référait à la statue honorant le monde de l'avocature dans la salle des Pas Perdus ; et la symbolique végétale en marge du meurtre de Nathan Zimmer. Mais les autres indices ne la menaient nulle part. Elle avait long-temps cru qu'ils étaient liés à la victime elle-même. Le juge Peltier ne prenait-il pas le train de Vernon à la gare Saint-Lazare ? Et ne fallait-il pas voir l'homosexualité comme point commun entre Matthieu Jacob et le recueil de poèmes de Verlaine découvert à proximité de sa dépouille ? Il manquait tou-jours un lien entre ces indices, l'élément qui leur avait échappé.

Lorsque le chef de service aborda le der-nier crime, elle nota scrupuleusement au bas de sa liste, les deux nouveaux objets laissés par celui qui avait agressé son père :

Roman policier de Georges Simenon inti-tulé *Maigret et Monsieur Charles* (1972)

Roman policier d'Émile Gaboriau intitulé *Le Petit vieux des Batignolles* (1870)

Andréani laissa alors la parole à l'un de ses collaborateurs chargé de faire la synthèse de ces deux ouvrages :

– Même si les deux œuvres ont été publiées avec un siècle d'écart, on peut faire plusieurs rapprochements entre elles, souligna-t-il en débutant. Tout d'abord, Simenon et Gaboriau sont, à l'origine, tous deux journalistes. Ces romans sont par ailleurs relativement courts, huit chapitres pour le *Maigret*, et douze pour *Le Petit vieux*. Leurs structures sont assez similaires, et l'histoire se déroule dans les deux cas à Paris. Pour finir, je dirais que dans l'un et l'autre, le lecteur est mis dans la peau de l'enquêteur. Vous connaissez tous les *Maigret* au moins au travers des séries télé. Pour Gaboriau, c'est le même principe de construction. C'est d'ailleurs lui qui a inventé le genre avec l'agent Lecoq, un personnage qui travaille au sein de la Sûreté parisienne de la rue de Jérusalem, dans la seconde moitié du XIXe siècle.

– En bref, l'ancêtre de Maigret, c'est bien ça ? questionna Andréani qui savait que le "36" s'était en partie reconstruit sur les ruines des rues de Jérusalem et de Nazareth après l'incendie de la Commune.

– C'est bien ça. Nombreux sont ceux qui se sont inspirés de Gaboriau par la suite. Conan Doyle le premier.

– Et au niveau des intrigues ? demanda Desgranges qui ne voyait, pour l'instant, aucun rapprochement nouveau.

Zoé écoutait, la tête basse, les yeux rivés sur les grands carreaux de son cahier qu'elle surlignait. Plusieurs des enquêteurs la surveillaient du coin de l'œil.

– *Maigret et Monsieur Charles* est loin d'être le meilleur roman de Simenon. On a un Maigret à bout de souffle, si je puis dire, poursuivit le spécialiste. D'ailleurs, cette enquête initiée par la femme d'un notaire qui se rend au quai des Orfèvres pour annoncer la disparition de son mari, est la dernière que l'écrivain belge écrira. Pour l'anecdote, Maigret, à qui le préfet propose un poste de directeur PJ qu'il refuse, se plaint pour la première fois en soixante-quinze romans de l'absence d'ascenseur.

– Et pour le *Gaboriau* ?

– Du grand classique, également. Un meurtre est commis dans le quartier des Batignolles, et l'agent Lecoq se rend aussitôt au n° 39 de la rue Lécluse...

– Pardon ? Quoi !? Qu'est-ce que...

Elle venait de redresser la tête. D'un coup. Tous l'observaient, perplexes. Les cernes creusés, elle semblait si affectée.

– Vous voulez boire quelque chose, Zoé ? demanda Andréani qui approcha une bouteille d'eau minérale.

Elle refusa. Préféra se lever et quitter la pièce. Fila vers les toilettes où elle s'enferma. Tourna les pages de son cahier posé sur ses genoux. Retrouva les notes qu'elle avait recopiées sur Verlaine. Ça ne pouvait pas relever seulement du hasard...

Chapitre 55

Elle fixait son étui à la ceinture lorsque Desgranges remonta de la réunion.

– Qu'est-ce que tu fais ? Où vas-tu ?

– Faut que je vérifie quelque chose, dit-elle d'une voix faible.

– Tu veux que je t'accompagne ?

– Pas la peine. Je préfère être seule.

– Et ton père ? T'as des nouvelles ?

– Toujours dans le coma. État stable.

Guillaume s'inquiétait pour elle. Pour la première fois, il la trouvait fragile. Elle semblait désordonnée dans ses gestes comme dans ses attitudes. Elle ne cessait de glisser les mains dans ses poches, de peur d'oublier ou son téléphone, ou sa carte de police, ou encore les clés de sa voiture. Pour se rassurer, elle se servit une tasse de café à ras bords. Toutefois, il ne put s'empêcher de lui donner son sentiment sur Thibaut de Bonchamps.

– Je ne sais pas ce que tu manigances, Zoé. Mais faut que tu saches que ton "baveux", il ne me semble pas tout blanc…

– Pardon !

– Tu savais qu'il connaissait particulièrement bien Peltier ? J'ai retrouvé un rapport
de stage de Thibaut de Bonchamps dans les
affaires de Peltier.

Elle quitta sa tasse des yeux et le défia du
regard.

– Qu'est-ce que tu crois ? Bien sûr que je
savais. Tu fais ton jaloux ? Je peux même te
dire qu'il est allé assister à ses obsèques
dans l'Eure, hier après-midi, lâcha-t-elle
pleine de l'orgueil de celle qui en savait plus
que lui.

– Ben ça, tu vois, ça m'étonnerait. Parce
que quand j'étudie sa téléphonie, je m'aper-
çois qu'il n'a pas quitté la région parisienne.
Il est resté tout l'après-midi sur Villejuif,
balança Desgranges en s'emparant des lis-
tings couverts de fluo qui traînaient sur son
bureau pour mieux la convaincre.

– Et alors ! Ça ne fait pas de lui un criminel ! T'as rien d'autre à foutre que surveiller
les types qui me tournent autour ?

– Il bossait pour Zimmer, il connaissait
Peltier. Si ça se trouve, il refilait des infos à
Jacob pour que celui-ci fasse la promo de
ses affaires. Les baveux qui renseignent les
journaleux, on en voit tous les jours...

– Pas lui ! Thibaut n'est pas comme ça !

– Sauf qu'il était au Palais lors de...

Il n'eut pas le temps de terminer sa phrase. Zoé avait violemment claqué la porte en sortant. Dix minutes plus tard, elle était déjà en face du Moulin rouge. Elle se gara devant un temple protestant situé à proximité du métro "Rome". Elle se trouvait dans la partie populaire du XVIIe arrondissement, un quartier calme à l'ombre de la butte Montmartre et du Sacré-Cœur, à distance des sex-shops et théâtres érotiques de Pigalle, de l'oisiveté de l'avenue de Clichy et de la bourgeoisie d'affaires du boulevard Malesherbes.

La rue Lécluse était là, petite artère anonyme où seuls quelques commerçants avaient pignon sur rue. Elle reprit son cahier, s'assura du numéro en relisant ses notes, et progressa en direction de la rue des Dames. Au bout de la rue, il n'y avait pas de numéro 39. Elle se terminait devant la devanture rouge d'un bar-tabac PMU, au numéro 29. Une plaque de marbre, fixée au-dessus du numéro 26, précisait que le poète Verlaine avait vécu dans cet immeuble. Elle patienta quelques instants, poussa la porte dans la foulée d'un résident, et releva les quelques noms sur les boites aux lettres. Pas de Maghrébins, pas d'Africains, mais quelques patronymes à consonance hispanique et beaucoup de Français de souche, dignes héritiers de ce monde de petits rentiers et de petits commerçants du XIXe siècle alors installés dans ce quartier calme. Aucun de ces noms ne retint son attention. Pas encore le moindre élément à se mettre sous la dent...

Chapitre 56

Villejuif, banlieue sud de Paris, ville rouge par excellence. Comme à Vitry, comme au Kremlin-Bicêtre, le taux de la délinquance progressait avec le pourcentage de logements HLM qui n'avait cessé de croître depuis la fin de la Seconde Guerre mondiale, afin d'assurer un électorat aux derniers maires communistes. Les flics parisiens détestaient y mettre les pieds. Des barres de briques partout, des cages à lapin où s'agglutinaient de valeureux travailleurs qui s'entassaient chaque matin dans le métro pour monter à Paris, tandis que les COTOREP et autres assistés de la commune restaient bien au chaud devant l'écran plat de leur salon, à suivre en boucle les programmes de téléréalité. Mais Desgranges n'avait pas le choix. À court d'idées, il ne lui restait que cette piste. Comme la veille, les recherches téléphoniques qu'il avait mises en place confirmaient que Thibaut de

Bonchamps s'y trouvait et que son téléphone activait régulièrement trois bornes-
relais, distantes les unes des autres de huit
cents mètres environ.

Où es-tu, Thibaut ? Que fais-tu ?

Sous l'effet de la passion, Zoé ne voulait
rien entendre. Mais lui, Desgranges, avait
l'expérience, le nez. S'il n'avait pas le talent
de certains limiers de la Crim', il sentait les
choses. L'une des bornes se trouvait au sommet d'un hôtel, la seconde couvrait la mairie de Villejuif, tandis que la troisième
longeait l'autoroute A6 et relayait des milliers d'appels d'automobilistes à la journée.
Et de Bonchamps se trouvait quelque part,
au milieu d'un triangle que Desgranges ne
cessait d'arpenter, une main sur le volant
et un œil sur ses notes, reprenant l'ensemble
de ses recherches sur l'avocat. Le flic
connaissait peu le secteur. Cent fois déjà,
on lui avait rebattu les oreilles de la fusillade
échangée en bordure de l'A6 au moment de
l'enlèvement du baron Empain. Ce secteur
était désormais envahi par les Roms qui
s'abritaient dans une enfilade d'habitations
précaires. Mais, dans ce coin, lui ne connaissait véritablement qu'un petit fort où il avait
participé à contrecœur à plusieurs forma-
tions en matière de scènes d'attentats. Rien
d'autre. Et nulle part trace du scooter de

Thibaut de Bonchamps dont il avait relevé l'immatriculation sur l'un des fichiers consultables par les fonctionnaires de police habilités.

Que faisait à Villejuif un type qui vivait à Marne-la-Coquette ? Il n'y avait aucun centre pénitentiaire sur la commune, si ce n'est un hôpital psychiatrique susceptible d'abriter un éventuel client. Et encore, le nid de malades, situé de l'autre côté de la ville, n'était "couvert" par aucune des trois bornes. Fatigué de chercher, d'épier le moindre deux-roues, il pila en pleine voie et se saisit de son téléphone. Bonnot, au "36", décrocha à la deuxième sonnerie.

– T'es où ? aboya le chef de groupe.

– Villejuif.

– Qu'est-ce que tu fous ?

– Je bosse. J'ai juste besoin d'un coup de main. Y'a un tableau Excel des appels sur mon bureau. Tu peux y jeter un œil ?

Desgranges entendit Bonnot souffler, puis se lever.

– Ça correspond à quoi ? s'enquit le chef de groupe.

– La facture détaillée du cellulaire de Thibaut de Bonchamps.

– Putain ! Mais t'es malade ! T'as pas le droit ! De quel droit tu bosses sur la téléphonie d'un avocat ? Tu cherches vraiment les emmerdes, c'est pas possible !

– T'occupe. Dis-moi juste s'il a des correspondants sur la commune de Villejuif...

– Ouais, y'en a un. Pourquoi ?

Les questions, toujours les questions.

– Son nom, son adresse ? coupa un Desgranges impatient.

– L'IGR, au 114, rue Edouard Vaillant.

– C'est quoi, cette société ?

Desgranges n'attendit pas la réponse : l'Institut Gustave Roussy. Il tournait autour depuis deux plombes. Que venait faire de Bonchamps ici ? Le capitaine embraya et pénétra sur un parking bondé. Il stationna finalement sur un emplacement réservé, baissa le pare-soleil "police" et se dirigea vers l'accueil où cinq ou six personnes attendaient leur tour. À proximité, blouses blanches et visiteurs s'agglutinaient autour des tables d'une sandwicherie faisant également office de Point presse. L'endroit sentait la mort, celle provoquée par la maladie insidieuse. Il prenait son mal en patience lorsqu'il reconnut une tête dans la foule. Celle d'un ancien flic du groupe « Cabarets » de la Mondaine, à la retraite depuis de nombreuses années, à l'aise dans cet univers, souriant à une infirmière, le regard compatissant avec les familles. Guillaume Desgranges

sortit de la file pour l'interroger. Son ancien
collègue, en mal d'activité, était devenu chef
de la sécurité de l'Institut Gustave Roussy.

– T'as moyen de me rancarder ? Je cherche
à savoir ce que fabrique un suspect dans les
parages…

– Suis-moi dans mon bureau. Je vais regarder dans notre base de données.

Au même moment, un ascenseur s'ouvrit
sur la mine déconfite de Thibaut de
Bonchamps. Son casque à la main, le jeune
avocat semblait troublé, perdu. Il filait vers
la sortie. Desgranges hésita. Fallait-il le suivre,
le prendre en filature ? Il n'en avait pas les
moyens. Suivre un scooter en banlieue sans
le soutien d'un motard était impossible. Il
abandonna son idée, et se précipita dans le
bureau du chef de sécurité où il obtint rapidement les réponses à ses questions.

Chapitre 57

Zoé marchait, perdue. Elle pleurait. Rien ne voulait sourire et son père se mourait dans un hôpital moderne des bords de Seine. La piste de la rue Lécluse était "morte". Nouvelle impasse. Elle ne savait plus où elle en était. Et pourtant, ramenaient au XVIIe arrondissement, la gare Saint-Lazare, le roman judiciaire de Gaboriau, et Verlaine qui était enterré dans le cimetière voisin des Batignolles. Elle désirait toujours poursuivre, comprendre. Elle se battait aussi pour échapper à la douleur et à l'idée de perdre son père. L'église Sainte-Marie des Batignolles sonnait l'angélus du soir, l'heure du crépuscule. Son père souhaitait-il être enterré religieusement ? Désirait-il être incinéré ? Elle ne savait pas, et ne pouvait avoir la tête à ces détails, tellement le désespoir l'affectait.

L'esprit troublé et le cœur meurtri, son errance la conduisit au-dessus des voies de chemin de fer de la gare Saint-Lazare, par la rue Legendre. De là, elle distinguait les banlieusards sur les quais, courant pour attraper leur train. Devant le pont métallique surplombant les voies dont Monet avait peint la voûte pour donner de la profondeur à son tableau, elle choisit de prendre du recul pour en modifier la perspective. Du pont Cardinet, l'atmosphère du tableau avec la fumée blanche des locomotives avait disparu, mais l'arrière-plan était quasiment identique avec le fameux toit de la gare, en forme d'accent circonflexe.

À deux cents mètres devant elle, des hommes en bleus de travail, la cigarette à la bouche, quittaient l'immense chantier du nouveau Tribunal de Paris. Dans le square des Batignolles, elle retrouva l'angle retenu par le peintre impressionniste pour composer sa toile. Puis, après quelques pas, elle s'arrêta pour téléphoner devant une plaque souvenir, oppressée, incapable d'avancer.

– Guillaume, j'ai besoin d'un renseignement, dit-elle à voix forte pour couvrir le bruit de deux trains qui se croisaient sur les voies.

– Si je peux t'aider…

– Chez Zimmer, il y avait une chanson qui tournait en boucle. Tu t'en souviens ?

Il n'était pas resté très longtemps place Dauphine, tout heureux de récupérer son fils. Mais il se souvenait effectivement de la rengaine mélancolique qui résonnait alors sur la place. Une chanson triste comme la mort.

– Ouais, peut-être bien…

– C'était qui, la chanteuse ?

– Une nana dans le style d'Édith Piaf.

– Édith Piaf. T'es sûr ?

– Non, dans le style d'Édith Piaf. J'ai son nom sur le bout de la langue, c'est celle qui a chanté *L'aigle noir*. T'es où, là ?

La chanteuse Barbara. Oui, elle était au bon endroit, elle le savait. En plus du chardon, il y avait bien un deuxième indice dans le cabinet de Nathan Zimmer. La chanson de Barbara ne tournait pas en boucle par hasard. Elle avait vraisemblablement été lancée par l'assassin lui-même. À plein volume.

– Et c'était quoi, le titre de la chanson, Guillaume ?

– Je sais plus. Un titre rigolo, je crois. Pourquoi ? Où es-tu ?

Un titre rigolo pour une chanson triste à mourir. Zoé le mit en attente. Ses doigts pianotaient sur son BlackBerry. Jusqu'à ce qu'elle trouve. *Perlimpinpin*. Certaines paroles lui revinrent en tête :

Que c'est abominable d'avoir à choisir
Entre deux innocences !
Que c'est abominable d'avoir pour ennemis
Les rires de l'enfance !
À en perdre le goût de vivre,
Le goût de l'eau, le goût du pain,
Et celui du Perlimpinpin
Dans le square des Batignolles.

À quelques pas, l'allée principale du square la narguait en toutes lettres. *Allée Barbara*, du nom de cette chanteuse qui avait grandi dans le quartier. Le tueur avait volontairement lancé en boucle une chanson de Barbara sur la chaîne hi-fi de Nathan Zimmer. Pour mettre les flics du "36" sur la piste du square des Batignolles. L'appareil collé à l'oreille, Zoé se retourna de peur que le tueur soit là, caché derrière un fourré, ou derrière un arbre. Elle craignait que ce soit un piège. Mais partout des mamans faisaient rouler des poussettes tandis qu'un couple de petits vieux, assis sur un banc, jetait des miettes aux pigeons. Au loin, derrière les palissades du chantier, une forêt de grues perçaient le ciel. Elle baissa le regard et s'arrêta sur un immense panneau de bois qui annonçait la nature, le coût et la durée des travaux. Le permis de construire prévoyait la livraison de plusieurs lots d'immeubles de bureaux, de commerces et de logements, ainsi que celle du futur Tribunal de grande instance de Paris, pour le premier semestre 2017. Au-delà des chiffres, la gigantesque affiche présentait le projet de construction avec ses trois blocs de longueurs inégales qui se superposaient en dégradé. Trois blocs qui pouvaient rappeler l'empilement de trois sucres de calibres différents.

– Je suis dans le XVII°. J'ai trouvé, Guillaume ! cria-t-elle alors que son téléphone cellulaire bipait pour l'avertir que Thibaut de Bonchamps cherchait à la joindre.

– Quoi ? T'as trouvé quoi, Zoé ?

– J'ai trouvé le pourquoi des indices. À cause de la construction du nouveau TGI dans la ZAC de Clichy-Batignolles, Guillaume.

– Qu'est-ce que tu me chantes ? Tu perds la boule ou quoi !? T'es où, précisément ?

L'entrée du chantier, située à proximité du parc Martin-Luther-King, était défoncée. À l'intérieur, une eau stagnante remplissait les ornières. À l'extérieur, le bitume de la rue Cardinet était malmené par le passage des camions, creusé de nids de poule, recouvert par endroits de couches épaisses de goudron pour en masquer la misère. Des pans entiers du poème de Verlaine lui revinrent à l'esprit. *Les ouvriers allant au club, tout en*

*fumant... Toits qui dégouttent, murs suin-
tants, pavé qui glisse, bitume défoncé, ruisseaux comblant l'égout...* Les vers écrits à
l'époque des grands travaux haussmanniens
dataient de près d'un siècle et demi, mais
ils avaient gardé toute leur force, toute leur
vérité.

– Je suis dans le square des Batignolles. Je
crois bien qu'on a un nouveau suspect, dit-
elle, piteuse.

– Qui ?

– Le père de Thibaut. Il vit dans le quartier, bosse au Palais, et je sais qu'il lutte à
la tête d'une association contre la construction du futur TGI. File-moi son adresse,
on se retrouve chez lui, ordonna-t-elle, tout
excitée.

– T'affole pas, Zoé. Yves de Bonchamps
n'a tué personne. J'ai "rebecté" sa trace au
centre des cancéreux de Villejuif.

– Pardon ?

– Yves de Bonchamps a été transféré
d'urgence à l'Institut Gustave Roussy de
Villejuif, hier dans l'après-midi, souffla-t-il.
Il fait de la chimio depuis deux mois. Il est
en phase terminale d'un cancer du pancréas.
J'en sors tout juste.

Qui, alors ? Guillaume Desgranges n'avait
plus de doutes. Si ce n'était pas le père, ça

ne pouvait être que le fils. Zoé, elle, ne pouvait s'y résoudre. L'écran de son smartphone
confirmait que Thibaut avait laissé un
message. Elle rangea pourtant son appareil
dans son étui sans l'écouter.

Chapitre 58

Enfant, j'aimais jouer à cloche-pied sur les dallages de marbre ou de pierre. Mon préféré était celui de l'atrium de la première chambre de la Cour de cassation, celui où les décors géométriques d'inspiration grecque faits de cercles, de carrés et de losanges, laissaient peu de répit à mes petits pas. Enfant, j'aimais fureter, m'isoler, découvrir des endroits insolites, de nouvelles salles, gravir des escaliers à hélices, la bouche grande ouverte, sentir l'air parisien en m'approchant des gargouilles de la Saint-Chapelle, m'aplatir dans les profonds chéneaux dans le cadre d'une traque imaginaire. Enfant, j'aimais affronter l'obscurité des sous-sols du Palais, glisser mes doigts fins le long des rainures marquant la montée de la crue de 1910, entourer de mes bras menus les calorifères des longues galeries désertées dans lesquelles je me lançais parfois dans une course folle. Enfant, j'aimais suivre discrètement mon père en train de faire son tour de ronde, le surveiller dans la pénombre verrouiller les quelques accès ouverts aux courants d'air, le suivre discrètement dans les caves où il se retranchait pour consulter en douce des revues pornographiques prêtées par un cuisinier du Palais.

J'étais tout gamin lorsque je suis tombé, dans ces mêmes caves, sur un vieux coffre en bois en partie moisi. Je me souviens bien, j'étais convaincu d'avoir découvert une caisse d'un vin hors d'âge, dissimulée sous un monticule de sacs de jute. Et puis, j'ai rapidement reconnu la Croix de Lorraine gravée dans le bois. À l'époque, je ne m'intéressais pas encore vraiment à l'architecture et à la symbolique. Mais, vu le sigle, j'en savais assez pour comprendre qu'elle avait été discrètement posée là par les FFI à l'été 1944, avec la complicité de quelques résistants introduits dans la place afin de préparer la libération de Paris.

Ma famille a joué un rôle tout au long de l'Occupation. Mon père ne manquait pas une occasion d'en parler à table. Surtout fier de grand-mère qui avait cousu dans son matelas, l'argent du greffe dont ils avaient la responsabilité, afin que les Allemands ne s'en emparent pas. Parce qu'entre 1940 et 1944, mes grands-parents demeuraient au 3e étage du Tribunal, escalier L, dans un appartement de fonction situé entre la tour d'Argent et la tour Bonbec, en surplomb du quai de l'Horloge. Je les aimais bien, mes grands-parents. À leur mort, et malgré leurs états de service, la chute sociale s'est poursuivie. Tout ça parce que le métier de greffier était désormais régi par un concours. Et mon père n'avait pas beaucoup d'instruction...

Mon grand-père, c'était vraiment quelqu'un de bien. Il est mort de vieillesse dans son lit, avec vue plongeante sur le théâtre du Châtelet et la tour Saint-Jacques. Je conserve de lui plein de photographies. Aujourd'hui, j'ai le sentiment très fort qu'il a joué un rôle important dans la libération de Paris bien qu'il se soit, lui, toujours refusé d'en parler. En tout cas, si j'ai découvert une caisse remplie d'armes de poing et de munitions dans une cave fréquentée par mon père, je suis sûr que ce n'est pas un hasard. Alors je me suis servi. J'ai choisi un revolver d'ordonnance de 1892 avec barillet de six cartouches. L'avantage avec ce type d'arme, c'est qu'il n'y a pas d'éjection de douille. Donc rien à ramasser après coup. L'inconvénient, c'est la faiblesse de la munition. Mais pour l'heure, je n'ai pas eu trop à m'en plaindre. J'espère que ça va durer encore un peu car il me reste *un dernier objectif. Et celui-ci, j'entends qu'il soit complètement abouti. De manière à terminer en beauté. Il n'y a pas de raison, après tout. On ne peut être guère plus coriace que Marigny.*

Chapitre 59

Pourquoi, bon sang ? Pourquoi Thibaut de Bonchamps s'en était pris au père de Zoé ? Et pourquoi aussi à Peltier, à Jacob et à Zimmer ? Que lui avaient-ils fait ? Qu'avaient-ils commis de si répréhensible à ses yeux ? L'avocat était malin. Il avait distillé les indices avec intelligence, les avait accumulés en sorte que les enquêteurs aboutissent au cœur même du quartier des Batignolles. Le choix de Maigret, l'âme du "36", semblait être un joli pied de nez à toute la police judiciaire et à son directeur, tandis que le roman de Gaboriau avait pour unique but de mener les enquêteurs dans le XVIIe arrondissement, là même où Barbara avait grandi et où Verlaine était enterré. La première avait chanté le square des Batignolles où elle aimait se promener, et le poète y avait évoqué la révolution industrielle de la seconde moitié du XIXe siècle.

Quel rôle avaient joué les victimes dans le cadre de la future implantation de la cité judiciaire en périphérie de la capitale ? Hormis pour son père qui avait répondu aux doléances d'une commission sénatoriale, Zoé n'en savait rien. Et pourquoi tant d'acharnement à lutter contre un déménagement inévitable ? Le père de Zoé l'avait rappelé lors de son dernier discours. Les locaux, étroits, n'offraient pas les conditions de sécurité requises à un service de police, et ils n'étaient plus adaptés à la réception du public. Il fallait se rendre à l'évidence, les conditions de travail seraient meilleures dans un bâtiment neuf, voisin du Tribunal de grande instance. Les paroles de son père résonnaient encore dans sa tête : « N'ayez pas peur ! La police judiciaire ne va pas mourir pour autant. Elle va juste s'adapter dans un quartier en pleine reconstruction, comme elle a toujours su s'adapter depuis sa création, il y a un siècle. Les services spécialisés londoniens ont déménagé bien avant nous, et Scotland Yard est bien devenu New Scotland Yard, en conservant sa culture, son histoire, sa famille. Nous ferons de même. »

La nuit était tombée sur Paris et sa région. Comme un automate, Zoé obéissait aux ordres de son GPS. Direction Marne-la-

Coquette. Le 2, rue des Tilleuls correspondait à un pavillon de deux étages en pierres
meulières, protégé de la rue par un mur
élevé. Elle imagina Thibaut souriant, seul
dans son repaire, au souvenir des forfaits
qu'il avait commis. Elle dépassa l'habitation
d'une cinquantaine de mètres, stationna
entre deux réverbères, sortit de l'habitacle
en posant sa main sur la crosse de son Sig
Sauer.

Personne dans la rue. Elle progressa et se
posta jusqu'à apercevoir la silhouette de
l'avocat derrière les rideaux d'une pièce
éclairée, à l'étage du pavillon. Elle poursuivit sa progression jusqu'à la grille en fer
forgé restée entrouverte. En marchant avec
précaution sur l'allée de gravillons, Zoé
atteignit le perron dans la discrétion la plus
totale.

Qu'était-elle venue chercher ? Venger son
père ? Réclamer des explications ? Devait-elle
sonner ? Devait-elle le surprendre ? Devait-elle
contacter son état-major ? Fournir le détail
de ses investigations ? Elle n'y tenait pas.
Excepté Desgranges, personne ne savait.
Personne n'avait idée de la culpabilité de
Thibaut de Bonchamps. Elle entendait garder ce temps d'avance, et traiter le suspect
à sa façon. Car les méthodes ordinaires ne
fonctionnaient pas avec ce genre d'individu.

Elle redescendit du perron et choisit de faire
le tour de la propriété. Sans lampe, elle ne
pouvait aller bien loin. Seul éclairage possible, l'écran de son BlackBerry. Elle s'en
saisissait lorsqu'elle entendit des pas lourds
sur le gravier. Qui était-ce ? De Bonchamps ?
Pourquoi serait-il sorti de chez lui ? Elle se
recroquevilla quand quelqu'un actionna la
sonnette. La porte d'entrée qui grince, une
voix d'homme, menaçante. Lui vint à l'esprit
l'image de son père agonisant, mourant sur
son lit d'hôpital.

À ses pieds, un soupirail aux barreaux
descellés. Elle s'y faufila pour descendre
dans la cave, chuta sur la terre meuble,
frôlée par une hirondelle apeurée venue
nicher sous une poutre. Un décor de maison
hantée. Immobile, la peur au ventre, elle
reprit ses esprits. Elle repéra un escalier en
bois d'une dizaine de marches bancales.
D'où elle était, elle n'entendait pas de bruit.
Qui avait bien pu venir rendre visite à
Thibaut ? Dans quelle pièce se trouvaient-
ils ? Que manigançaient-ils ?

Dans le couloir du rez-de-chaussée, elle
commença à percevoir des bruits de chaises,
des mots incompréhensibles qui provenaient
de l'étage. Elle s'éclaira à nouveau à l'aide
de son téléphone, progressa en direction
d'une porte recouverte de carreaux opaques,

ouvrant sur un immense salon. Un escabeau trônait au pied d'une bibliothèque qui couvrait tout un mur de la pièce. Des livres anciens, des livres reliés, principalement. Leur faisaient face plusieurs reproductions de toiles de maîtres. Zoé frémit. Elle distingua la copie d'un tableau de Raguenet qui représentait la joute des mariniers entre le pont Notre-Dame et le pont au Change. Elle avait pu voir la toile originale au musée Carnavalet. Sur les étagères, elle reconnut plusieurs volumes de la Pléiade et en particulier les œuvres intégrales de Verlaine et de Simenon. Posé sur une table basse en osier située entre deux fauteuils élimés, son attention fut retenue par un document dont le titre l'alerta : *Le rapport d'information n° 38 du Sénat, relatif à l'implantation du Tribunal de grande instance de Paris.* Les annexes évoquaient avec force arguments la nécessité d'un déménagement d'une « justice à l'étroit » avant de traiter du choix des Batignolles comme site définitif. Des dizaines de personnes avaient été consultées : le conseiller « Justice » du cabinet du Premier ministre, le chargé de l'Urbanisme auprès de la Mairie de Paris, plusieurs représentants du Garde des Sceaux, des membres de la Cour des comptes, et des pontes du ministère de l'Intérieur. Mieux, les auditions de certaines d'entre elles, étaient retranscrites dans leur intégralité à la fin du document : Ludovic Peltier, en qualité de vice-président de l'Instruction ; Matthieu Jacob, en qualité de secrétaire de l'association de la presse judiciaire ; Nathan Zimmer, en qualité de représentant de la profession d'avocat ; et le directeur de la police judiciaire, Pierre Marigny qui, au faîte de sa carrière, évoquait en long et en large devant les membres de la commission sénatoriale, l'avantage majeur de ce déménagement, à savoir la mutualisation des moyens humains et matériels d'une police judiciaire qui, jusqu'alors, était éclatée sur une vingtaine de sites.

Zoé allait refermer le document truffé de données budgétaires et enrichi de délibérations du Conseil de Paris, lorsqu'elle tomba sur une annexe complémentaire : un rapport de la Conférence du barreau de Paris faisant état de la visite du Dépôt et de la souricière du Palais de justice durant l'année écoulée. Les expressions « conditions de détention inacceptables », « absence d'hygiène », « fouilles dégradantes », « violation des droits de la défense » revenaient à de nombreuses reprises au fil du document. Le nom de l'auteur de ce rapport, Thibaut de Bonchamps en personne, la laissa perplexe.

Ce n'était pas logique ! Si de Bonchamps se plaignait tant des conditions de rétention des individus invités à croiser le fer avec les magistrats, pourquoi s'en serait-il pris aux partisans du déménagement en les assassinant ?

Elle n'eut pas le temps d'y réfléchir. La sonnerie des *Chariots de feu* la rappela à la réalité de son téléphone. C'était à nouveau Desgranges.

– Qu'est-ce que tu veux ? s'alarma-t-elle tout bas.

– Ton de Bonchamps, il les connaissait tous !

– ...

– Du temps où il complétait sa formation d'avocat, il a suivi une conférence de Matthieu Jacob sur la relation avocat/journaliste qui a fait forte impression. Quant à ton père, il participe périodiquement à des colloques dans le même cadre, depuis plusieurs années.

Même s'il se confirmait qu'il était au cœur de ce réseau, ces informations ne faisaient pas de Thibaut un vengeur. Elle ne pouvait s'y résoudre, ni intellectuellement, ni affectivement. La vérité était ailleurs, forcément en relation avec ce livre blanc qui faisait la promotion du transfert imminent du pôle judiciaire parisien. Immobile au milieu du salon, elle s'apprêtait à raccrocher.

– T'es où, là ? Je t'entends à peine, demanda Guillaume qui roulait à tombeau ouvert en direction de la banlieue ouest.

Elle n'eut pas le temps de répondre. Le coup qu'elle reçut à l'arrière du crâne lui fit perdre connaissance.

Chapitre 60

Combien de temps était-elle restée inanimée ? Étourdie par le coup de crosse, Zoé mit de longues minutes à reprendre ses esprits. Elle porta une main à l'arrière de son crâne. Pas de sang. Libre de ses mouvements, elle palpa le parquet à la recherche de son téléphone qu'elle ne retrouva pas. Pas plus que son arme qu'on avait arrachée de son étui. À la place, on avait substitué deux nouvelles reproductions. Malgré la pénombre, elle reconnut sur le premier document le Palais de justice peint par Jean-Baptiste Corot. Le second correspondait à la maquette du futur Tribunal de grande instance dessinée par l'architecte italien Renzo Piano.

Le moderne contre l'ancien, le futur contre le passé, voilà le lien en forme de trait d'union qui rapprochait ces deux nouveaux éléments. Qui les avait déposés ? Certainement pas Thibaut dont Zoé ne reconnaissait pas la voix à l'étage, où un homme en colère ne cessait de pester, de fulminer en faisant de grands pas autour d'un point fixe.

– Voilà à quoi nous en sommes rendus, de Bonchamps ! Voilà à quoi il a servi ton joli rapport ! À donner du grain à moudre aux partisans du déménagement ! T'as pas honte ?

Mais Thibaut ne répondait pas. Zoé se redressa difficilement sur les genoux, puis, chancelante, s'aida de la table basse pour se relever. Elle tenta un premier pas doulou-reux. Peu à peu, elle réalisait que celui qui ne cessait de la hanter depuis son témoi-gnage en cour d'assises, cet avocat débor-dant de charme et d'intelligence, cet homme était en danger, menacé par cette voix pleine de reproches, agressé sans ménagement. Quelles responsabilités pouvait-il avoir dans le milieu judiciaire ? Un avocat ? Un magis-trat ? Un greffier ? Un administratif ? Pour-quoi pas un flic ou encore un type obsédé par l'Histoire comme le père de Thibaut ? Qui pouvait être suffisamment en colère pour s'attaquer de manière si radicale aux audi-teurs de la commission sénatoriale qui avait validé le projet de déménagement ?

Plus le temps de gamberger. En découdre à tout prix avec cette voix inconnue et menaçante. Au plus vite, elle devait sortir Thibaut des griffes de ce criminel. Elle repéra un trait de lumière le long d'une porte entrouverte, comme un point fixe, à l'étage. Les menaces entendues ne laissaient plus de place au doute :

– T'es comme les autres, de Bonchamps ! T'es comme Peltier, Jacob, Zimmer et Marigny ! Juste bon à manger dans la main des politiques en échange d'une breloque ou d'un poste au sein d'une commission quelconque ! Mais, tous autant que vous êtes, vous avez pensé à ceux qui vont rester sur le carreau ? Hein ! Vous y avez pensé un seul instant ?

Parvenue derrière la porte, Zoé comprit pourquoi Thibaut ne pouvait répondre. Le buste saucissonné par une corde à une lourde chaise en bois, la partie basse de son visage était condamnée par un épais sparadrap. Apparut alors dans l'embrasure, un gaillard d'une trentaine d'années qui, menaçant, agité de soubresauts, braquait l'arme de Zoé en direction du jeune avocat dont le regard semblait réclamer pitié. La peur au ventre, Zoé, à deux pas, observait la scène sans être en mesure d'intervenir. Tétanisée par l'enjeu, le souffle coupé, ses muscles la portaient à peine. Elle était condamnée à patienter, à espérer un miracle. Jusqu'à ce que Thibaut l'aperçoive au milieu du vestibule. La clémence réclamée par le jeune avocat laissa instantanément la place à de la sérénité, à un sentiment étrange de paix intérieure malgré le danger auquel il était exposé. Ses yeux lui sourirent imperceptiblement, puis il tourna finalement la tête en direction de son agresseur.

Animé par le courage de l'homme amoureux, il se redressa comme il put sur ses jambes et fonça contre l'ennemi. Un coup de feu claqua aussitôt. En hurlant, Zoé pénétra dans la pièce avant de sauter furieusement sur l'assassin immobilisé sous le poids de Thibaut. Mais la lutte était inégale. Malgré le coup de tête porté à hauteur du plexus par l'avocat, l'homme qu'elle reconnut pour l'avoir déjà croisé à plusieurs reprises dans les couloirs du Palais de justice, n'eut pas de mal à se saisir de ses poignets, à se redresser et à la basculer au sol. Une nouvelle fois, elle se retrouvait à sa merci. Sans avoir eu le temps de se protéger, elle reçut un coup de poing magistral à la mâchoire qui la renvoya au-delà du corps de Thibaut. Sonnée, elle eut un sursaut désespéré en apercevant son arme au sol sur laquelle un sang noir, épais, gouttait... L'assassin s'échappait en dévalant l'escalier.

Chapitre 61

« Le renard était dans le poulailler », pensa Guillaume Desgranges en pointant sa lampe Maglite dans les yeux du jeune Roussin. Lui qui s'attendait à mettre hors d'état de nuire Thibaut, se retrouvait face au fils de l'ancien concierge du "36".

Les flics de la Crim' avaient exploité toutes les vidéosurveillances, avaient "tiré les bobines" de tous ceux qui étaient sortis du Palais avant et après les trois premiers crimes. Mais ils ne s'étaient pas intéressés un instant à ceux qui n'avaient ni à sortir ni à rentrer au Palais, aux résidents, à ces quelques religieuses de la congrégation de Marie-Joseph de la Miséricorde qui, depuis 1872, vivaient *in situ* et s'occupaient des femmes déférées devant la justice, aux chauffeurs bénéficiant d'un appartement de fonction, pas plus qu'à celui qui, chaque matin, ouvrait la majestueuse grille dorée surmontée de lancettes protégeant la cour du Mai, avant de rentrer les containers à poubelles.

Comment pouvaient-ils se douter que le tueur qu'ils pourchassaient, vivait au sein même du Palais de justice ? Desgranges, figé sur le sol gravillonneux du pavillon de l'avocat, comprenait enfin pourquoi l'assassin, tel un fantôme, avait échappé à toutes les recherches. L'homme qui en était le concierge connaissait le Palais comme sa poche et, surtout, il possédait les clés de nombreux passages secrets tout en maîtrisant avec un art consommé les emplacements de caméras de vidéosurveillance de ce labyrinthe.

– Pourquoi, Didier ?

– Tu ne devines pas ? répondit l'assassin, le visage plein de hargne et de dédain.

Guillaume attendait des explications. Surtout, il ne comprenait pas comment un type qu'il avait connu tout môme, qu'il avait tenu sur ses genoux chez ses parents en regardant des matchs de l'équipe de France de football, puisse en arriver à de telles extrémités, commettre cette série de crimes.

– Ils ont tous vendu leur âme au diable en crachant sur le Palais. Sauf que c'est l'histoire, la mémoire d'une institution et l'honneur de ceux qui l'ont faite qu'ils insultent. Tu comprends ? Ce sont des traîtres !

– Tu confonds tout, Didier, répondit Desgranges. Personne ne va toucher à ton Palais, personne ne...

– Qu'est-ce que t'en sais, toi ? Qu'est-ce que je vais devenir, hein ? Tu savais qu'ils voulaient me virer ? Tu le savais ! Pour les Batignolles, ils ont déjà lancé un appel d'offres auprès des boîtes de sécurité ! Est-ce qu'ils savent au moins que mes grands-parents ont caché l'argent du greffe afin que les Boches ne s'en emparent pas ? Est-ce qu'ils savent que mon père était né dans ces murs ?

Desgranges l'écoutait débiter l'histoire de sa famille. Une histoire un peu arrangée, en forme de mystification. Guillaume aimait rappeler que le père de Didier Roussin était mort dans des circonstances peu glorieuses après une chute dans les escaliers du "36", à la mi-temps du match de football France/Bulgarie. Jeune inspecteur à la Crim', Desgranges s'était précipité dans les étages pour tenter de le ranimer dans l'attente des secours.

– T'avais quel âge quand ton père est mort, Didier ?

– En quoi ça t'intéresse ? Laisse-moi passer ! éructa le concierge en descendant enfin du perron.

– Tu n'iras nulle part, Didier. T'avais quoi ?
Dix ans, onze ans ?

Desgranges tentait l'apaisement impossible
avec cet homme hors de lui-même, exalté
par une folle mythologie familiale.

– Lâche-moi avec mon père ! Mon père, il
faisait le beau, le gentil devant vous. Mon
père, c'était une bonne poire à vous servir
des bières fraîches devant Platini. Mais en
vérité, c'était la pire des ordures. Il n'y a
pas un jour où il ne me mettait une
trempe !

– Il me semble bien que t'étais pas un saint,
non plus. Y'en a même qui disent que c'est
toi qui as coupé un doigt de la statue en bois
de Saint-Louis.

Desgranges ne bougeait pas, planté dans
l'encadrement du portail.

– Tu sous-entends quoi ? s'offusqua un
Didier Roussin délirant. T'as pas de preuve.
Et puis si t'étais si bon enquêteur, t'aurais
déjà retrouvé ta femme depuis longtemps,
non ?

– Ne parle pas de ma femme !

– Parce que, pour toi, tu crois qu'on ne se
gausse pas dans ton dos ? insista-t-il. Je peux
te dire qu'il y a plein de gens qui pensent que
c'est toi qui as fait le coup. Faut dire que tu
connais la musique... Un trou bien profond

dans la forêt de Fontainebleau, et le tour est joué !

– Tais-toi !

– Alors, lâche-moi avec mon paternel et laisse-moi passer ! hurla Roussin en sortant son 8 mm glissé à l'arrière de sa ceinture.

– Ne fais pas le con, Didier ! Quoi que tu fasses, tu n'iras pas loin.

– Tous ces types que j'ai flingués, ils n'avaient aucun respect pour mon père ou pour les employés du Palais. Mon père a donné sa vie au Palais, comme mon grand-père avant, et son père encore avant lui. Et tu sais combien il y avait de personnes à l'enterrement de mon père ? Huit. Huit personnes, seulement la famille, pas un seul représentant du Palais ou du "36". Alors, laisse-moi passer parce que je n'aurai pas plus de scrupules à te tirer dessus que j'en ai eu à flinguer ceux qui nous ont trahis.

– Moi non plus ! cria méchamment Zoé dans l'encadrement de la porte d'entrée, alors qu'elle tenait à bout de bras, de ses deux mains ensanglantées, son Sig Sauer visqueux. Retourne-toi doucement ! Pose cette arme au sol ! Et écarte gentiment les bras !

– Tu ne vas pas tirer dans le dos d'un homme, quand même !

Zoé hésita. Pourquoi aurait-elle des scrupules ? Elle n'avait plus personne ni plus rien à perdre ! Son père agonisait sur un lit d'hôpital, et Thibaut de Bonchamps venait de rendre son dernier souffle malgré le point de compression qu'elle avait tenté d'opérer.

Roussin, lentement, baissa son bras en direction du sol avant de lâcher son revolver dans les graviers. Pris dans la nasse, il avait perdu. Aucun moyen de fuite et, à quelques mètres de distance, la fille de Pierre Marigny, en surplomb, ne pouvait le rater malgré la pénombre. Les yeux dans le vide, les bras ballants, il se retourna et se campa vers Zoé, sourire de contentement aux lèvres, fier de cette sortie de scène. Desgranges posa sa lampe au sol, tira sa paire de pinces de son étui, s'approcha par derrière dans un silence total, et lui saisit le poignet gauche.

– Ne bouge pas ! Laisse-toi faire ! entendit Zoé.

Elle allait ranger son arme lorsque le concierge se saisit d'un couteau à cran d'arrêt dans la poche droite de son blouson, et porta un violent coup en pivotant en direction de Desgranges. La lame, aussi fine et aiguisée que la flèche de la Sainte-Chapelle, brilla dans la nuit avant de s'enfoncer dans les ténèbres. Zoé entendit une plainte sourde et vit son coéquipier s'affaisser comme une masse. Roussin courait déjà vers la liberté quand Zoé redressa son arme et tira un coup de feu au moment où il franchissait le portail. Elle n'avait rien vu venir.

– Rattrape-le, pesta un Desgranges plié en deux, sur le flanc.

Elle hésita à secourir son collègue. Mais son désir de vengeance n'avait plus de limite. L'arme en main, elle se précipita de l'autre côté de la clôture et aperçut Roussin qui fuyait en boitant, touché à la jambe gauche. Elle sprinta une bonne quinzaine de secondes, puis stoppa net sa course. Cinq jours et cinq nuits de pression avaient eu raison d'elle. Elle n'en pouvait plus. Dix mètres seulement les séparaient maintenant. Dix mètres pour un carton plein à coup sûr.

– Arrête-toi ! cria-t-elle une dernière fois pour se donner bonne conscience, pour légitimer ce qui risquait de suivre.

Au fond d'elle-même, elle espérait qu'il ne s'arrêterait pas. Elle préférait le voir fuir pour justifier le châtiment qu'elle lui réservait. Pour venger son père et les autres, pour éteindre l'action publique de la manière la moins coûteuse. Pour Guillaume qui se vidait de son sang dans les graviers... Pour

Thibaut, assassiné avant qu'elle n'ait eu le temps de l'aimer... Roussin se retourna à peine. Il poursuivait son destin, la bave aux lèvres, le cran d'arrêt ensanglanté à la main.

Elle redressa son arme, serra fortement la crosse, fixa guidon et cran de mire, coupa sa respiration et tira. Une à une, sous les coups de doigt, les douilles s'éjectèrent contre la vitre d'un véhicule en stationnement.

Tu boitais, tu vas danser maintenant !

Roussin à terre, mort de peur, elle continua de tirer, pas à pas, suivant un rythme régulier. De manière à gommer définitivement son sourire. Treize cartouches, pas une de moins. Le canon fumant, le chargeur vide, la culasse de l'arme se bloqua à l'arrière.

Pourquoi s'était-elle défoulée avec une telle violence, tout en évitant de l'atteindre ? Qu'est-ce qui l'avait retenue d'achever cet assassin qui tuait en prétendant venger son honneur ?

Une autre idée de l'honneur l'avait judicieusement inspirée. L'honneur tel qu'on l'entendait dans sa famille au sens large : la famille de la police qui ne se fait pas justice elle-même, la famille qu'elle composait avec son père, exemplaire de probité et dominant ses passions, la famille qu'elle aurait pu construire avec Thibaut dont l'idéal était de défendre et de comprendre avant de sanctionner. Cet honneur-là ne se défend pas en se vengeant...

Au moins, n'aurait-elle pas fréquenté Verlaine en vain :

Comme ceux des aimés que la Vie exila
Son regard est pareil au regard des statues
Et pour sa voix lointaine, et calme, et grave, elle a
L'inflexion des voix chères qui se sont tues.

Fin de partie

Elle n'en finissait plus de gamberger. Elle pensait à son père, bien sûr, qui, deux jours durant, avait livré un combat ignoré de tous, avant de sortir du coma. Elle pensait à Thibaut aussi, victime d'un tueur fou hanté par un sombre avenir, enfermé dans sa solitude. Paradoxe, l'assassin avait été hospitalisé dans le même service qui venait de sauver la vie à son père.

Pour un flic, la mort était partout, à chaque coin de rue, dans chaque pensée, sur chaque affaire. Et s'il vous arrivait de l'oublier, elle vous rattrapait, de manière insidieuse, à un moment et en un endroit inattendus. Une gamine dans les caves d'une cité avec une seringue dans le bras…, des morceaux de cervelle éparpillés sur le bitume d'une grande artère parisienne par la faute d'un chauffard en état d'ébriété…, le cadavre putréfié d'une octogénaire que personne ne réclame…, le noyé repêché par la

Fluviale après avoir été poussé dans la Seine par un compagnon de beuverie...

Telle était la relation du flic avec la mort aux mille visages, coupable ou innocente. Et personne à qui en parler, à qui se confier. La Faucheuse n'avait pas bonne presse. Les médias préféraient se nourrir des petits agacements du quotidien, dénigrer la pervenche à la plume leste ou railler le comportement bourru d'un gendarme en goguette.

Zoé avait-elle encore envie de se sacrifier pour la société ? Elle en doutait sérieusement, maintenant. Elle sortait épuisée de ces cinq jours d'enquête, de chasse à l'homme. Comme dans d'autres occasions, elle avait vécu sur les nerfs, sans rien pouvoir avaler, dormant à peine, éveillée à la caféine quand la plupart de ses collègues se nourrissaient d'antidépresseurs pour tenir les dix-huit heures de travail quotidien.

Misères et honneur de la police judiciaire, dans la difficulté, dans l'adversité, tout fonctionnait à l'instinct ; un peu comme à la fin d'une compétition de badminton lorsque les ressources physiques et mentales sont épuisées.

Ce soir-là, la salle est pleine à craquer. Les tribunes amovibles, posées pour la circonstance, grincent sous le poids des spectateurs. La climatisation est coupée les jours de match, afin de ne pas perturber la trajectoire des volants. Ambiance surchauffée, survoltée à chaque échange, de la sueur sur chaque visage.

Zoé ne peut rien voir, isolée dans son vestiaire. Les cris, les encouragements percent les cloisons du gymnase, mais pas l'épaisse serviette éponge derrière laquelle elle s'est réfugiée. Qui gagne ? Qui sauve l'honneur ? Peu importe. Elle n'y est plus, n'en peut plus. Après cinq jours de cauchemar, profondément remuée, chahutée de toutes parts, ses démons la hantent toujours. Même les encouragements ne suffisent pas à la rassurer. Pourtant, elle n'a jamais reçu autant de messages de soutien, de mots censés lui réchauffer le cœur. Son président de club a même tenté de la convaincre de se reposer, estimant que sa saison en tant que capitaine de l'équipe fanion avait été exemplaire. Elle tient pourtant à être présente, à finir son mandat.

La tunique du club sur le dos, le sac en bandoulière, elle pénètre sur le terrain sous la clameur. L'équipe mixte vient de rendre les armes. Elle est la dernière chance du club d'accéder à l'élite. Une chance incertaine au vu de son état. Le visage cerné, son regard de conquérante l'a abandonnée.

Enfin, le brouhaha laisse la place aux coups de raquettes. Cinq minutes d'échauffement. Son adversaire du jour est une Danoise d'un mètre quatre-vingt-cinq, surnommée "la pieuvre", que son club a recrutée en lui dégotant un poste à responsabilité au sein d'une collectivité territoriale. Son jeu de jambes est proche de la perfection et sa main très solide. Pour corser le tout, elle est gauchère.

La rencontre démarre mal pour Zoé qui ne parvient pas à rentrer dans son match, qui peine à se vider l'esprit et à se concentrer sur son objectif du jour. Ses premiers volants terminent leur course dans le filet, ses gestes et déplacements paraissent beaucoup trop lents pour déborder l'adversaire. Non, décidément, elle n'a pas sa place sur le court. Pas en cette période de deuil. Sous la pression, elle enchaîne les fautes. À la pause, même les profanes devinent que le premier set est perdu. L'arbitre, du haut de son perchoir, égrène les chiffres et la renvoie sur son banc en moins d'un quart d'heure, sur le score catastrophique de 6 à 21. Silence de plomb dans la salle ! Émoussée, perdue, Zoé est sommée de reprendre le match tandis que "la pieuvre" patiente en répétant, raquette à la main, des séquences de déplacements sur sa partie de terrain, afin de garder le rythme. Puis, des services courts suivis de longs dégagements finissent de déstabiliser la jeune policière. Passive, spectatrice du jeu, sans réaction, sans orgueil, elle ne répond pas. À chaque interruption, à chaque point perdu, elle se retourne pour récupérer, dos au terrain, la tête basse, les doigts lissant les plumes du volant, profitant des arrêts de jeu pour gagner du temps.

Jusqu'à ce qu'une voix cristalline, une voix de petite fille perce l'espace. « Zoé, on t'aime ! » Les spectateurs, en rangs serrés, foule confuse qu'elle distingue sans oser la fixer, se transforment enfin en êtres de chair et d'os. Les yeux de Zoé s'embuent lorsqu'elle aperçoit le dessin brandi par la plus jeune de ses nièces. *Au milieu d'un cœur, une badiste mal dégrossie frappe violemment un volant* ! À la droite de l'enfant, Virginie pleure. Jamais elle n'était venue. Jamais elle n'avait trouvé le temps ni le chemin pour venir se perdre sur les bords de Marne, et assister aux exploits de sa sœur. Immobile au milieu de nulle part, Zoé ne sait comment réagir. Elle pense à son père qui, lorsqu'il n'était pas de permanence au "36", aimait faire un saut à Saint-Maur.

D'un revers de manche, elle s'essuie le front avant de ramasser le volant tombé une fois de trop dans son camp. Puis, elle resserre sa queue de cheval dans son chouchou. Six points de retard, déjà. Écart important, mais pas insurmontable. Le public le sent, le public la soutient. La plupart des spectateurs l'applaudissent, se mettent à scander son prénom. Ils sont là pour elle, rien que pour elle. Elle doit gagner, aller au bout d'elle-même.

Desgranges, lui, n'avait rien lâché, malgré la disparition de sa femme. Même dans les pires moments. À défaut d'envie, elle doit montrer l'exemple, la voie. Elle doit se surpasser, prête à recevoir un service, le corps cassé en deux vers l'avant, la raquette tendue au-dessus de la tête. Tous attendent de sa part un retour violent, tendu, un geste de rage, de révolte, un volant chutant lourdement dans le camp de son adversaire.

Elle surprend "la pieuvre" par une volée croisée qui lèche la bande du filet. Un geste de grande classe, travaillé des milliers de fois à l'entraînement. Les applaudissements s'enchaînent, les cœurs s'animent à son quatrième point d'affilée, après avoir percé la défense de son adversaire. De nouveau, Zoé bondit aux quatre coins du terrain, de nouveau elle a faim et soif de victoire. La gagne, l'envie de faire mal, l'essence même des compétiteurs, reviennent en force. Pour le plus grand plaisir du public. Par sa force mentale, elle réussit à revenir dans le match. Et "la pieuvre" s'épuise. Pureté des gestes, encouragements, soutien des partenaires de club, tous debout, euphorie, elle recolle au score. Elle ne peut que gagner maintenant. Le second set sera pour elle : 20 à 17. Plus qu'un point à marquer ! Prise d'appui de fond de court, bond exceptionnel, elle score sur un *smash* que la Danoise ne peut retourner. Un set partout.

Mais la joie est de courte durée, la réception au sol très douloureuse. Couvert par la clameur, elle seule a entendu le craquement. Elle s'effondre sur place.

Stupeur générale, les spectateurs se redressent sur leurs sièges, et ses partenaires se précipitent à sa hauteur. Le visage crispé, elle ne pleure pas. « C'est rien, c'est rien », rassure-t-elle ses proches accourus la soutenir. De nouveau debout, elle tente un pas, mais elle souffre trop. Malléole touchée, entorse. Abandon ! Elle secoue la tête en direction du président du club. Ce dernier pince les lèvres et se met à l'applaudir. Lentement d'abord. Le public reprend en cadence jusqu'à une *standing ovation*, alors qu'elle tente de regagner son banc, soutenue par son adversaire.

Guillaume Desgranges, un bras en écharpe, lui tend une bouteille. Sourire timide, compassion. Ils se connaissent depuis moins d'une semaine, mais elle a le sentiment d'avoir déjà vécu mille combats à ses côtés. Secrètement, elle rêve de retrouver la trace de sa femme. Un nouveau combat à mener, peut-être. Mais faudrait-il que lui en manifeste réellement l'envie ?

En égalisant au score, elle avait « sauvé l'honneur ». À quel prix ? L'honneur est-il jamais sauf ? L'honneur fourvoyé du concierge ? L'honneur contrarié de Guillaume ? L'honneur affectueux de son père ? L'honneur fragile de ses sentiments pour Thibaut ? L'honneur de la police qui doit se retrouver au milieu des déshonneurs du monde...

Je vais sortir d'un gouffre où triomphent les vices,
Et chercher sur terre un endroit écarté
Où d'être homme d'honneur, on ait la liberté.

Molière, *Le Misanthrope*

Notes de l'auteur

La toile de fond de ce roman a principalement été composée à l'aide de l'ouvrage *Regards sur le Palais dans la Cité*, document d'Etienne Madranges, riche d'enseignements et d'iconographies, où l'on retrouve, entre autres, le poème de l'avocat Fernand Mouquin.

L'auteur s'est également inspiré de nombreuses lectures puisées sur des blogs ou des sites judiciaires. Ceux de la Cour d'appel de Paris, de la presse judiciaire parisienne et de la conférence de Berryer ont été fréquemment consultés.

La famille d'un huissier de justice a réellement vécu au cinquième étage du 36, quai des Orfèvres, jusque dans les années 1970. Le vieux sol parqueté et les cheminées d'apparat sont les derniers vestiges de cette époque.

Le rapport d'information n° 38 du Sénat est disponible sur le lien suivant :

http://www.senat.fr/rap/r09-038/r09-0381.pdf

Pour contacter l'auteur :

herve.jourdain@hotmail.fr

Remerciements

À Philippe Meyer, encore et toujours dont les nombreuses remarques m'ont poussé à retravailler mon texte en profondeur.

À Michèle Jourdain, ma mère, adepte du coup de ciseaux, qui m'a nourri de livres et de dictées.

À Frédéric Samson, avec lequel j'ai passé de longs moments à revisiter l'histoire des bourreaux.

À la discrète Anaïs Pain, ma complice du quai de l'Horloge.

À Marie Deniau et Henry Moreau, toujours de bon conseil, qui semblent ne jamais se lasser de mes visites impromptues.

À Jacques Mazel, dernier compagnon de route de cette belle aventure.

PRIX DU QUAI DES ORFÈVRES

Le Prix du Quai des Orfèvres, fondé en 1946 par Jacques Catineau, est destiné à couronner chaque année le meilleur manuscrit d'un roman policier inédit, œuvre présentée par un écrivain de langue française.

• Le montant du prix est de 777 euros, remis à l'auteur le jour de la proclamation du résultat par M. le Préfet de police. Le manuscrit retenu est publié, dans l'année, par la Librairie Arthème Fayard, le contrat d'auteur garantissant un tirage minimal de 50 000 exemplaires.

• Le jury du Prix du Quai des Orfèvres, placé sous la présidence effective du Directeur de la Police judiciaire, est composé de personnalités remplissant des fonctions ou ayant eu une activité leur permettant de porter un jugement sur les œuvres soumises à leur appréciation.

• Toute personne désirant participer au Prix du Quai des Orfèvres peut en demander le règlement au :
Secrétariat général du Prix du Quai des Orfèvres
36, quai des Orfèvres
75001 Paris

La date de réception des manuscrits est fixée au plus tard au 15 mars de chaque année.
E-mail : prixduquaidesorfevres@gmail.com
Site : www.prixduquaidesorfevres.fr

Photocomposition Nord Compo
Villeneuve-d'Ascq